KB045978

미소녀로 전생한
영웅왕 잉그리스.
5세가 되던 해, 소꿉친구를
손녀딸처럼 귀여워하다.

잉그리스
(크리스)
Inglis

먼 미래에 미소녀로 전생한 전 영웅왕.
현세에서는 실력을 갈고닦기 위해 기사를
목표로 한다.

"라니, 괜찮아?
자, 일어나."

"훌쩍, 훌쩍.
크리스~~."

라피니아
(라니)
Rafinha

잉그리스의 소꿉친구로 후작가의 딸.
잉그리스와 오빠인
라파엘을 무척 좋아한다.

1

Author
하야켄

Illustrator
Nagu

영웅왕,
극한의 무를 위해 전생하다
그리고 세계 최강의 견습 기사가 되다♀

"나한테 말 걸지 마."

"처음 뵙겠어요.
당신들이 소문의 여용병이군요?"

세이린
Cyrene
노바 마을의 집정관을 맡고 있는 하이랜더 소녀.
온화하고 자비심 넘치는 성격으로,
마을 주민들을 소중히 여긴다.

""처, 처음 뵙겠습니다…….""

기사 학교로 향하는
여행 도중,
15세의 잉그리스는
마을에서 임시로
용병 의뢰를 맡는다.

커버 그림, 본문 일러스트 | Nagu

Eiyu-oh,
Bu wo Kiwameru tame
Tensei su.
Soshite, Sekai Saikyou no
Minarai Kisi "♀".

CONTENTS

실베르 왕국, 왕도 실베리아.

대륙 전토를 아우르는 거대한 왕국을 세운 영웅왕 잉그리스.
지금 그는 수도가 내려다보이는 언덕 위의 왕성에서 임종을 맞이
하고 있었다.

호화로운 침대 옆에 늘어선 신하들은 마치 부모를 잃은 미아처
럼 불안한 표정을 짓고 있었다. 그만큼 그들에게 있어 이 늙은 왕
은 그만큼 절대적인 존재였다.

젊은 시절, 여신 아리스티아의 가호를 받은 청년 잉그리스는
인간의 몸을 초월해 신의 힘을 다루는 기사인 '디바인 나이트'로
각성했다.

그 힘을 이용하여 인류를 위협하는 마물과 악신을 뿌리 뽑은
뒤, 실베르 왕국을 건국.

이후 널리 선정을 펼쳐 나라를 풍요롭게 만들고, 사람들에게
많은 행복을 가져다주었다.

앞으로 천 년은 계속될 것이라 일컬어지는 이 실베르 왕국을 단
한 세대 만에 쌓아 올린 것이다.

세상에 남긴 업적, 그리고 사리사욕 없이 만인에게 헌신하는
그 고결한 정신.

학자들은 잉그리스야말로 역사상 가장 위대한 왕이라고 공언
하는 데 거리낌이 없었다.

음유시인들이 잉그리스 왕을 칭송하기 위해 지은 시는 백 년, 천 년을 이어져 내려가리라.

그만한 인물이 지금, 이 나라에서 모습을 감추려 하고 있었다.

그 어떤 영웅이라 할지라도 천수에서 벗어날 수는 없다.

잉그리스 왕이 없는 실베르 왕국이란 모든 이들에게 있어 미지의 영역.

불안함을 느끼지 않는 것이 이상했다.

"다들 그런 얼굴 하지 말게나. 미련이 남아 가고 싶어도 갈 수가 없지 않은가."

잉그리스 왕은 온화한 말투로 웃지 못할 농담을 던졌다.

노환으로 쇠약해진 지금 상태로는 침대에서 몸을 일으키는 것조차 고역이었다.

"그, 그렇다면 기운을 차려 주십시오! 백성도, 나라도 아직 폐하의 힘이 필요합니다!"

대신 중 한 명이 눈물을 뿌리며 말했다.

"고집을 피운다고 될 일이 아닐세. 이것은 하늘이 정한 수명. 돌이켜 보면 나도 꽤 열심히 살아왔군. 자네들의 도움을 받아 가며 말이야……. 다들, 감사의 말을 전하지. 뒤를 잘 부탁하네."

잉그리스 왕의 말에 신하들은 흐느껴 울기 시작했다.

늙은 자신을 생각해 주는 그 마음은 감사할 따름이지만, 그는 일찌감치 각오를 마친 몸이었다. 되도록 밝은 얼굴로 배웅해 주길 바랐다.

"잉그리스."

그때, 어디선가 맑고 아름다운 여성의 목소리가 들려왔다.

잉그리스 왕은 그 목소리에서 그리움을 느꼈다.

그의 이름을 존칭 없이 부를 수 있는 존재는 자신이 아는 한 하나뿐이었다.

그가 쌓은 업적이란 그만한 일이었다. 원하고 원하지 않고를 떠나서.

인생이란 무엇이 일어날지 알 수 없는 법. 젊은 시절에는 자신이 왕이 되리라고는 생각해 본 적도 없었다.

그저 자기 자신만을 믿고 살아가자 다짐했건만.

그녀와의 만남으로 모든 것이 바뀌었다.

"오오…… 오랜만에 뵙습니다."

잉그리스 왕이 표정이 누그러졌다.

머리맡에 새하얀 의상을 입은 아름다운 여성이 서 있었다.

아무런 전조도 없이. 홀연히.

"폐하. 왜 그러십니까?"

신하들은 그녀 모습이 보이지 않는 듯했다.

하지만 그게 당연했다. 신이 뜻하지 않는 한, 인간은 신을 바라볼 수조차 없다.

잉그리스 왕이 그녀를 볼 수 있는 건, 그가 반인반신의 디바인 나이트였기 때문이다.

그리고 젊은 시절의 잉그리스에게 가호를 내려 디바인 나이트로 각성시킨 것이 바로 눈앞의 여신 아리스티아였다.

"아니, 아무것도 아닐세. 다들 잠시 자리를 비켜주지 않겠나. 혼자 있고 싶군."

잉그리스 왕은 신하들을 퇴장시켰다.

누구도 여신 아리스티아의 등장을 깨닫지 못한 눈치였다.

여신과 둘만 남은 잉그리스 왕은 환하게 웃었다.

"굉장히 그리운 모습이군요. 마지막으로 만나 뵌 것이 언제였는지…… 여전히 아름다우십니다. 가기 전에 한번 얼굴을 뵙고 싶다고 생각하고 있었습니다."

"저도 마찬가지입니다. 잉그리스."

여신 아리스티아는 잉그리스 왕의 주름진 볼에 살포시 손을 얹었다.

"정말로 수고 많았습니다. 당신은 세상과 사람들을 위해 실로 훌륭히 활약해 주었어요."

"그렇게 말씀해 주시니 미력한 힘이나마 애써 온 보람이 있군요. 이 늙은이는 어깨가 으쓱해질 따름입니다."

"후후후. 저야말로 자랑스러워요. 당신을 디바인 나이트로 택한 저의 안목은 확실했나 보군요."

여신 아리스티아는 표현할 수 없을 만큼 아름다운 미소를 지어 보였다.

"잉그리스. 오늘 제가 당신을 찾아온 건……."

"알고 있습니다. 이 늙은이의 마지막을 지켜봐 주시기 위해서

지요?"

"아니요, 잘못 짚었어요. 당신의 크나큰 업적에 무언가 보답을
해 주고 싶어서 왔습니다. 바라는 것은 없나요? 제가 할 수 있는
것이라면 무엇이든 이루어 주겠습니다."

"……무엇이든 말입니까?"

"예. 당신의 활약을 생각하면 그 정도는 당연하지요."

여신은 미소 지으며 고개를 깊이 끄덕였다.

여신의 말에 잉그리스 왕은 잠시 입을 다물고 고민했다.

자신이 삶에 부끄러운 점은 없었다.

스스로 보기에도 열심히 살아왔구나 싶었다. 자부심을 품어도
좋으리라.

하지만…… '만약 이랬더라면'하고 생각해 본 적이 없는 건 아
니었다.

인간의 마음이란, 인생이란 그리 단순하지 않은 법이다.

잉그리스 왕의 미련. 그것은 자신의 실력이 극한의 경지에 이
르지 못했다는 점이었다.

디바인 나이트가 되면서 인간을 초월한 힘을 얻었지만 여러 가
지 사정상, 특히 실베르 왕국을 건국한 뒤로는 왕의 업무에 치여
제대로 단련을 할 기회가 없었다.

무인으로서는 그것이 아쉬울 따름이었다.

그래서 잉그리스 왕은 이렇게 대답했다.

"그렇군요…… 다시 태어나 새로운 삶을 살아보고 싶습니다."

"잉그리스. 이유를 물어봐도 될까요?"

"제게 다른 삶이란 어떤 것이었을지 흥미가 동하더군요. 저는 나라와 백성들을 위해 평생을 바쳤습니다. 물론, 후회는 없습니다. 오히려 저의 자랑이지요."

"알고 있습니다."

"허나, 만일 왕이 되지 않고 실력을 갈고닦는 데 일생을 바쳤다면 과연 어느 정도였을까, 문득 그런 의문이 들더군요. 궁금하지 않을 리가 없지요. 만약 기회가 있다면 그러한 삶을 살아보고 싶습니다."

"……과연. 저와 처음 만났을 때는 용병으로 일하고 있었죠."

"그렇습니다. 저는 역시 왕보다는 일개 무인이 어울리는 것 같습니다. 게다가 미래에 다시 태어난다면 이 나라의 행방도 알 수 있겠지요? 앞으로 다른 아이들이 이 나라를 어떻게 계승해 나갈지 확인해 보고 싶습니다."

"……알겠습니다, 잉그리스. 당신의 소원을 들어주겠습니다."

여신이 부드럽게 미소 지으며 말했다.

"먼 미래에 새로 태어난 당신과 재회할 날을 손꼽아 기다리고 있겠어요."

이윽고 여신은 마르고 쇠약해진 잉그리스 왕의 몸을 살포시 끌어안았다.

잉그리스 왕은 눈을 감고 그 편안한 감촉에 몸을 맡겼다.

그러는 사이 여신은 왔을 때처럼 홀연히 모습을 감추었다.

그날 저녁. 잉그리스 왕은 숨을 거두었다.

거실의 발코니에 앉아, 자신이 인생의 전부를 바쳐 사랑했던 나라의 백성들을 바라보면서.

많은 충신이 위대한 영웅의 서거를 지켜보았다.

그의 얼굴은 평온했고, 백성들을 향한 애정으로 가득 차 있었다.

실베르 왕국은 이날 둘도 없는 아버지를 잃었다.

앞으로는 자신들의 다리로 걸어 나가야만 하는 것이다.

그리고 세월이 흘렀다.

영원과도 같으면서 찰나처럼 느껴지는, 그런 꿈결 같은 시간이 지나갔다.

잉그리스 왕은 자신의 의식이 각성해 나가는 것을 느꼈다.

몽롱한 시야에 두 사람의 모습이 들어왔다.

흑발의 여성과 은발의 남성.

남성이 자신을 덥석 안아 들었다.

자신의 몸은 작았으며, 마음먹은 대로 움직이지 않았다.

어느새 갓난아기가 되어 있었다.

'정말로 전생한 것인가. 과연 여신님의 힘이로군.'

그렇게 감탄하지 않을 수가 없었다.

"하하하! 우리, 잉그리스! 높이 높이 날아라♪"

아버지는 신나서 자신의 몸을 번쩍 치켜들었다.

우연의 일치인지, 다시 태어난 뒤로도 이름은 여전히 잉그리스였다.

잉그리스에게는 환영할 만한 일이었다.

오랜 세월을 함께해 온 이름인 만큼 아무래도 애착을 느끼고 있었다.

"여보. 그렇게 흔들면 잉그리스가 무서워한다고요."

"오오, 그런가. 아빠가 미안하구나. 그보다 정말 고생했다, 세레나! 너를 꼭 닮은 귀여운 여자아이야!"

'뭣이?! 여자아이라고?!'

마음속으로 깜짝 놀라 소리쳤다.

그 경악은 응애애, 하는 울음소리로 바뀌어 있었다.

여신의 기적으로 다시 태어난 것까지는 좋았지만, 갓난아기의 몸은 여러모로 불편한 점이 많았다.

몸을 제대로 가누기도 어려울뿐더러 조금만 움직여도 금세 잠기운이 찾아왔다.

아직 한 살도 되지 않은 그, 아니, 그녀는 평범한 아기들과 크게 다르지 않은 나날을 보내야만 했다.

잉그리스가 태어난 곳은 유크스 가문이라는 기사 집안이었다.

아버지인 류크 유크스는 이 일대의 영주를 섬기는 기사단의 단장이었으며, 어머니인 세레나도 현역에서 물러나긴 했지만 원래 아버지의 부하 기사였다.

다만 이것도 그저 부모가 나누는 대화를 통해서 유추한 내용일 뿐, 자세한 건 알지 못했다. 말을 못 하는 잉그리스로서는 달리 방법이 없었다.

여성으로 다시 태어난 건 조금 놀랐지만, 지금 잉그리스에게 가장 큰 문제는 불편한 아기의 몸이었다.

그 불편함 앞이라면 성별 문제 따위는 신경도 쓰이지 않았다.

그로부터…… 자신이 살았던 시대로부터 시간이 얼마나 흘렀을까.

자신이 세운 사랑스러운 실베르 왕국은 그 뒤로 어떻게 되었을까.

조사해 보고 싶어도 말도 못 하고, 스스로 움직이지도 못해 어찌할 수가 없었다.

이날도 잉그리스는 어머니인 세레나의 손에 옮겨져 요람에 누워 있었다. 지금부터 낮잠을 잘 시간인 모양이었다.

잉그리스가 자는 척을 하면, 아기가 잠들었다고 생각한 어머니는 집안일을 하기 위해 자리를 비웠다. 이 틈을 이용해서 수행을 쌓는 것이 최근의 일과였다. 머지않아 정말로 잠기운이 찾아와 잠에 빠져 버리고 말았지만…….

그래도 시간이 날 때마다 단련을 쌓았다.

갓난아기의 몸으로는 검을 쥘 수 없지만, 꼭 검을 쥐는 것만이 수련은 아니었다.

다시 태어난 아기의 몸에도 여신 아리스티아의 축복은 건재했다.

신의 가호가 깃든 반인반신의 존재, 디바인 나이트.

그 능력이 고스란히 남아있다는 건 에테르가 느껴진다는 사실만 봐도 알 수 있었다.

에테르란 만물의 근원이다.

이 세상의 모든 것은 에테르로 구성되어 있다. 개체와 개체의 구분도 결국 에테르가 이루고 있는 형태의 차이에 불과했다.

마법의 원소인 마나 또한 기원을 거슬러 올라가면 에테르가 나온다.

즉 에테르를 조작한다는 것은 세상을 자신의 의지대로 움직인다는 것. 인과를 조작한다는 것.

즉, 신의 힘이었다.

다만, 에테르의 제어는 간단하지 않다. 마나를 다뤄 초자연적인 현상을 일으키는 마법보다도 압도적으로 어려웠다.

그 대신 위력 또한 압도적이었다. 규모도 마법과 비교할 바가 아니다.

전생의 잉그리스 왕이 여신의 축복을 받아 디바인 나이트로 각성한 것은 성인이 되고 나서였다.

결국, 죽기 전까지 익힌 것이라고는 에테르의 기본적인 사용법이 전부.

그것만으로도 영웅으로 칭송받고, 실베르 왕국의 왕이 되기에 부족함이 없는 초인적인 힘이었다.

그러나 그의 힘이 초인의 영역에 달했을지는 몰라도, 진정한 초인의 영역에서 보면 햇병아리나 마찬가지.

자신을 단련할 시간도 마련하지 못한 채 세월을 거듭해야 했던 인생의 한계였다.

잉그리스 유크스라는 이번 인생에서는, 어릴 적부터 에테르의 제어를 수련해 전생에서 이르지 못했던 경지에 도달해 보고 싶었다.

디바인 나이트인 자신의 힘을 갈고 닦아 신조차 능가하는 절대적인 영역에 올라서고 싶었다.

그곳에 서면 대체 어떠한 광경이 펼쳐질까. 직접 보지 않으면 알 길이 없으리라.

극한의 무에 이르기 위해 새로 태어난 지금, 헛되이 사용할 시간은 없었다.

몸을 가눌 수는 없더라도 에테르를 다루는 것은 가능했다.

잉그리스는 곧바로 정신을 집중해 에테르를 제어하기 시작했다.

미약하게나마 에테르를 제어하자 몸이 두둥실 떠올랐다. 이제 막 태어난 것치고는 훌륭했다. 이 상태를 유지하며 수련을 계속해 나가기만 하면 됐다.

계속해 나가면 되는데—— 오늘은 운수가 따라주지 않았다.

"마석수(魔石獸)가 나타났다! 다들 피난해! 성으로 피난해라!"

저택 바깥에서 다급한 목소리가 들려왔다.

마석수가 대체 뭐길래?

양친의 대화에서 가끔 튀어나온 단어이기는 했지만, 실물을 본 적은 없었다.

왕으로 지내던 시대만 해도 그런 단어는 존재하지 않았다. 무서운 마물을 일컫는 것일까?

"크리스! 어서 피해야⋯⋯아아아앗?! 우리 아이가, 떠, 떠 있어⋯⋯?!"

허둥지둥 방으로 달려온 어머니 세레나가 화들짝 놀라 외쳤다.

⋯⋯들킨 건가?! 잉그리스는 상황을 얼버무리기 위해 황급히 요람 안으로 돌아가 울음소리를 내기 시작했다.

"응애애! 응애애!"

"아, 아니지! 그보다 빨리 피난시켜야 해! 이 애한테 무슨 일이라도 생기면 그이를 볼 낯이 없어! 괜찮아, 잉그리스. 엄마랑 같이 피난하자!"

세레나는 잉그리스를 안아 들고 황급히 저택을 나갔다.

혹시 마석수라는 것을 볼 기회가 있지 않을까?

기껏 전생의 자신을 뛰어넘는 힘을 얻어도 그것을 시험해 볼 상대가 없다면 참으로 아쉬울 거다.

부디 쓰러트릴 보람이 있는 터무니없이 흉악한 괴물이기를!

갓난아기인 잉그리스는 달려가는 어머니의 품속에서 그렇게 빌었다.

잉그리스를 데리고 성으로 피난한 세레나.

성의 정문을 넘어선 그녀는 두 사람을 기다리고 있는 인물과 맞닥트렸다.

"세레나! 무사했구나, 다행이야!"

"이리나 언니! 여기서 기다린 거야?!"

이리나는 어머니의 언니, 즉 잉그리스의 이모였다.

이 두 사람은 평소 사이가 좋았기 때문에 잉그리스와도 곧잘 얼굴을 맞대고는 했다.

이리나는 잉그리스가 태어난 이곳, '성채 도시 유미르'의 영주인 빌포드 후작에게 시집을 갔다. 말하자면 후작 부인이다.

즉 후작가의 친척이자 기사단장의 딸. 그것이 잉그리스의 새로운 출생 신분이었다.

전생이 농가의 자식이었던 걸 생각하면 그야말로 하늘과 땅 차이였다.

출생 신분에 연연할 잉그리스가 아니기는 했지만.

"당연하지! 걱정되는걸!"

"그래도 라파엘과 라피니아의 곁을 떠나면 안 되지! 그 애들이 불안해하잖아."

이리나에게도 일남 일녀의 자식이 있었다. 그중 여동생인 라피니아는 잉그리스와 동갑이었다.

잉그리스도 라피니아를 몇 차례 만나 본 적이 있었다.

그쪽도 불편한 갓난아기의 몸으로 고생을 하고 있으리라.

물론 자신처럼 영혼이 성인이라면 그렇다는 이야기지만.

실제로 그럴 리가 없으니 라피니아 본인은 아무런 자각이 없을 것이다.

"괜찮아, 라피니아는 라파엘이 돌봐주고 있어! 자, 이쪽으로!"

"응, 언니!"

잉그리스는 어머니 세레나의 품에 안겨 성안으로 들어섰다.

성의 3층은 후작가의 주거 공간이었다.

잉그리스 모녀는 그곳을 피난처로 삼기로 했다.

튼튼하게 지어진 성안은 잉그리스의 저택보다 훨씬 안전했다.

안으로 들어가자 아기를 안은 7, 8세 정도의 소년이 기다리고 있었다.

"어머니! 무사하신가요!"

흑발에 검은 눈동자를 지닌 영민해 보이는 소년이었다.

그 소년, 라파엘은 빌포드 후작가의 장남으로 훗날 이 마을의 영주가 될 몸이었다.

"그래, 라파엘. 라피니아는 괜찮니?"

"예. 여기 보세요! 얌전히 잘 있어요."

"그렇구나. 다행이야. 기사단이 마석수를 물리칠 때까지 여기서 기다리자."

"알았어, 언니."

고개를 끄덕이는 두 어머니.

잉그리스는 어머니의 품속에서 창문 바깥의 풍경을 바라보고 있었다.

이 방은 전망이 좋은 편이었다. 덕분에 마을을 에워싼 성곽에서 펼쳐지는 전투를 엿볼 수가 있었다.

인간들과 대치하고 있는 것은 크기가 어른의 두 배에 달하는 도마뱀처럼 생긴 괴물이었다.

칼날처럼 단단한 한 쌍의 날개가 달려 있었으며, 이마와 목, 등 쪽에 보석 같은 것이 박혀 있었다.

보석의 색은 붉은색, 파란색, 보라색까지 개체마다 제각각이었다.

저 보석처럼 생긴 것이 박혀 있어서 마석수라고 부르는 모양이었다.

그렇다면 돌이 발하는 광채는 응축된 마나의 힘일까. 멀어서 제대로 판단하기 힘들었다.

도마뱀은 못 해도 열 마리가 넘어 보였다.

그 괴물들을 물리치기 위해 기사단이 무기를 거머쥐고 달려들었다.

두 어머니, 그리고 잉그리스의 사촌인 라파엘은 마른침을 삼키며 그 모습을 지켜보았다.

그러한 세 사람의 표정은 심각했지만, 미지의 위협에 전전긍긍하는 눈치는 아니었다.

다시 말해, 이 시대는 오늘 같은 사태가 곧잘 일어나고 있다는 뜻이었다.

'흐음. 세상이 무척 흉흉해진 모양이군. 하지만 내게는 오히려 잘된 일이다.'

적어도 아쉬움 없이 싸울 수 있는 환경은 마련된 셈이었다.

흉악하고 강대한 마석수를 쫓는 사냥꾼이 되는 것도 나쁘지 않으리라.

좌우지간 빨리 어른이 되어 저 괴물들을 상대로 실력을 가늠해 보고 싶었다.

'에잇, 싸우고 싶어 좀이 쑤시는군! 하지만 아쉽게도 몸이 마음대로 움직이질 않아!'

그러한 잉그리스의 마음속 외침은 아기의 입에서 다음과 같이 바뀌었다.

"다아아! 아부부우우!"

"크, 크리스······! 함부로 날뛰면 안 돼."

"어쩔 수 없지. 마석수를 보는 건 처음이잖니? 무서워하는 게 당연해."

이리나의 품속에서 울음을 터트리고 있는 라피니아를 보면 그 말에도 일리는 있었다.

"그렇겠구나. 이 아이들의 미래를 위해서라도 하루빨리 마석수가 없는 세상이 찾아와야 할 텐데······."

'아니요! 그건 곤란합니다, 어머니! 제게는 싸울 상대가 필요해요! 마석수는 꼭 있어야 합니다! 쓰러트릴 보람이 있어 보이니까요!'

"아부우 아부우 아부우웃!"

"그래, 착하지. 무섭지 않아요, 엄마가 반드시 지켜줄게요."

세레나는 모성 가득한 눈으로 잉그리스를 꼭 끌어안았다.

'그게 아닙니다! 분하단 말입니다! 모처럼 기회가 왔는데 움직일 수 없다니!'

그러한 잉그리스와 똑같은 심정을 느끼는 인물이 이 장소에 한 명 더 있었다.

"······분해요. 저 역시 마인(魔印)을 부여받은 몸인데 여기서 지켜보고 있어야만 하다니."

마인. 그것도 잉그리스에게는 생소한 단어였다.

다만, 이 시대 기사들의 몸에는 전부 새겨져 있다는 사실만큼은 알고 있었다.

기사단장인 잉그리스의 아버지도, 한때 기사였던 어머니도 한쪽 손에 문양이 새겨져 있었다.

마석수와 맞설 수 있는 무기를 다루려면 이 문양이 필요하다는 모양이었다.

"라파엘. 네게 새겨진 마인은 '특급 마인'이란다. 그건 지상에 사는 이들의 희망이 될, 선택받은 사람이 얻는 마인이야. 그러니 너는 만에 하나라도 이런 곳에서 쓰러져서는 안 돼. 네가 성장해서 네게 주어진 힘을 최대한으로 발휘할 수 있게 되기 전까지는. 알겠니?"

이리나가 라파엘을 엄하게 타일렀다.

듣자 하니 라파엘의 마인은 선택받은 영웅의 증표라 할 만큼 특별한 의미가 있는 듯했다.

전생에서 영웅왕이라 불렸던 잉그리스는 사람들 위에 서는 영웅이라는 자리가 얼마나 갑갑한지를 잘 알고 있었다.

후작가의 후계자라는 사실만 해도 굉장한 부담이건만. 고생길이 훤히 내다보이는 잉그리스로서는 이 소년이 그저 갸륵할 따름이었다.

"아, 알겠습니다. 어머니⋯⋯."

라파엘은 어머니의 엄한 훈계에 약간 놀란 눈치였다.

라파엘이 한 말은 그저 순수한 정의감에서 우러난 말이었다. 이러한 반응이 되돌아올 것이라고는 예상치 못했으리라.

"좋은 기회니 잘 기억해 두렴. 만약 지금 여기서 무슨 일이 일어난다면, 이 자리의 모두를 버리고 달아나는 한이 있더라도 너만은 살아남아야 해. 네가 얼마나 중요한지 자각을 갖도록 하거라."

"어머니! 무, 무슨 말씀을……!"

만약의 이야기였지만 정의감이 강해 보이는 이 소년은 괴로운 표정을 지었다.

그러나 말이란 때로 의도치 않은 우연을 불러일으키는 법이다.

말이 씨가 된다는 격언이 있듯이, 호랑이도 제 말 하면 온다는 속담이 있듯이.

콰아앙! 쨍그랑!

느닷없이 창문이 창틀째로 날아가 버렸다.

기사단과 싸우고 있던 마석수 중 한 마리가 실내로 날아들어 온 것이다.

"꺄아아아아악?!"

날개가 달린 도마뱀 마석수는 등장과 함께 이리나를 들이받아 벽 쪽으로 날려 버렸다. 이리나는 자신의 몸을 방패 삼아 라피니아를 감싸 지켜냈지만, 날아가면서 머리를 부딪쳐 기절하고 말았다.

충격에 놀란 라피니아가 큰 소리로 울기 시작했다.

"어머니!"

"안 돼! 너는 도망가렴!"

세레나가 검을 뽑으려는 라파엘을 제지했다. 그녀는 라피니아를 안고 라파엘에게 두 아기를 맡겼다. 그리고 벽에 걸려 있던 가느다란 검을 쥐었다.

"내가 이목을 끌겠어. 잉그리스와 라피니아를 데리고 달아나!"

"하지만 이모님! 그 검으로는 놈들을 상대할 수 없습니다!"

마석수가 세레나를 향해 달려들었다.

한때 기사였던 세레나는 현역에서 물러났음에도 적의 맹공을 견뎌냈다.

하지만 장식용 세검은 간단히 휘어지기 마련.

앞으로 얼마 받아넘길 수도 없어 보였다.

"어서 가래도! 멍하니 있지 말고!"

세레나의 필사적인 질책이 날아왔다.

"라니! 크리스! 미안해, 여기서 잠깐 기다려!"

하지만 라파엘은 두 아기를 기둥 뒤에 눕히고는 검을 뽑아 들고 세레나를 돕기 위해 나섰다.

"저도 돕겠습니다! 버티다 보면 마인무구를 가진 기사가 와줄 겁니다!"

아무래도 그 마인무구라는 게 마석수에 대항하기 위한 이 시대 기사들의 무기인 듯했다.

"안 된다고 말했잖니! 물러나!"

"싫습니다! 눈앞의 소중한 사람도 구하지 못하면서 어떻게 많은 사람을 구하겠습니까!"

뜨겁고도 치기 어린 외침이었다.

하지만 그것이면 충분하다고, 그 마음가짐이 중요하다고 잉그리스는 생각했다.

이러한 난관을 타개하고 살아남아야 비로소 영웅이라 불릴 자격이 있는 법.

영웅이란 타인의 말에 고분고분 따른다고 될 수 있는 것이 아니다.

자신의 의지로 행동하는 자에게 감화된 사람들이 멋대로 영웅이라 부르기 시작하며 탄생하는 것이다.

"윽…… 크윽! 으아앗?!"

"꺄아아악?!"

하지만 이들의 분투는 오래가지 못했다. 힘에 밀린 두 사람은 뒤로 날아가 벽에 충돌하고 말았다.

"이, 이모님……! 괜찮으신, 가요……?!"

"으으……."

라파엘도 세레나도 의식이 몽롱해 보였다.

이대로는 두 사람 모두 위험했다.

두 사람이 당하면 쓰러져 있는 이리나는 물론 아기인 잉그리스, 라피니아까지 위험해진다.

'내가 가세하는 게 좋겠군. 어머니를 당하게 놔둘 수는 없지. 그리고 이 소년의 용기를 봐서라도…….'

이번 인생은 자신을 위해 살기로 정했다.

따라서 세상을 구할 영웅은 잉그리스의 관심사가 아니었다. 다만, 그 소질을 지닌 자에게 힘을 빌려주는 것을 굳이 마다할 이유는 없었다.

이런 곳에서 죽기에는 아까운 소년이었다.

유약한 갓난아기의 몸이기는 하지만 어떻게든 하는 수밖에.

이런 몸으로도 에테르를 응축해 적에게 쏘아 보내는 정도는 가능했다.

전생하기 전부터 알고 있던 에테르의 기본적인 사용법이다.

에테르 스트라이크라고 부르면 되지 않을까.

집을 파괴할 우려가 있어 요람 안에서는 차마 시험해 볼 수가 없었지만.

주위를 둘러보니 다행히 다들 의식을 잃은 듯했다. 지금이라면 사용해도 큰 문제는 없을 것 같았다.

"다아아! 아부부우우웃!"

갓난아기인 잉그리스의 두 눈이 번뜩였다.

그곳에서 뿜어져 나온 푸르스름한 섬광이 거대한 광탄으로 변하는가 싶더니, 이윽고 마석수를 향해 발사되었다.

쿠오오오오오오!

무시무시한 기세로 마석수를 집어삼킨 광탄은 그대로 벽을 뚫고 나갔다. 빛에 휘말려 공중으로 날아간 마석수의 몸은 뒤틀리고, 불타오르다가 끝내는 새하얀 재가 되어 소멸해 버렸다.

'흠. 갓난아기의 몸이지만 썩 나쁘지 않은 위력이로군.'

평소의 수련이 헛되지 않았던 모양이다.

"크, 크리스……? 지, 지금 무슨 일이……?"

벽에 몸을 기대고 있던 라파엘이 멍하니 중얼거렸다.

의식이 있었나. 잉그리스는 내심 혀를 찼다.

"다, 다행이다……."

하지만 그 직후 라파엘도 정신을 잃고 말았다.

이젠 방금 본 건 꿈결에 본 환상이라고 착각하길 바랄 뿐이었다.

그런 생각을 하는 사이, 잉그리스에게도 급격히 잠기운이 찾아
왔다.

갓난아기의 몸으로 이만한 짓을 벌였으니 당연한 노릇이었다.

"이리나 후작 부인! 라파엘 님! 무사하십니까?!"

계단 밑에서 다급한 목소리가 들려왔다.

지원군인가. 그렇다면 이제 괜찮겠지. 괜찮다고 생각하고 싶
었다.

마지막까지 상황을 지켜보고 싶었지만, 더는 잠기운을 버틸 수
가 없었다.

다음으로 눈을 뜬 것은 자택의 요람 안에서였다.

아버지와 어머니가 나눈 대화에 따르면 다들 무사한 모양이
었다.

그 뒤로 라파엘은 한동안 잉그리스를 의심해 왔다.

하지만 잉그리스가 무슨 짓을 했다고 말해도 믿어주는 사람은 없었으며, 잉그리스도 더는 꼬리를 밟히지 않았기 때문에 결국 자신이 환상을 보았다고 생각하기 시작했다.

그것보다 지금 가장 큰 문제는 마석수였다. 잉그리스가 전생하기 전에는 존재하지 않던 괴물이었다.

부모가 나눈 대화를 통해 추측건대 전에 마주쳤던 놈은 마석수 중에서도 가작 약한 소형으로, 훨씬 흉악한 녀석도 있다는 모양이었다.

제법 흥미로운 이야기였다.

우선은 그 최강의 마석수라는 녀석을 해치울 수 있을 정도로 강해지자!

0세의 잉그리스는 그렇게 결의했다.

그 이후로 평화로운 나날이 흘러갔다.

잉그리스 왕이 새로운 생명과 똑같은 이름을 얻어 전생한 뒤로 5년이라는 세월이 지났다.

전생하고 몇 년간은 다른 갓난아기들과 다름없는 생활을 보내야 했다. 몸을 제대로 가누기도 어렵거니와, 조금만 움직여도 금세 잠기운이 찾아왔기 때문에 어쩔 수가 없었다.

최근 들어서야 간신히 움직임이 가벼워지기 시작했다.

그렇다고는 해도 아직 한참 연약한 유아기의 몸.

잉그리스는 충분히 성장할 때까지 할 수 있는 단련을 쌓아가자는 마음가짐으로 하루하루를 보내고 있었다.

"……."

눈앞의 전신 거울에 잉그리스의 모습이 비쳤다.

다섯 살이 된 잉그리스는 신비로운 은발에 꽃잎처럼 선명한 붉은색의 눈동자를 지니고 있었다.

자신이 봐도 엄청나게 귀여운 여자아이였다.

머리부터 발끝까지 반짝반짝 빛이 났다. 장래에는 분명 절세의 미녀가 되리라.

'이거, 참 귀엽게 태어났군. 전생에서도 이런 손녀딸을 원했었는데.'

전생에서는 자식이 없었기 때문에 자연스레 그런 생각이 피어올랐다.

당연히 남자로 태어날 것이라 예상했던 만큼 처음 여자라는 걸 알았을 때는 당황을 금치 못했다.

하지만 불평한다고 돌이킬 수도 없는 노릇. 무엇보다 벌써 5년이란 세월을 이 몸으로 살아왔다.

결국, 잉그리스는 이것을 "여자한테 한눈팔지 말고 수련에 매진하세요!"라는 여신님의 질타와 격려가 담긴 메시지로 받아들이기로 했다.

아무래도 남자로 태어나면 여성에게 끌리기 마련이니까.

평생을 무에 바치기에는 차라리 이쪽이 나을지도 모르는 일이었다.

게다가 거울 속에서 웃고 있는 자신의 얼굴을 보고 있으면 마음이 절로 누그러졌다.

이건 이것대로 나쁘지 않은 기분이 들었다.

잉그리스는 그렇게 생각하며 오늘도 전신 거울을 향해 미소 짓고 있었다.

"어머나, 크리스는 거울을 정말로 좋아하는구나."

"그렇지, 언니? 무척 똘똘하고 말도 잘 듣는 아이지만, 저게 좀……."

아름다운 두 명의 여성이 이쪽을 바라보며 대화를 나누고 있었다.

보고 있었던 건가. 잉그리스는 살짝 부끄러워지고 말았다.

어머니인 세레나와 이모님인 이리나였다.

"뭐 어때서 그래. 저만큼 귀여우면 자기 모습에 홀딱 반할 만도 하지. 안 그러니, 크리스?"

"이모님. 부끄러운 모습을 보이고 말았습니다."

"와아, 정말로 말투가 똑 부러지네. 어떤 교육을 하면 이렇게 자라는 거니?"

"나도 잘 모르겠어……. 딱히 뭘 가르친 적이 없는데……."

"책을 통해서 배웠습니다. 이모님."

"대단한걸. 될성부른 나무는 떡잎부터 알아본다더니."

"말씀이라도 고맙습니다."

"크리스가 보기에는 꼬맹이 같을지도 모르겠지만 라피니아와 도 잘 놀아주렴."

이리나는 근처에서 목검을 휘두르려 하는 여자아이에게로 시선을 향했다.

흑발에 검은 눈동자, 그리고 애교가 묻어나는 생김새를 지닌 아이였다. 나이는 잉그리스와 같은 다섯 살.

이리나의 딸인 라피니아였다. 이모가 낳은 자식이므로 잉그리스와는 사촌이었다.

이리나의 말대로, 다섯 살의 여자아이와 놀아주는 건 잉그리스에게 아이 돌보기나 다름없었다.

하지만 잉그리스는 그것이 딱히 싫지 않았다.

이런 손녀가 있었다면 잔뜩 귀여워했을 텐데, 라는 기분이 들어 라피니아를 상대할 때마다 마음이 평온해졌다.

"이얍! 앗……?! 꺅?! 흐에엥~."

라피니아는 목검을 휘두르려다가 균형을 잃고 넘어져 눈물을 글썽였다.

"라니, 괜찮아? 자, 일어나."

잉그리스는 라피니아를 부축해 일으킨 다음 머리를 살살 쓰다듬었다.

"훌쩍, 훌쩍. 크리스으~."

잉그리스는 '크리스'. 라피니아는 '라니'. 그것이 두 사람의 애칭이었다.

"허리를 더 낮추고 휘둘러야지. 저 사람들처럼."

그렇게 말하며 잉그리스는 목검으로 단련 중인 남자들을 가리켰다.

이곳은 성안에 있는 기사단의 훈련장으로, 현재 훈련이 한창이었다.

여기저기서 울려 퍼지는 기합. 실로 활기 넘치는 광경이었다.

세레나와 이리나는 훈련장의 구석에서 딸들과 함께 훈련을 바라보는 중이었다.

어째서 귀부인들이 이런 땀내 나는 장소에 와 있는가. 물론, 그만한 목적이 있어서였다.

"시작하죠, 라파엘 님! 봐주지 않겠습니다! 오십시오!"

"예! 잘 부탁드립니다!"

십 대 초반의 젊은 소년이 중년의 기사와 대치하고 있었다.

올해로 열셋이 된 라파엘은 듬직한 얼굴로 자라 있었다. 그리고 동시에 자라난 환경이 엿보이는 기품 또한 겸비하고 있었다.

무엇보다 그는 성실한 노력가였다. 이 자리의 모두가 알고 있는 사실이었다.

"오라버니! 힘내~!"

라피니아가 성원을 보냈다.

라파엘은 후작의 아들.

즉, 이 자리에 있는 기사들에게는 차기 주군이 될 몸이었다.

그런 인물이 이렇게 필사적으로 함께 수행하고 있으니 기사들로서도 기분이 나쁠 리가 없었다.

이곳 성채 도시 유미르에서 차기 당주 라파엘의 평판은 굉장히 높았다. 그리고 세레나와 이리나가 훈련장을 찾아온 이유도 바로 이 라파엘 때문이었다.

오늘은 라파엘의 대외 시합이 예정되어 있었다. 다들 시합에서 펼쳐질 라파엘의 활약을 기대하고 있었다.

"갑니다! 우오오오오옷!"

"아직 당할 수는 없지요!"

목검을 사용한 라파엘과 중년 기사의 대련이 시작되었다.

아직 몸이 완성되지 않은 열셋의 라파엘과 단련된 육체를 지닌 기사. 아무래도 힘에서 밀릴 수밖에 없었다.

하지만 라파엘에게는 이를 보완할 순발력이 있었다.

그뿐만 아니라 상대의 허점을 파악해 내는 관찰력, 그리고 자신의 움직임을 살리기 위한 전략까지 갖추고 있었다.

라파엘은 상대의 검을 회피하며 대련을 계속해 나갔다.

상대는 방어에 치중하는 라파엘을 쓰러트리기 위해 목검에 한층 더 힘을 실었다.

그러한 공방을 몇 차례 거듭하자 상대의 동작이 점차 커지기 시작했다.

이것이 바로 라파엘의 노림수였다.

상대가 다리를 성큼 내디딘 순간, 라파엘은 무릎 뒤쪽을 목검으로 가격했다. 그러자 상대는 중심을 잃고 바닥에 한쪽 무릎을 꿇었다.

마지막으로 눈앞에 검 끝을 들이밀어 승부를 결정짓는 라파엘.

"거기까지! 라파엘 님의 승리다!"

잉그리스의 아버지, 류크가 선언했다.

"으윽……! 훌륭하십니다, 라파엘 님!"

"아뇨, 저야말로 팔이 저릿했어요. 조금만 더 끌었으면 위험했을 겁니다."

그 결과에 라피니아가 기뻐하며 깡충깡충 뛰었다.

"오라버니~! 굉장해~!"

"정말 굉장한걸! 저렇게 커다란 기사를 이기다니……!"

"그러게. 나도 딱히 뭘 가르친 게 없는데……."

"라파엘도 될성부른 나무인가 봐, 언니."

"우후후후. 피차 마찬가지구나."

옆에서 두 어머니가 기뻐하는 모습이 보였다. 잉그리스가 보기에도 라파엘의 실력은 확실히 범상치 않았다.

현재 기사단장인 류크를 제외하면 라파엘에게 이길 상대는 없지는 않을까. 물론, 잉그리스는 예외지만.

아버지인 류크도 그렇고, 주변에 실력자가 있다는 것은 반가운 일이었다.

이 정도면 일부러 훈련 상대를 찾아다닐 필요는 없어 보였다.

"라파엘 님! 다음은 제가 상대하도록 하겠습니다!"

"좋습니다! 잘 부탁드립니다!"

다른 기사가 라파엘의 상대를 자처하며 대련을 시작했다.

하지만 라파엘은 이번에도 힘 차이를 뒤집고 훌륭히 제압해 보였다.

기사들이 차례차례 걸어 나와 라파엘과 대련을 벌였다.

하지만 라파엘은 그들 모두에게서 승리를 거머쥐었다.

'이거 대단한 재능이군. 내 신하였다면 근위기사단 단장이나 대장군의 자리까지는 올라갔겠어……. 언젠가 한번 실력을 겨뤄보고 싶구나.'

그런 생각을 하면서 잉그리스는 라파엘의 활약을 지켜보았다.

그리고 얼마 뒤.

"오랜만이군요, 류크 님! 실례하겠습니다!"

펑퍼짐한 체형의 남성을 필두로 남자 여럿이 줄줄이 훈련장에 들어섰다.

잉그리스는 차림새로 미루어 용병들이 아닐까 하고 추측해 봤지만, 살짝 빗나가고 말았다.

그들은 란바 상회의 무장 행상단이었다.

아무래도 흉흉한 세상이다 보니, 마을과 마을을 오가는 행상인 같은 자들은 언제 강력한 마석수에게 습격을 당할지 모르는 상황에 놓이게 되었다.

그렇다 보니 그들은 제 몸을 지키기 위해 독자적으로 마인무구를 입수하여 무장을 갖추는 경우가 많았다. 인근의 국왕과 영주들도 그들의 무장을 인정하고 있었다.

빌포드 후작령의 기사단과 그들의 관계는 양호한 편이었다. 때로는 합동으로 훈련을 치르기도 할 정도였다.

오늘 열린 검술 시합도 그중 하나였다.

아버지인 류크도 환한 얼굴로 펑퍼짐한 남성에게 인사했다.

"오오. 반갑소, 란바 공. 오늘은 잘 부탁드립니다. 그동안 쌓아 온 훈련의 성과를 겨뤄보도록 합시다."

"바라던 바입니다! 정규 기사단 분들께 한 수 배울 수 있어 영광입니다."

이윽고 란바는 싱글벙글 웃으며 라파엘과 같은 또래의 소년을 소개했다.

"요놈은 제 자식인 라알이라고 합니다. 라알, 인사드리거라."

"류크 님. 라알이라 합니다. 처음 뵙겠습니다."

갸름한 얼굴에 날카로운 눈매를 지닌 소년이었다.

소년이 약간 긴장한 얼굴로 인사를 건넸다.

"음, 잘 부탁한다. 라알 군은 라파엘 님과 비슷한 또래구나. 함께 절차탁마하길 바란다. 라파엘 님! 라파엘 님께서도 인사를!"

"예, 갑니다!"

상쾌한 대답과 함께 다가온 라파엘이 라알에게 손을 내밀었다.

"라파엘 빌포드입니다. 오늘은 잘 부탁드려요. 건투를 빌게요."

"저, 저야말로……!"

"좋아. 그럼 가볍게 준비운동 후, 검술 시합을 시작하겠다!"

류크의 호령과 함께 기사단과 무장 행상단이 뒤섞여 연습하기 시작했다. 모습을 지켜보니, 역시 기사단의 기량이 행상단을 웃돌고 있었다.

란바의 아들인 라알도 나이에 비해서는 실력이 있는 편이었지만, 어른 기사에게는 미치지 못하는 눈치였다.

아직 한창 성장 중인 어린애니 어쩔 수 없었다. 라파엘이 특이한 거였다.

이대로 가면 시합도 기사단 측의 승리로 끝나리라. 잉그리스는 그렇게 내다보았다.

하지만 막상 시합이 개시되자 이변이 일어났다.

검술 시합이 시작되고 얼마 동안은 기사단 측이 우세했다.

시합은 일대일 토너먼트 형식이었고, 실력 차이를 보여주듯 무장 행상단 측의 인원수는 계속 줄어 나갔다.

흐름이 바뀐 것은 란바의 아들 라알이 등장하고 나서부터였다.

기사들은 그를 당해내지 못했다. 연전연패의 막이 오른 것이다.

"크악?!"

라알과 대치하고 있던 기사가 팔을 얻어맞고 목검을 떨어트렸다.

"거기까지! 라알 군의 승리다!"

류크가 라알의 승리를 선언했다.

라알 혼자서 이미 열 명을 물리친 상태였다.

"후후훗. 기사분들, 몸이 좀 둔해지신 거 아닙니까? 최근, 이 근방에는 마석수가 나타난 적이 없나 보군요."

연승으로 기세가 올랐는지 라알의 태도가 거만해져 있었다.

아니, 처음에 보여준 태도가 가식이었을 뿐, 이것이 본래 성격이리라.

"반대로 저희는 가는 곳곳마다 마석수가 끊이질 않았는데 말이죠. 뭐, 마석수에게 습격을 받는 곳이 바로 저희 상품이 필요한 곳이니 당연한 노릇입니다만."

란바는 아들의 활약에 만족한 듯 보였다.

아닌 게 아니라 콧대가 아주 높아져 있었다.

묵묵히 듣고 있는 기사들은 억울한 눈치였지만 라알에게 이기지 못한 이상 대놓고 반박할 수도 없었다.

실제로 그들은 마석수의 습격으로 피해를 본 다른 후작령까지 원정하는 등 결코 놀고만 있지 않았다. 그러나 이 상황에서는 무슨 말을 꺼내 봤자 허사였다.

이대로 가다가는 굴욕을 면치 못하리라.

"제길! 저 꼬마 녀석, 대련에 들어가면 갑자기 강해져서는……!"

"맞아. 연습할 때만 해도 저 정도는 아니었던 것 같은데."

"뭐랄까, 저 애하고 겨루면 제대로 싸울 수가 없어……."

"나도 그랬어. 간격을 벌리는 재주가 남다른 건가……?"

라알에게 당한 기사들이 수군거렸다.

그들의 대화를 듣고 잉그리스는 생각했다.

'진심으로 하는 말인가……?'

대화를 나누는 기사들의 손에도 하급이지만 마인이 새겨져 있었다.

그런데 어째서?

'저건 어떻게 봐도 마법이잖아. 상대방의 움직임을 봉쇄하는.'

라알이 어째서 마법을 사용하고 있는지도 신경이 쓰였지만, 그 이상으로 다른 이들의 반응이 마음에 걸렸다.

조금이라도 마법에 소양이 있다면 금세 눈치를 챘어야 했다.

심지어 라알의 마법 실력이 특별히 뛰어난 것도 아니었다.

오히려 무척 어설펐다.

라알이 쓴 마법은 원래 술자와 눈이 마주친 대상을 속박하는 마법이다.

하지만 상대를 속박하기는커녕 동작을 약간 늦추는 정도의 효과밖에 내지 못하고 있었다.

아무래도 이 시대의 사람들은 마법에 관한 지식과 감성을 어딘 가에 버려두고 온 듯했다.

마인과 마인구무가 이를 대체했기 때문일까?

전생에서 마법 학교를 세우는 등 마법을 보급하기 위한 정책을 펼쳐 왔던 잉그리스로서는 씁쓸한 이야기였다.

그 시대에는 마법을 사용하는 자들에 대한 편견과 차별이 어찌 나 강했는지 마녀사냥까지 이루어지고 있었다.

잉그리스 왕은 그것을 금지하고, 평화 속에서 마법과 사회가 융화될 수 있도록 고심을 거듭했다.

그리하여 노령에 접어들었을 무렵에는 사람들도 마법을 당연 하게 받아들이게 되었다. 잉그리스 본인도 세상이 변했음을 실감 했을 정도였다.

"라알 님…… 대단하군요. 하지만 지지 않겠습니다!"

특급 마인을 지닌 라파엘의 반응조차 이 모양이었다.

전혀 눈치챌 기미가 없었다.

"훗날 성기사가 될 분과 싸울 수 있다니, 영광입니다. 정정당당 히 승부에 임하도록 하죠!"

라알도 대사 하나는 기가 막혔다.

남몰래 마법이라는 비겁한 수작을 부리는 주제에.

사정을 꿰고 있는 잉그리스가 보기에는 뻔뻔하기 이를 데 없 었다.

저 나이에 저만한 연기력은 대단하다고 해야 할지도 모르겠지만.

"크, 크리스……. 오라버니가 이기겠지……?"

옆에서 보고 있던 라피니아가 불안한 얼굴로 잉그리스의 옷자락을 붙잡았다.

"괜찮아. 라니가 응원해 주면 라파 오라버니한테도 힘이 될 거야."

잉그리스는 그렇게 대답해 줄 수밖에 없었다.

"응. 힘내라~! 오라버니~!"

라피니아의 목소리를 들은 라파엘은 뒤를 돌아보며 시원스럽게 웃었다.

"알았어. 힘낼게, 라니. 고마워."

그리고 표정을 진지하게 굳히며 라알과 마주했다.

"잘 부탁드립니다!"

"바라던 바입니다!"

"그럼, 시합 시작!"

아버지 류크가 두 사람에게 신호를 보냈다.

"간다아앗!"

라파엘이 정면에서 라알을 베어 들어갔다.

온 힘을 담은 돌격이었다.

상대가 강하니 그만큼 온 힘을 다하겠다는 의지가 전해져 왔다.

……그게 아니야. 틀렸어. 잉그리스는 내심 한숨을 내쉬었다.

이래서는 다른 이들과 똑같은 결과를 맞이할 뿐이었다.

"물러!"

라알의 목검은 라파엘의 혼신의 일격을 간단히 막아냈다.

순수한 실력으로 맞붙었다면 이 일격으로 라알을 쓰러트렸을지도 모른다.

"으윽……!"

"크크큭! 미래의 영웅도 고작 이 정도인가!"

라알이 반격을 가했다.

라파엘은 그의 검에 반응을 보였지만, 마법으로 움직임이 둔해진 상태로는 평소대로 막아내려 해봐야 한 박자 늦을 수밖에 없었다.

라파엘은 어중간한 자세에서 횡으로 날아온 공격을 받아내야했다.

결국, 라파엘의 손에서 목검이 떨어져 나갔다.

멀리 튕겨 날아간 목검이 하필이면 이쪽, 정확히는 라피니아를 향해 날아왔다.

"꺄악?!"

"라니?!"

"괜찮아요."

덥석!

잉그리스가 손을 내밀어 목검을 잡았다.

"크, 크리스으. 고마워……!"

라피니아가 울먹이며 말했다.

"정말 잘했어, 잉그리스!"

"아아, 다행이다! 고맙구나, 잉그리스!"

어머니와 이모에게도 칭찬을 받았다.

"라니! 크리스! 미안해! 덕분에 살았어!"

"아닙니다. 받으세요, 라파 오라버니."

잉그리스는 황급히 달려온 라파엘에게 목검을 건넸다.

"고마워, 크리스."

"저, 오라버니. 한 가지 드릴 말씀이…….."

"뭔데?"

"될 수 있으면 적을 보지 않고 싸우는 게 어떨까 싶어요."

"응? 그게 무슨 뜻이야?"

"어딘가 이상해요. 다들 움직임이 둔해져 있어요. 반면에 라알 님은 항상 상대가 정면에 오도록 싸우고 있고요. 뭔가가 있는 것 같아요."

실제로는 '같아요'가 아니라 확신이 있었다. 라알은 마법을 쓰고 있었다.

하지만 그 사실을 그대로 전해 봤자 믿지도 않을 테고, 뒷수습만 성가실 뿐이었다.

잉그리스는 넌지시 암시를 주는 정도가 오히려 좋겠다고 판단했다.

"상대를 보지 않고 싸운다…… 확실히 몸이 무겁게 느껴지기는 했지만……. 알겠어, 크리스. 고마워."

라파엘은 고개를 끄덕인 다음 라알이 있는 곳으로 되돌아갔다.

"죄송합니다, 라알 님! 상대를 부탁드려도 되겠습니까?"

"좋습니다. 방금 시합은 어중간하게 끝나 버렸으니까요. 철저하게 밟혀 봐야 졌다는 실감이 좀 나시겠죠?"

약자를 괴롭히는 뱀 같은 눈빛.

하지만 라파엘은 도발에 응하지 않고 시합에 임했다.

"……갑니다!"

라파엘은 라알이 시야에 들어오지 않도록 발밑을 쳐다보며 앞으로 파고들었다.

바닥에 그림자가 비치고 있었다. 라파엘은 이를 참고해 눈대중으로 참격을 날렸다.

"윽……?!"

그것을 받아낸 라알의 자세가 살짝 흐트러졌다.

라파엘의 공격은 마법의 영향에서 벗어나 있었다.

제대로 된 실력을 발휘할 수만 있다면 라파엘은 라알에게 벅찬 상대였다.

"역시……! 크리스가 말한 대로야!"

"제…… 젠장!"

라파엘이 라알을 몰아세웠다.

라알은 계속해서 뒷걸음질 친 끝에 벽까지 내몰리게 되었다.

그러나 그건 라파엘에게 좋지 않은 상황이었다.

"우오오오오옷!"

라파엘이 돌진했다. 그리고 그 공격을 라알이 가까스로 받아
냈다.

라파엘은 기세를 살려 라알의 옆구리를 빠져나가듯 움직였
고…….

그대로 벽에 부딪히고 말았다.

"우왓?!"

바닥을 내려다보느라 벽이 있는지 미처 알지 못한 모양이었다.

자세가 크게 무너진 틈을 노려 라알이 목검을 내질렀다.

"핫하하! 빈틈이다아앗!"

"크으윽?!"

"거기까지! 라알 군의 승리다!"

류크가 선언했다.

"아아아! 흐에에엥…… 오라버니가 졌어어~."

라피니아가 당장이라도 울음을 터트릴 것처럼 눈물을 글썽였다.

잉그리스는 그녀의 머리를 탁탁 두드렸다.

"괜찮아. 내가 원수를 갚아 줄게."

기사단이 불공평한 승부로 패배하는 모습을 지켜본다는 것은
썩 유쾌하지 않았다.

무엇보다 라피니아를 울릴 수는 없었다.

이 아이를 돌보는 것이 잉그리스의 역할이었다.

잉그리스는 바닥에 떨어진 라파엘의 목검을 집어 들고 성큼성
큼 라알에게 다가갔다.

"훌륭합니다. 마지막으로 제게도 한 수 가르쳐 주시지 않겠어요?"

빙그레 웃으며 제안하는 잉그리스.

"말도 안 되는 소리 마. 너처럼 약한 여자애가 내 상대가 될 리 없잖아. 다음은 류크 님께 대련을 부탁드릴 생각이었어."

라알은 귀찮다는 표정을 지어 보인 뒤, 어깨를 으쓱이며 말했다.

"뭐, 예쁜 옷이나 차려입고 인형 놀이라도 하지 그래. 얼굴도 귀엽겠다, 그쪽이 더 어울릴걸."

"……그럼 당신이 몰래 저지른 짓을 모두에게 폭로할까요? 괜찮으시겠어요?"

잉그리스가 협박조로 물었다.

정확히 뭘 했다고 말하지 않는 것이 포인트다.

그것을 입 밖에 내면 어떻게 알고 있었냐는 등 나중에 말이 많아진다.

반대로 구체적인 언급을 하지 않으면 단지 떠봤을 뿐이라고 뒤늦게 얼버무리는 것도 가능했다.

"우, 웃기지 마! 내가 무슨 짓을 했다고……?!"

"글쎄요? 당신의 양심에 대고 물어보시던가요. 그래서, 어떻게 하실 거죠? 상대해 주실 건가요?"

"……그래, 좋아. 혼쭐이 나도 울기 없기다! 알겠어?"

"그쪽이야말로."

교섭 성립이었다. 그렇게 잉그리스가 라알과 마주 서려던 때였다.

"자, 잠깐, 잉그리스……! 너무 무모해!"

류크가 걱정스러운 목소리로 잉그리스를 말렸다.

세레나도 걱정스럽게 이쪽을 보고 있었다.

"걱정하지 마세요, 아버지. 저 역시 아버지의 딸이에요. 기사단의 명예를 지켜야 할 의무가 있어요."

말은 그렇게 했지만, 솔직히 말하자면 가장 큰 이유는 실전이 하고 싶다는 욕망이었고, 두 번째는 라피니아를 울리지 않기 위해, 세 번째는 비겁한 수단을 사용하는 라알을 따끔하게 혼내주고 싶어서였다.

저 어린 나이부터 비겁한 수단에 의존하다 보면 훗날 제대로 된 전사가 될 수 없다.

이번 기회에 정신을 차리게 해 줄 필요가 있었다.

"그 마음가짐은 높이 사고 싶다만……."

"허락해 주지 않으면 어머니 몰래 새 도자기를 샀다고 일러바칠 거예요."

"힘내라, 우리 딸 잉그리스!"

말귀를 잘 알아듣는 아버지였다.

그리하여 잉그리스는 라알과 시합을 치를 기회를 얻었다.

"시합 개시!"

라알은 일단 움직이지 않고 이쪽의 반응을 살폈다.

이번에도 마법을 사용하고 있는 듯했다. 어차피 잉그리스에게는 효과가 없지만.

디바인 나이트에게 저 햇병아리나 다름없는 마법이 통할 리 없었다.

몸에 두르고 있는 강력한 에테르가 마법을 전부 무산시켜 버리는 것이다.

하지만 에테르에 의존하기만 하는 것도 시시했다.

에테르를 활용하면 무슨 짓을 해도 이길 수밖에 없다.

행여나 에테르 스트라이크라도 사용하면 라알은 그 순간 사망 확정이었다.

에테르를 사용하는 기술은 위력을 억제하기도 어려웠다.

그러므로 이번에는 순수한 검술 실력으로 대결할 생각이었다.

잉그리스는 자신에게도 마법이 통한다고 가정하고 일부러 눈을 감은 채 상대해 보기로 했다.

그림자라도 보고 있었던 라파엘보다 한층 난도를 높이는 셈이었다. 지금 자신의 기량은 과연 어느 정도일까?

눈을 가린 상태에서 전투를 치르는 '심안' 수행이라면 꾸준히 하고 있었다.

전생에서는 젊었을 적에나 가능했던 기술로, 왕이 되어 훈련 부족에 빠진 뒤로는 도저히 쓸 수 없었다.

확실히 이번 대련은 심안을 시험해 볼 절호의 기회였다.

라알은 눈을 감는 잉그리스를 비웃듯 뒤쪽으로 비스듬하게 돌아 들어왔다.

"······."

그러자 잉그리스는 그가 움직인 쪽으로 정확하게 몸을 틀었다.

"칫!"

라알은 여러 차례 위치를 바꿨지만, 잉그리스는 그때마다 눈을 감은 채로 그를 돌아보았다.

"윽······!"

만약 자신이 눈을 감고 저기 서 있었다면 저렇게 행동할 수 있었을까. 라알은 속으로 고개를 가로저었다.

눈앞에 있는 잉그리스가 갑자기 꺼림칙하게 느껴지기 시작했다.

하지만 라알은 곧 망설임을 뿌리치며 행동에 나섰다.

이렇게 작은 꼬맹이 따위 붙잡아서 힘으로 눌러 버리면 그만이다. 그런 심산인 듯했다.

"으랴아아앗!"

뒤로 돌아간 라알은 잉그리스가 돌아보기 전에 목검을 휘둘렀다.

하지만 정확하게 반응한 잉그리스는 방향을 틀면서 대처에 나섰다.

라알의 목검과 잉그리스의 목검이 부딪치려는 그 순간.

라알의 검이 휙하고 옆으로 미끄러져 버렸다.

"?!"

잉그리스가 그의 공격을 흘려보낸 것이다.

검을 맞대고 힘 싸움을 하게 되면 체구가 작은 잉그리스가 압도적으로 불리하다.

그렇다면 힘이 엇나가도록 요령껏 받아넘길 뿐.

상대의 공격 방향과 수직을 이루도록 힘을 살짝 가하면 궤도를 바꿀 수 있다.

계속해서 두 번째, 세 번째 공격이 무위로 돌아가자 라알의 안색이 바뀌기 시작했다.

이상했다. 맞아야 할 공격이 휙휙 빗나가 버리는 것이다.

라파엘을 포함한 다른 어느 기사들과의 시합에서도 이런 느낌을 받지는 못했다.

심지어 상대는 자그마한 여자아이. 설상가상 눈까지 감고 있었다.

그런데도 이런 짓이 가능한 건가……?!

"대, 대체 뭐야 넌……?!"

라알은 완전히 공포에 사로잡혔다.

하지만 그런 라알 이상으로 충격을 받은 것이 류크와 라파엘이었다.

마법이 없으면 서툰 검 실력밖에 남지 않는 라알과 달리, 두 사람은 잉그리스가 펼치는 기술의 진가를 정확하게 이해하고 있었다.

잉그리스의 기술은 그들의 역량으로는 결코 흉내 낼 수 없는 기술이었다.

앞으로 몇 년을 수련하면, 아니, 평생을 들이더라도 과연 이 영역에 도달할 수 있을까?

잉그리스와 제대로 맞붙는다면 결과는 별개일지도 모른다. 최악의 경우 어깨로 들이받든, 몸으로 깔아뭉개든 힘을 사용해 제압하면 된다.

하지만 저 기술만큼은 도저히 당해내지 못할 것 같았다.

"하하핫……! 우리 집에도 신동이 있었군……!"

"대단해. 정말 대단해, 크리스……!"

류크와 라파엘이 뒤통수를 얻어맞은 듯 중얼거렸다.

그런 가운데, 라알이 갈라진 목소리로 포효하며 잉그리스를 향해 달려들었다.

"우와아아아앗!"

냉정하지 못한 공격이었다. 힘에 의존하는 바람에 자세가 무너졌다.

잉그리스가 그의 목검을 슬쩍 받아넘기자 라알은 제풀에 넘어져 엉덩방아를 찧었다.

이를 놓칠 잉그리스가 아니었다.

따악!

아래로 휘두른 목검이 라알의 어깨를 때렸다.

"져, 졌다!"

라알이 자신의 패배를 인정했다.

"……상대해 주셔서 감사합니다."

잉그리스는 미소 지으며 대꾸한 뒤 고개를 꾸벅 숙였다.

제법 괜찮은 싸움이었다는 생각이 들었다. 현시점에서 자신의 기량을 평가하자면 합격점이라 할 만했다.

하지만 아직 한참 모자랐다. 더욱더 위를 노려야 했다.

그러기 위해서 다시 태어난 것이다.

……이후, 놀라움을 주체하지 못하는 라파엘과 가족들에게 마구 시달리게 되었음은 말할 것도 없었다.

영웅왕,

극한의무를 위해 전생하다

그리고 세계 최강의 견습 기사가 되다

잉그리스는 여섯 살이 되었다.

이날 잉그리스는 외출을 앞두고 저택의 거실에서 창밖을 내다보고 있었다.

멀리 떨어진 산골짜기 사이로 비가 내리고 있었다.

평범한 비가 아니었다. 무지갯빛으로 반짝반짝 빛나는 비였다.

무지개 비, 프리즘 플로. 이것이 바로 마석수를 낳는 원인이었다.

이것을 뒤집어쓴 자연의 동식물이 마석수로 변해 인간을 습격하는 것이다.

다행히 인간은 비를 맞아도 마석수가 되지는 않는다고 한다.

그래도 마을에 내리기라도 하는 날에는 가축이 모조리 마석수로 변해 버릴 위험이 있으므로 충분히 경계할 필요가 있었다.

예쁜 장미에는 가시가 있다는 표현이 딱 들어맞았다.

아름다운 광경이지만, 좋은 일은 아니었다.

다만, 잉그리스에게 있어서는 피가 끓어오르게 만드는 비였다.

부디 쓰러트릴 보람이 있는 마석수를 탄생시켜 주었으면 했다. 자신의 실력을 시험해 보고 싶었다.

라파엘이나 아버지인 류크와 수행을 하는 것도 나쁘지 않았지만, 역시 상대가 이쪽을 죽일 기세로 달려드는 실전이야말로 최고의 수행이었다.

마석수는 인간에게 자비를 베풀지 않는다. 상대로서는 더할 나위 없었다.

'더 내려라! 마을 쪽으로 오는 거야! 나에게 더욱더 혹독한 수행을 시켜줘!'

그런 생각을 하는 잉그리스와 달리 어머니인 세레나는 우울해 보였다.

"왠지 불길하네. 오늘은 너희의 세례식이 있는 중요한 날인데……."

세례식이 있는 날. 다시 말해 마인을 부여받는 날이었다.

마인은 마인무구를 다루기 위한 필수 조건이다.

그리고 마인무구는 유일하게 마석수를 상대할 수 있는 무기라고 한다.

하지만 잉그리스에게는 아무런 상관없는 이야기였다.

일단 평범한 철제 무기로는 마석수에게 상처를 입힐 수가 없었다.

이는 잉그리스도 확인해 봤으니 확실했다. 몇 개월 전, 마을에 프리즘 플로가 내려 마석수가 나타났을 때 실험을 해봤다.

반대로 에테르를 사용한 기술이라면 마석수를 쓰러트릴 수 있다는 사실 또한 다시금 확인할 수 있었다.

어쨌든 잉그리스와 같은 예외를 제외하면, 이 프리즘 플로가 내리는 지상에서 생활권을 확보하기 위해서는 마인무구가 필요했다. 그리고 그 마인무구를 다루기 위한 마인 또한 무척이나 중요했다.

마인은 하급, 중급, 상급, 특급으로 단계가 나뉜다. 강한 마인일수록 강한 마인무구를 다룰 수가 있다.

라파엘처럼 특급 마인을 지닌 인물은 만 명에 하나 나올까 말까 하는 정도라고 한다.

나라를 멸망시킬 수 있을 만큼 강력한 마석수는 특급 마인의 소유자가 다루는 궁극의 마인무구가 아니면 맞설 수단이 없다는 모양이었다.

즉, 특급 마인이란 국가 존망의 기로가 찾아왔을 때의 유일한 대항마란 이야기다.

이리나가 라파엘에게 자기 몸을 소중히 하라고 신신당부를 하는 것도 이해가 갔다.

"마인이라……."

창밖을 바라보며 잉그리스가 중얼거렸다.

디바인 나이트인 잉그리스에게는 딱히 필요치 않은 힘이었다.

오히려 라파엘처럼 특급 마인이라도 받는 날에는 사람들의 희망이 한 몸에 받아 그 희망에 의무적으로 부응해야 하는 처지가 될 수도 있었다.

라파엘을 보고 있으면 어렵잖게 실감할 수 있었다.

물론 그 의무에 성실히 임하려는 라파엘의 모습은 존경스러울 따름이지만, 영웅왕이었던 잉그리스에게는 이미 한 차례 지나온 길이었다.

잉그리스 유크스로 다시 태어난 이번 생에서는 오로지 극한의 무에 이르겠다는 목적만을 바라보며 살고 싶었다.

괜한 짐을 떠안고 싶지는 않았다. 번거로울 뿐이었다.

그래서 오히려 세례식이 두려웠다. 적어도 특급 마인만큼은 받지 않길 바랐다.

"얘, 잉그리스."

불현듯 세레나가 잉그리스를 꽉 끌어안았다.

"어머니? 왜 그러세요?"

"세례를 앞두고 이런 말을 하자니, 미안하지만…… 엄마는 말이지, 네가 특급 마인만큼은 받지 않았으면 좋겠어. 마치 억지로 사람들을 위해 살다가 죽을 운명에 발을 들이는 듯한 기분이 들거든. 엄마는 너를 빼앗기고 싶지 않구나."

"우연이네요, 어머니. 저도 특급 마인만큼은 받지 않았으면 좋겠다고 생각했어요."

"정말로?! 엄마는 네가 워낙 싸움에 흥미가 많아서 강한 힘을 원할 줄 알았는데."

"뭐, 그건 그렇지만……. 제 인생을 속박하는 힘은 필요 없어요."

"그, 그러니? 그러면 세례를 받을 때 마음속으로 '특급 마인은 싫어요!'하고 외치렴. 분명 신께서도 부탁을 들어주실 거야."

"알겠습니다. 약속할게요."

"착한 아이구나. 그럼 슬슬 움직여 볼까."

잉그리스는 어머니의 손에 이끌려 세례가 행해지는 영주의 성으로 향했다.

◆ ◇ ◆

어머니와 함께 성안에 있는 성당으로 발을 들이자, 먼저 와서 기다리고 있던 아버지 류크가 두 사람을 반겼다.

성당 안에는 함께 세례를 받는 라피니아와 그 가족들, 즉 후작 일가도 전부 모여 있었다.

그만큼 마인을 부여받는 세례식은 중요한 행사였다.

라파엘이 잉그리스와 라피니아에게 인사를 건넸다.

라파엘은 벌써 열넷이다. 곧 고향인 유미르 성채 도시를 떠나 왕도의 기사 학교에 입학할 예정이었다.

출발도 그리 머지않았다. 라파엘은 마지막으로 라피니아와 잉그리스의 세례에 입회할 수 있어 다행이라고 말했다.

"라니. 긴장할 거 없어. 좋은 마인을 받았으면 좋겠다. 크리스. 크리스는 분명 걱정하지 않아도 될 거야. 적어도 상급은 확실해! 어쩌면 특급 마인까지 노려볼 수 있을지도……. 그러면 내 동료네! 기대되는걸."

정작 잉그리스는 기대되기는커녕 걱정이 가득했지만, 속마음과 달리 "그렇네요" 하고 고개를 끄덕였다.

"핫핫핫. 라파엘 님, 마음이 급하시군요."

류크가 웃으며 말했다.

"그래, 라파엘. 아무리 크리스가 검의 귀재라지만 마인의 등급과 검술 실력이 반드시 일치하지는 않는 법이야. 뭐, 대부분은 비슷하다만."

이번에는 라피니아 남매의 부친인 빌포드 후작이 말했다.

"아하하. 그렇게 말씀하시는 아버지와 류크 단장님 모두 전혀 걱정하지 않고 계시잖아요. 입가에 웃음이 걸려 있는걸요."

"어이쿠. 아닙니다, 라파엘 님. 무슨 말씀을."

"아니고말고, 핫핫핫. 하지만 만약 유미르에서 또 상급 이상의 기사가 나온다면 어깨가 으쓱해지긴 하겠지."

"저도 기껏해야 중급이었으니 말이죠. 딸이 저를 뛰어넘는 모습이 눈에 선합니다."

그렇게 낙관적인 분위기 속에서 세례 의식이 시작되었다.

신관 차림의 노인이 걸어 나왔다. 한동안 중얼중얼 기도문을 읊은 노인은, 라피니아를 향해 제단으로 오라고 손짓했다.

그곳에는 정체를 알 수 없는 돌로 만들어진 상자가 준비되어 있었다. 구멍이 뚫린 것으로 봐서 안은 비어 있는 듯했다.

이것이 바로 '세례함'이라 불리는 물건이었다. 이 세례함을 통해 마인을 부여받는 것이다.

"자, 라피니아 님. 이곳에 손을 넣으시지요."

"네, 네에……."

라피니아가 조심스레 세례함에 손을 넣었다.

그러자 세례함이 빛을 발하기 시작했다. 자그마한 공명음도 함께 들려왔다.

"아, 뭔가 따뜻해……. 아핫, 간지러워! 크리스, 걱정하지 마! 하나도 안 무서워!"

"라피니아. 세례 중에는 조용히 해야지."

라피니아는 이리나에게 주의를 받고 말았다.

그리고 잠시 후. 세례함에서 빛이 사라지며 다시 정적이 찾아왔다.

"끝났습니다. 라피니아 님, 손을 보여주십시오."

"여기요."

라피니아가 세례함에서 오른손을 꺼내 손등을 바라보았다.

손등에는 새하얀 활 모양의 마인이 희미하게 빛나고 있었다.

세례를 주관하고 있던 신관 차림의 노인이 큰 소리로 말했다.

"빛의 활……! 축하드립니다, 라피니아 님! 상급 마인입니다!"

"어……?! 우와아! 해냈다! 이거 봐 봐요, 다들!"

활 모양은 대응하는 마인무구의 종류를 나타낸다.

하얀빛은 빛 속성의 상급 마인이라는 뜻이었다.

라피니아가 기쁜 얼굴로 다른 이들에게 마인을 과시해 보였다.

"라피니아! 축하해! 엄마는 정말 기쁘구나!"

"라니! 대단해! 정말 잘했어! 앞으로는 활 연습을 잔뜩 해야겠는걸!"

"핫하하하! 기특하구나, 라피니아! 네가 상급 마인을 부여받다니. 이것으로 유미르의 미래도 평안할 테지!"

빌포드 후작 일가가 환호성을 내질렀다.

"라파엘 님이 특급 마인에, 라피니아 님이 상급 마인이라……!
멋진 남매로군요. 섬기게 되어 자랑스럽습니다!"

류크도 감탄하며 고개를 끄덕였다.

"맞아요. 굉장해!"

세레나도 마찬가지였다.

"축하해, 라니. 이걸로 라니도 훌륭한 기사가 될 수 있을 거야."

"응! 이제 어른이 돼도 오라버니와 크리스 곁에서 함께할 수 있
겠어!"

라피니아는 라파엘과 잉그리스가 굉장한 기사가 될 것이라 철
석같이 믿고 있는 모양이었다. 자신을 포함해 셋이서 기사가 되
는 날을 생각하고 있었다.

"기대할게."

잉그리스는 그렇게 대답해 두기로 했다.

라파엘은 이미 확정된 것이나 다름없지만, 잉그리스는 딱히 기
사에 연연하고 있지 않았다.

항상 마석수 같은 적들과 싸울 수만 있다면 충분했다. 하지만
기사로서 너무 많은 공적을 세워 버리면 지휘관으로 올라 전선에
서지 못하게 된다.

전생에서도 그렇게 주변 사람들의 기대에 부응해 나갔고, 어느
샌가 국왕이라는 자리에 올라 있었다.

딱히 후회는 없었다.

평생 그러한 삶을 관철해 냈다는 것은 잉그리스의 자랑이기도

했다.

하지만 그렇기에 더더욱 전생과 같은 전철을 밟는 것만큼은 피하고 싶었다.

기사가 되는 것까지는 좋다. 하지만 계급이 높아질 조짐이 보인다면 기사직을 관두고 용병이나, 무장 행상을 이끄는 란바처럼 다른 직업을 모색해 볼 필요가 있으리라.

어찌 됐든 핵심은 항상 전선에 서서 싸우는 것.

장래에는 가능한 그런 직업을 얻고 싶었다.

"다음은 잉그리스 님이로군요. 자, 이쪽으로."

"네. 알겠습니다."

차례가 찾아왔다. 잉그리스는 고개를 끄덕인 뒤 세례함 앞으로 다가갔다.

마음을 다잡고 세례함 안에 오른손을 집어넣었다.

라피니아 때처럼 세례함이 빛을 발하며 작은 공명음이 들리기 시작했다.

세례함의 기능이 작동하기 시작한 것이다.

실제로 경험해 보니 세례함의 기능, 즉 의도하는 바가 전해져 왔다.

'이건…… 각인을 통해 마나의 흐름을 고정하는 장치인가.'

이 시대 사람들 대부분은 마나를 다루는 방법을 모른다.

하지만 그렇다고 마나가 존재하지 않는 것은 아니다.

이를 활용하는 방법이 소실되고 말았을 뿐이다.

이 세례함은 마인을 새겨 마나의 흐름을 자동으로 만들어 내게 끔 하는 것이 목적이었다.

다시 말해, 마인만 있으면 마나를 모르더라도 마인무구를 쥐는 것만으로 알아서 마나가 흘러 들어가게끔 된다는 뜻이다.

마나의 활용이라는 점에서는 마법과 같지만, 이 시대의 사람들은 마나를 흘려보내는 방법을 잊어버리고 말았고, 그걸 마인으로 대신하고 있다는 의미였다.

'하지만 내 추측이 맞다면…….'

잉그리스는 결과를 예측해 보았다.

그때, 세례함에서 빛이 사라졌다.

"종료되었습니다. 손을 보여주십시오, 잉그리스 님."

"알겠습니다."

잉그리스는 세례함에서 손을 꺼내 손등을 바라보았다.

그곳에는 아무런 마인도 새겨져 있지 않았다. 원래의 하얗고 고운 손 그대로였다.

당연한 일이었다.

디바인 나이트는 신의 힘이 깃든 반인반신의 존재다.

그리고 디바인 나이트의 몸에는 마나가 아닌 에테르가 깃들어 있다.

마나의 흐름을 각인시키는 기능으로 디바인 나이트를 어찌할 수 있을 리가 없었다. 세례함이 뭔가를 해도 튕겨나 버리는 것이 당연했다. 애초에 디바인 나이트에게는 마나가 존재하지 않으니까.

그래도 특급 마인이 새겨지는 불상사는 없었으니 다행이었다.

"……아무 일도 일어나지 않았습니다."

잉그리스는 살짝 안도하면서 다른 이들에게 손을 보였다.

"""이게 무슨……."""

이에 류크와 라파엘, 빌포드 후작이 아연실색했다.

"말도 안 돼! 잉그리스가 무인자(無印者)라고……?! 그럴 리가 없어!"

보통 무인자라 하면 마나가 약해 마인이 각인되지 않은 자를 부를 때 사용하는 말이다.

하지만 디바인 나이트라는 강력한 체질 탓에 마인을 각인시킬 수 없는 잉그리스의 경우 그 이유가 완전히 반대였다.

이유는 극과 극이지만 결과물은 같은 것이다. 재밌는 사실이다.

"맞아요! 다른 사람이면 몰라도 크리스가……! 뭔가 잘못된 게 틀림없어요!"

"세례함에 문제는 없나? 확인해 주게!"

납득하지 못하고 노신관에게 다가가는 세 사람.

"아, 알겠습니다……. 다만, 라피니아 님께는 멀쩡히 작동한지라……."

"직후에 망가졌을 수도 있잖나. 일단 다시 한번 시험해 보게나."

빌포드 후작이 명령을 내렸다.

"그, 그럼 잉그리스 님. 이쪽으로……."

잉그리스는 납득이 갈 때까지 세례식을 치르기로 했다.

납득하지 못하는 것은 자신이 아니라 아버지를 비롯한 세 사람이었지만.

　이후로 네 번, 다섯 번 똑같은 결과가 계속되었다.

　처음에는 가슴을 탕탕 치던 세 사람도 의기소침해진 눈치였다.

　그들이 실망한 것 같다는 생각에 잉그리스도 약간 미안함을 느꼈다.

　"그럴 수가……. 마인이 없으면 정식 기사가 되지 못해……. 기껏해야 견습 종기사까지다. 잉그리스가 기사단을 이어 주길 바랐건만……."

　"실망시켜 드려서 죄송해요, 아버지."

　잉그리스가 사과하자 류크는 화들짝 정신을 차리며 머리를 좌우로 내저었다.

　"아니……! 그렇지 않아. 지금 건 그냥 해본 소리란다! 신경 쓰지 말거라, 잉그리스!"

　그는 딸이 상처를 받았을지도 모르겠다는 생각이 들었는지 급히 사과했다.

　금방 자각이 들었다는 점에서 양식이 있는 아버지라 할 수 있겠지만, 자기도 모르게 속내를 드러낸 것을 보면 아직 미숙한 부분도 있었다.

　본심이 어떻든 끝까지 속에 담아둘 줄 알아야 비로소 진정한 아버지라 할 수 있을 것이다.

　"마인이 없다고 아무것도 못 하는 건 아니에요. 저도 그것을 목

표로 정진하고 싶습니다. 라니는 훌륭한 기사로 자라날 테니, 제가 종기사로서 그 곁을 지킬까 해요. 마인무구가 없더라도 제 몸으로 라니의 방패가 되어 주는 것은 가능하니까요."

잉그리스가 미소를 지으며 말했다. 실제로 기뻤다.

마인이 없으면 견습 기사까지가 한계.

그건 뒤집어 말하면, 그 이상 올라가지 않아도 된다는 뜻이었다.

조무래기 견습 기사라면 평생 전장에 있어도 아무런 문제가 없다.

출세하지 않고 최전선에서 실력을 갈고닦을 수 있다니, 이렇게 멋질 데가!

하지만 주변 사람들의 눈에는 잉그리스의 이런 태도가 마치 감정을 억누르며 앞으로의 각오를 다지려는 모습처럼 보였다.

"그래. 네 말대로구나……."

"라니를 잘 부탁한다, 잉그리스."

류크와 빌포드 후작은 감동에 젖어 고개를 크게 끄덕였다.

어머니와 이모는 아무 말 없이 눈물을 글썽이며 이쪽을 쳐다보고 있었다.

"크리스……! 크리스는 정말 어른스럽구나……!"

라파엘은 눈물을 흘리며 잉그리스를 끌어안았다.

쓸데없이 정이 깊은 성격이었다.

"크리스, 나는 기뻐. 앞으로도 줄곧 크리스와 함께할 수 있으니까!"

　라피니아만이 웃는 얼굴로 잉그리스를 격려해 주려고 애썼다.

　그렇게 약간의 죄책감을 느끼며 잉그리스의 세례식은 무사히 막을 내렸다.

　그리고 며칠 뒤, 라파엘은 왕도의 기사 학교로 출발하게 되었다.

영웅왕,

극한의 무를 위해 전생하다

그리고 세계 최강의 견습 기사가 되다 ♀

세례를 받은 날로부터 6년.

　잉그리스는 열두 살이 되었다.

　라피니아는 빛의 활이라는 상급 마인을 부여받아 본격적으로 기사 학교에 다닐 준비를 시작했고, 잉그리스도 훗날 그녀를 보좌하기 위해서라는 구실로 수행에 매진하는 나날을 보내고 있었다.

　잉그리스는 아버지 류크의 허락을 받아 라피니아와 함께 기사단 훈련과 마석수 토벌에 나가고 있었다. 덕분에 의외로 충실한 일과를 누리는 중이었다. 실력을 갈고닦는 환경으로서는 썩 나쁘지 않았다.

　다만, 나라를 멸망시킬 수도 있다는 최강 클래스의 마석수와는 아직 마주친 적이 없었다.

　특급 마인의 소유자만이 쓸 수 있다는 궁극의 마인무구가 아니면 대적할 수 없다지만, 그것이 과연 사실인지 자신의 손으로 직접 확인해 보고 싶었다.

　하지만 국내에서는 한동안 나타나지 않았다고 하니 우연히 만나기는 어려울 것 같았다. 기록도 최소 2, 30년은 거슬러 올라가야 찾을 수 있었다. 그나마 최근 이웃 나라에 출현했다는 소식이 있으니 언젠가 한 번 원정을 가 보고 싶었다.

　이 말을 전해 들은 라피니아는 무섭다며 손사래를 쳤지만.

　극한의 무에 이르는 것만이 잉그리스 유크스의 목적.

더욱더 높이. 그 누구보다도, 그 무엇보다도 강해지리라.

그렇게 다짐하는 잉그리스의 눈앞에는…….

달빛을 머금은 기다란 은발과 보석처럼 반짝이는 붉은 눈동자를 지닌 미소녀가 있었다.

미소 짓는 그 얼굴은 한 송이의 꽃을 연상시켰다.

전신 거울이 열두 살로 성장한 자신의 모습을 비추고 있었다.

나이에 비해 발육이 좋고, 키도 커서 또래의 소녀들보다 한층 어른스러워 보였다.

외견상의 나이는 열넷이나 열다섯 정도일까.

붉은 드레스를 입고 제자리에서 빙글 돌아보았다.

드레스 자락이 기쁜 듯이 두둥실 떠올랐다.

'흐음. 겉모습도 순조롭게 성장해 나가고 있군.'

잉그리스는 자신의 모습을 보며 새삼 실감했다.

순조롭게 절세의 미녀가 되는 길을 밟아 나가고 있었다.

"크리스? 끝났어?"

"아, 응. 끝났어, 라니."

"그럼 들어간다! 오오오~! 엄청 어른스러워! 역시 예쁘다니까, 크리스는! 하아…… 홀딱 반해 버리겠어♪"

시착실에 들어온 라피니아가 잉그리스를 보더니 말했다.

라피니아는 윤기 나는 검은색 머리를 어깨 근처에서 갈무리한 활발한 인상의 소녀로 성장했다. 겉모습처럼 천진난만 성격으로, 밝고 똘똘했다.

"이야. 정말로 예쁘시네요. 이 드레스도 기뻐하고 있을 거예요. 잉그리스 님처럼 아름다운 아가씨가 입으셨으니까요."

라피니아와 함께 지켜보고 있던 중년의 여성도 감탄을 금치 못했다.

이 사람은 성 아랫마을에서 의류점을 운영하는 여주인이었다.

빌포드 후작가와 계약을 맺은 전속 상인이기도 했다.

"고맙습니다. 이것도 좋은 드레스네요."

때때로 이 가게에 놀러 와 옷을 입어보는 것이 두 사람의 즐거움이었다.

대부분은 이브닝드레스였지만.

라피니아는 잉그리스에게 이런저런 옷을 입혀 보는 것을 좋아했다.

그리고 잉그리스도 여러 가지 옷을 입어보는 것이 싫지만은 않았다.

여성의 몸이 아니면 해볼 수도 없는 경험이니 즐기는 쪽을 택하기로 했다.

극한의 무에 이르기 위한 수행 도중 한숨을 돌린다는 의미에서도 나쁘지 않았다.

처음에는 꽤 부끄러웠지만, 라피니아가 계속 다른 옷을 입히다 보니 어느새 마음 편히 즐길 수 있게 되었다.

확실히, 잉그리스가 보기에도 아름다운 외모였다. 무엇을 입어도 어울렸다.

다양한 의상을 통해 색다른 멋을 뽐내는 거울 속의 모습이 자기도 모르게 기대되었다.

"있잖아, 크리스. 이 리본으로 머리를 묶어 볼까? 인상이 확 바뀌어서 귀여울 것 같아!"

"알았어. 대신 좀 묶어 줄래?"

"알겠습니다. 그럼 제가 도와드리지요♪"

"고마워요, 점장님."

"아닙니다. 일단은 저도 여자니까요. 아름다운 것에는 사족을 못 쓴답니다."

도움을 받아 머리를 묶어 올리자 인상이 한층 더 어른스러워졌다.

나쁘지 않았다. 예쁘다. 잉그리스는 거울 앞에서 웃어 보였다.

"와! 이것도 좋다! 괜찮네~!"

"그렇네요♪ 아, 다음에는 이 옷이 어떠신가요? 잉그리스 님에게 어울리겠다고 생각해서 따로 챙겨 둔 옷이랍니다!"

"그럼 한번 입어 보자, 크리스!"

"아하하. 그래, 알았어. 입을게."

그렇게 두 사람은 저녁놀이 질 때까지 옷을 갈아입으며 즐거운 한때를 보냈다.

저택으로 돌아가던 도중, 먼 하늘에 커다란 그림자가 드리우는 것이 보였다.

그림자의 정체는 하늘에 떠 있는 부유섬이었다.

잉그리스가 사는 성채 도시 유미르가 통째로 한두 개쯤은 들어갈 만큼 거대했다.

그리고 그 거대한 섬 위에는 사람이 사는 도시가 존재했다.

"앗! 하이랜드다! 우리 마을을 통과하는 건 오랜만에 보네!"

라피니아는 하늘에 떠 있는 하이랜드를 보더니, 손바닥을 모으고 눈을 감았다.

"라니. 뭘 하는 거야?"

"소원을 비는 중이야! 하이랜드를 보면서 소원을 빌면 이루어진대!"

별똥별에 대고 소원을 비는 것과 비슷한 걸까.

확실히 이 성채 도시 유미르에서 하이랜드를 볼 일은 좀처럼 없었다. 귀하다면 귀한 광경이었다.

잉그리스도 지금까지 한 번밖에 본 적이 없었다.

전생에서는 저런 섬이 존재하지 않았기 때문에 약간 흥미를 느끼고 있었다.

마인무구나 마인을 새기는 세례함 등을 만든 게 바로 저 하이랜드다.

지상의 국가들은 저곳에서 받은 물건으로 자신들의 터전을 지키고 있는 거나 마찬가지였다.

"하이랜드에 소원을 빌면 이루어진다라……. 아무리 봐도 미신 같은데, 그거?"

"뭐 어때! 밑져야 본전! 자, 크리스도 뭔가 빌어 봐!"

"으음. 어쩔 수 없지……."

눈을 감았다. 바라는 것은 오직 하나뿐.

'쓰러트릴 보람이 있는 강력한 적과 싸울 수 있게 해 주세요!'

"나는 라파 오라버니가 건강히 지내게 해 달라고 빌었어."

왕도로 향했던 라파엘은 기사 학교를 수석으로 졸업한 뒤로도 왕도에 남아 기사 업무에 매진하는 중이었다.

일이 바빠 이곳 유미르로 좀처럼 돌아오지 못하고 있었다.

마지막으로 만난 것이 벌써 몇 년 전이었다.

"크리스는? 뭐라고 빌었어?"

"쓰러트릴 보람이 있는 강력한 적과 싸우게 해 주세요……라고 빌었어."

"아하하. 옛날부터 생각했지만, 크리스는 천사의 몸에 장군님의 영혼이 들어가 있는 것 같다니까~."

"부정하지는 않을게."

오히려 아주 정확한 표현이었다.

그만큼 라피니아는 잉그리스라는 인물을 잘 알고 있었다.

지금까지 12년간 친자매처럼 함께 자라온 사이였다.

잉그리스가 마인무구 없이도 마석수를 쓰러트릴 힘을 지녔다는 사실을 아는 것은 라피니아가 유일했다.

"일단은 내 소원만이라도 들어줬으면 좋겠다. 크리스의 소원은 각하야. 그 소원이 이뤄진다는 건 뭔가 큰일이 벌어진다는 뜻이니까."

"그건 너무 불공평해."

"억울하면 좀 더 귀여운 소원을 빌어 봐. 잘생긴 남자친구가 갖고 싶어요~! 라던가?"

"피, 필요 없어……! 남자친구 따윈 사양이야!"

그런 무시무시한 일이 벌어져서는 안 된다. 상상하는 것만으로도 오한이 서렸다.

여성의 몸으로 꾸미고 다니는 데 저항이 없어지고 있긴 했지만, 이는 남성 관점으로 자기 자신의 아름다움을 즐기게 되었다는 의미일 뿐이지, 잉그리스의 의식과 사고방식은 명실상부한 남성이었다.

남자친구라니. 그저 한없이 소름이 끼치는 단어였다.

"하긴. 나도 크리스가 모르는 사람하고 애인이 되는 건 싫다. 굳이 뽑자면 라파엘 오라버니 정도이려나. 라파엘 오라버니의 애인도 크리스가 아니면 싫어."

"으, 으음……. 나는 전혀 그럴 생각이……."

"뭐, 일단 집으로 돌아가자."

덧붙여, 오늘 잉그리스와 라피니아가 마음속으로 빌었던 소원들.

쓰러트릴 보람이 있는 강한 적과 싸우게 해 주세요.

라파엘 오라버니가 건강히 지내게 해 주세요.

우연히도 두 소원 모두 머지않아 이루어지게 되었다.

며칠 뒤.

"왕도에서 감찰이 온다고?"

"응. 아버지가 그렇게 말했어. 지금까지도 2, 3년에 한 번씩은 왔었거든. 그런데 이번에는 처음으로 하이랜드에 사는 사람도 같이 온다나 봐."

성안의 기사단 훈련소에서 맞이하는 휴식 시간.

라피니아가 잉그리스에게 새로운 정보를 알려주었다.

"……하이랜드에서? 그렇구나."

"우리는 아직 하이랜더를 만나본 적이 없잖아? 어떤 사람일지 궁금하지 않아? 환영회 때는 우리도 참석해 줬으면 한다고 아버지가 말했으니까, 거기서 볼 수 있을 거야."

"응. 같이 가자."

라피니아는 기대하고 있는 눈치였다. 하지만 이것이 과연 기뻐할 만한 일일까?

지상의 국가는 하이랜드에서 양도받은 마인무구를 이용해 자국민들을 마석수로부터 지키고 있다.

당연하지만 이는 공짜가 아니다. 마인무구를 얻기 위해서는 막대한 지상의 작물과 자재를 헌납해야만 했다.

지상의 국가는 그렇게 하지 않으면 살아남을 수 없는 것이다.

적어도 이 나라는 아직 왕가나 귀족 등 지배계급이 기능하고 있지만, 하이랜드 측에서 이들을 몰아내고 지상을 직접 지배하지 말라는 법은 없었다.

왕명에 따른 이번 감찰에 하이랜더를 동행시킨 것은 하이랜드 측에서 이 나라를 직접 지배하려는 포석이 아닐까…… 하고 잉그리스는 의심하고 있었다.

아직 열두 살밖에 안 된 라피니아가 이런 정치적인 부분까지 읽어내기란 불가능했다.

무심코 전생의 버릇으로 대국적인 사고를 하고 말았지만, 평생을 전선에서 견습 기사로 보낼 예정인 잉그리스 유크스와는 관계 없는 일이었다.

다만, 고향인 이곳 유미르와 가족들에게는 별 탈이 없기를 바랐다.

만일의 경우에는 망설임 없이 힘을 사용할 작정이었다.

그리고, 감찰 사절단이 도착하기로 한 날이 되었다.

빌포드 후작가의 거성(居城)에 마련된 의상실이 술렁였다.

"어머나……! 정말로 예뻐!"

"마치 그림 속에서 튀어나온 것만 같아!"

"젊으신데도 벌써 여성의 매력이 물씬 느껴지네요……!"

하녀들이 잉그리스의 모습을 보며 감탄을 터트리고 있었다.

"이걸로 끝. 머리도 다 묶었어요, 잉그리스 님. 그건 그렇고 역시 좋은 물건에는 임자가 있다는 말이 사실인가 보네요. 정말로 잘 어울리세요."

잉그리스의 머리를 묶어 올린 마을 의류점의 여주인이 웃으며 말했다.

오늘은 왕도에서 온 사절단을 환영하는 연회가 있는 날로, 그 준비를 위해 의류점의 여주인까지 성으로 찾아와 도움을 주고 있었다.

잉그리스가 입고 있는 것은 얼마 전 의류점에서 입어봤던 붉은 드레스였다.

오늘 밤에 열릴 환영회에 출석하기 위해서라며 잉그리스의 부모가 사 주었다.

좋은 물건에는 임자가 있다는 여주인의 칭찬도 이를 두고 한 말이었다.

"고, 고마워. 하지만 좀 부끄럽네……."

의상실 안의 사람들로부터 시선이 쏟아지고 있었다.

친하게 지내는 라피니아나 이 여주인 앞에서라면 괜찮았지만, 잘 모르는 사람들의 주목을 한 몸에 받는 것은 아무래도 부끄러웠다.

전생에서는 국왕으로서 수많은 가신의 주목을 받곤 했지만, 그것과 이것은 별개였다. 상황이 전혀 달랐다.

"무슨 말씀을 하시는 건가요, 잉그리스 님. 회장에 들어가면 훨씬 더 주목받을걸요? 자, 평소처럼 한 바퀴 돌면서 웃어 보세요!

연습해 보는 거예요."

"어, 그러니까…… 이렇게?"

제자리에서 빙글 돌아 보이자 드레스 자락이 두둥실 떠올랐다. 묶어 올린 머리도 자연스럽게 흔들렸다.

이어지는 잉그리스의 미소에 하녀들이 귀여워! 너무 예뻐! 하면서 환성을 내질렀다.

"여, 역시 부끄러워……."

"등을 이렇게 쫙 펴고! 당당하게 행동하세요. 그래야 더 아름다워 보인답니다."

"크리스~. 준비는 다 됐어? 오옷! 다 됐구나. 음음. 여전히 예쁘네♪"

노란색의 드레스를 입고 찾아온 라피니아가 잉그리스의 모습을 보면서 기쁨을 드러냈다.

라피니아도 머리의 꽃장식과 드레스가 무척 잘 어울렸다.

십 대 소녀의 귀여움과 라피니아 특유의 발랄함이 고스란히 전해져 왔다.

"라니야말로 굉장히 잘 어울려."

"그런가? 나 같은 건 크리스 옆에 서면 들러리 취급인걸."

"그렇지 않아! 엄청 귀여워. 그 조그만 라니가 이렇게 성장했구나, 하고 지금 감동 중이야!"

잉그리스는 라피니아가 갓난아기였을 적의 모습이 아직도 눈에 선했다.

그렇게나 작았던 아이가 이만큼 크다니. 정말 순식간이었다.

비록 부모는 아니지만 이게 바로 부모 마음일지도 모르겠다는 생각이 들었다.

성장한 라피니아가 눈앞에 있는 것만으로도 감동이 밀려왔다.

"아하하핫. 뭐야, 그게. 꼭 우리 부모님 같은 소리를 하네. 그래도 고마워, 크리스. 크리스가 그렇게 말해줄 정도면 괜찮겠지. 나도 드레스는 익숙하지 않아서 살짝 긴장하고 있었거든."

"두 분 모두 굉장히 어울려요! 자, 준비는 할 만큼 했으니 다녀오세요!"

의류점의 여주인이 두 사람의 등을 떠밀었다.

"좋아! 그럼 가자, 크리스!"

"그래."

잉그리스는 라피니아의 손에 이끌려 밤의 연회장으로 발걸음을 옮겼다.

안뜰과 맞닿아 있는 1층의 대회장이 오늘의 연회가 진행되는 장소였다.

입구에 들어서자, 날카롭고 늠름한 얼굴의 젊은 여기사의 모습이 눈에 들어왔다.

그녀의 이름은 에이다. 젊은 나이에 유미르 기사단의 부단장이 된 사람으로, 공교롭게도 기사단장인 류크는 현재 국내의 다른 영지가 위험에 처했다는 소식을 듣고 원정을 나간 상태여서 오늘은 그녀가 이 회장의 경비를 대신 책임지고 있었다.

"어머, 라피니아 님, 잉그리스 님. 두 분 모두 잘 어울리시네요! 무척 귀여워요!"

평소 기사단의 토벌에 동행하고, 훈련도 함께하는 두 사람은 부단장인 에이다와도 가까운 사이였다. 같은 여성이라는 점도 있어 그녀가 여러모로 편의를 봐주고 있었다.

"고마워, 에이다."

"고맙습니다."

"자, 어서 안으로. 후작께서도 기다리고 계실 겁니다. 모쪼록 즐겨 주세요."

에이다는 웃으면서 직후 살짝 진지한 표정을 지었다.

"하지만 가끔이라도 좋으니 주변에 주의를 기울여 주셨으면 좋겠습니다. 세상에는 하이랜드에 반기를 드는 게릴라 조직도 존재한다고 들었습니다. 유미르에 그런 자들이 나타날 것이라고는 생각하지 않습니다만, 사절단의 신변에 무슨 일이라도 생기면 큰일이니까요."

"에이다는 걱정도 많아. 유미르는 변방의 시골인걸. 그런 건 다른 세상 이야기라고."

"라니. 아버지가 자리를 비운 만큼 에이다 씨도 부담이 클 거야. 협력해 주자."

오히려 그런 자들이 나타나면 앞장서서 얼마나 강한지 겨뤄보고 싶은 잉그리스였다.

"알겠어. 어쨌든 우리 실력을 믿고 있다는 뜻이니까!"

라피니아는 상급 마인의 소유자로, 마인으로만 따지면 현재 기사단의 누구보다도 격이 높았다. 잉그리스도 마인은 없지만 검술 실력만은 범상찮은 귀재였다. 두 사람의 실력을 알고 있다면 이런 부탁을 할 만도 했다.

"물론입니다. 두 분 모두 잘 부탁드려요."

"응. 그럼 다녀올게."

"알겠습니다. 저희는 이만."

인사를 마친 잉그리스와 라피니아는 회장 안쪽으로 들어섰다. 그러자 회장의 이목이 그녀들에게 집중되었다.

주로 잉그리스를 향해서였지만.

"우왓. 다들 크리스를 보고 있어!"

자랑스럽게 말하는 라피니아와 달리 당사자인 잉그리스는 죽을 맛이었다.

여성들에게 받는 시선은 부끄럽기는 해도 그나마 나았다.

그녀들의 시선은 아름다운 풍경이나 그림을 보는 시선이랑 비슷했다. 딱히 불쾌한 기분은 들지 않았다.

하지만 남자들의 시선. 처음 경험해 보는 이 시선은…… 전혀 달랐다.

잉그리스는 열두 살이지만 외견이 어른스러워 열다섯 정도로 보였다.

열다섯이면 어엿한 여성으로 볼 수도 있는 나이였다.

잉그리스의 얼굴과 머리카락, 날씬한 팔다리, 그리고 특히나 살짝 벌어진 드레스의 가슴골.

이 모든 부위에 남성의 욕망이 담긴 시선이 폭포수처럼 쏟아지고 있었다.

자신도 전생에서는 연회장에 아름다운 여성이 나타나면 시선을 빼앗기곤 했다.

자기 딴에는 아름다운 여성을 잠깐 쳐다보았을 뿐이지만, 처지를 바꿔 보니 그 잠깐의 시선이 사방에서 쏟아져 왔다. 고역이 아닐 수 없었다.

그때 당시의 아가씨들은 어떤 심정이었을까?

늦게나마 전생의 행실을 반성하기로 했다. 몹쓸 짓을 하고 말았다.

"라, 라니……! 잠깐 좀 붙잡고 있을게!"

잉그리스는 참지 못하고 라피니아의 등 뒤로 몸을 숨겼다.

"왜 그래, 크리스? 다들 보고 싶어 하니까 웬만하면 숨지 마."

"그, 그래서야……! 이상한 눈으로 보고 있는걸!"

"크리스는 어른스러우니까 그럴 수도 있지. 뭐 어때. 인기 만점이잖아?"

"바, 바보 같은 소리 마……!"

혹시 진짜 여성이었다면 이런 시선도 즐길 수 있었을지 모르지만, 잉그리스의 경우, 겉모습은 절세의 미소녀로 다시 태어났을지 몰라도 내용물은 어디까지나 남자였다. 잉그리스의 관점에서 보자면 같은 남자들이 욕망이 담긴 눈길로 쳐다보는 상황이었다.

기분이 나쁘지 않으려야 않을 수가 없었다.

"으으…… 얼른 후작님이 계신 곳으로 가자!"

"아, 알았어. 크리스."

감찰 사절단에게 인사를 마치면 최대한 빨리 이 연회장에서 나갈 작정이었다.

잉그리스는 라피니아를 잡아끌며 빌포드 후작을 찾아 나섰다.

이윽고 연회장 가장 안쪽에서 후작과 다른 몇 명의 사람들이 담소를 나누는 모습을 발견할 수 있었다.

"아버지!"

"후작님!"

딸과 조카의 모습을 본 후작은 환하게 웃으며 말했다.

"오오, 라피니아와 잉그리스 아니냐! 둘 다 드레스가 무척 어울리는구나. 이 연회장의 꽃이라 해도 손색이 없겠어. 너희들도 어느새 어른이 다 됐구나."

그리고 후작은 둘을 주변 사람들에게 소개했다.

"소개하지요. 제 딸 라피니아와 조카인 잉그리스입니다."

"라피니아입니다. 처음 뵙겠습니다."

"잉그리스라고 합니다. 잘 부탁드립니다."

잉그리스와 라피니아는 숙녀처럼 드레스 자락을 손끝으로 집으며 머리를 숙였다.

"오오. 너희가 라파엘이 말했던 여동생들이구나. 잘 부탁해!"

이십 대 후반에 기사들이나 입을 법한 옷을 입은 남자가 그렇게 말하며 붙임성 있게 웃었다.

"와! 라파엘 오라버니와 아는 사이신가요?!"

"뭐, 그렇지."

"레온 님은 라파엘과 함께 성기사로 일하고 계신다더구나."

"성기사님이라니……!"

성기사란 국왕으로부터 궁극의 마인무구를 사용하도록 허가받은 기사를 일컬었다. 다시 말해, 성기사라고 불리는 이들은 모두 특급 마인의 소유자였다.

확실히 이 레온이라는 기사의 손등에는 무지갯빛의 특급 마인이 새겨져 있었다.

"이번에 온 게 나라서 미안하게 됐어. 원래는 귀성도 시킬 겸 라파엘한테 이 임무를 양보하려 했는데, 녀석이 바빠서 손을 뗄 수가 없다지 뭐야."

레온은 하하 웃으며 뒷머리를 긁적였다. 성기사치고는 딱딱하지 않은 성격인 듯했다. 적당히 풀어 헤친 옷이나 손질하지 않고 내버려 둔 수염 등이 이를 뒷받침했다.

"이쪽은 감찰관이신 시오니 경이다."

"처음 뵙겠습니다. 아름다운 숙녀분들."

콧수염을 기른 사십 대의 신사적인 남성이었다.

"그리고 하이랜드에서 오신 사자가, 바로 저분이다."

조금 떨어진 자리에 서 있던 청년이 빌포드 후작의 시선을 받고 이쪽을 돌아보았다.

어딘가 낯이 익었다. 잉그리스의 착각이 아니라면 분명히 본 적이 있는 얼굴이었다.

"라, 라알⋯⋯?!"

무장 행상단을 이끄는 란바의 아들, 라알이었다.

"아, 오랜만이야. 잉그리스."

라알이 씨익 웃으며 말했다. 그 웃음이 주는 인상은 어릴 적과 별반 다르지 않았다.

반응을 보아하니 역시 잉그리스가 잘못 본 것이 아닌 듯했다.

대체 어째서 그가 하이랜더라는 신분으로 이 자리에 있는 것일까?

"역시 라알 님이셨군요. 그때는 실례가 많았습니다. 오랜만입니다."

잉그리스는 일단 정중하게 인사를 건넸다.

"믿기지 않는다는 눈치네? 내가 하이랜더라는 사실이."

현재 라알은 스물 언저리의 청년으로 성장한 상태였다. 머리에는 날개 장식을 달고 있었고, 이마에는 마인과 비슷한 문양이 그려져 있었다.

그리고 예전과 달리 눈동자가 살짝 녹색으로 물들어 있는 것처럼 보였다.

"네. 솔직히 말해 놀랐습니다."

"그렇겠지. 하지만 보다시피 이 이마의 성흔은 하이랜더임을 뜻하는 증표야. 나는 명실상부한 하이랜더라 이 말씀이지."

"하이랜드에서 태어나지 않아도 하이랜더가 될 수 있나 보군요."

"될 수 있고말고. 하이랜드에 커다란 공헌을 해서 시민권을 얻으면 돼."

라알은 이마의 성흔을 자랑스럽게 만져 보였다.

"무슨 공헌을 하신 건가요?"

"단순해. 돈이야. 장사로 얻은 돈을 헌납했지. 권한을 지닌 상급 하이랜더와 연줄이 있어야 하지만 말이야."

"그렇군요."

간단히 말하자면 뇌물인가. 썩 유쾌한 이야기는 아니었다.

"전 재산을 쏟아붓기는 했지. 하지만 그 정도로 지위를 살 수 있다면 싼 편이라고 생각하지 않아? 하이랜더는 웬만한 지상의 귀족들보다 한 수 높게 쳐주거든."

"저는 그런 이야기에는 별로 흥미가 없어서요."

잉그리스는 늘 자신의 실력을 갈고닦는 것밖에 생각하지 않았다.

그 이외의 정치, 사회 또한 잘 알고 있었지만, 될 수 있으면 거리를 두며 살아가려고 했다. 그것이 잉그리스 유크스로서의 인생이었다.

"그러면 뭐에 흥미가 있길래? 너도 제법 이뻐졌으니까, 네 태도에 따라서는 하이랜드를 구경시켜 줄 수도 있는데. 어때?"

욕망이 가득 담긴 눈이었다. 기분이 나쁘니 그만해 줬으면 했다.

"저는 자신의 실력을 갈고닦는 데밖에 흥미가 없습니다."

"농담도! 딱 보니 마인도 갖지 못한 무인자 같은데. 실력을 갈고닦아서 어디다 쓰려고? 신동도 스물을 넘으면 일반인이야. 모처럼 남들보다 예쁘게 태어났잖아. 얼른 시집갈 준비나 해 두는 게 낫지 않겠어?"

"아직은 별로 생각이 없네요."

"그래? 일부러 충고까지 해 줬건만. 시간을 유익하게 사용할 줄도 알아야지. 이 녀석 정도만 돼도 분명 지금의 너보다는 강할걸?"

라알은 그렇게 말하며 벽 쪽에 대기시켜 둔 거구의 남자에게 눈짓했다.

평범한 성인 남성보다 머리가 두 개쯤은 더 큰 거한이었다.

체격도 체격이지만 더욱더 특이한 것은 차림새 쪽이었다.

남자는 머리를 전부 뒤덮는 철가면을 쓰고 있었다. 연회가 한창인 이 자리에서도 벗을 생각이 없어 보였다.

"……이분은?"

"호신용 노예야. 하이랜더에게는 당연한 권리지. 투구를 벗기면 못생겨서 괜히 더 눈에 띄니까 이대로 내버려 둬."

심드렁하게 내뱉는 라알.

노예라 불린 남자는 꼼짝도 하지 않고 무반응으로 일관했다.

"…………."

이 역시도 별로 유쾌한 이야기가 아니었다.

라알과 이야기를 하고 있으면 하이랜드나 하이랜더에 대한 인식이 바닥으로 떨어지는 기분이었다.

"참, 그렇지! 아가씨들, 만나게 해 주고 싶은 녀석이 있어! 기념 삼아서 꼭 만나 보도록 해!"

옆에서 듣고 있던 레온이 침묵을 깨며 말했다. 일부러 밝은 목소리를 내려는 의도가 엿보였다.

"레온 씨, 어떤 분을 말씀하시는 건가요?"

라피니아가 물었다.

성기사인 레온도 충분히 대단한 인물이었다. 만나는 것만으로도 기념이라 할 만했다.

하이랜더인 라알과도 만나는 등 오늘은 보기 드문 사람과의 대면이 많은 날이었다.

"그 왜, 성기사가 있으면 한 쌍으로 따라오는 게 있잖아?"

"마인무구? 특급 마인의 마인무구라면 혹시……!"

라피니아의 눈동자가 반짝반짝 빛났다.

잉그리스도 비슷한 기분이었다.

"정답! 하이랄 메나스가 와 있거든. 여자아이들한테는 특히 더 동경의 대상이지?"

하이랄 메나스란 특급 마인의 소유자만이 사용할 수 있는 궁극의 마인무구……로 변화하는 능력을 지닌 자들을 일컬었다.

인간인지 마인무구인지는 명확하지 않지만, 평소에는 소녀의 모습을 하고 있으며, 무기로 변할 수 있다고 한다.

그리고 마인무구로 변화한 하이랄 메나스는 무시무시한 위력을 발휘한다. 이를 다룰 수 있는 것은 오직 성기사뿐이다.

막대한 공물과 바꿔 하이랜드로부터 내려받은 무기. 지상을 지키는 여신이자, 최후의 수단, 희망. 그러한 존재였다.

하이랄 메나스와 성기사만이 최강의 마석수에게 맞설 유일한 대항책이라 일컬어질 정도였다.

"와! 와! 만나고 싶어요, 만나고 싶어! 어디에 계신가요?"

"지금부터 찾아봐야지! 따라와!"

레온이 앞장서 걸어가며 잉그리스와 라피니아에게 손짓했다.

"네에! 가자, 잉그리스!"

"응. 알았어."

아마도 레온은 두 사람을 라알에게서 떨어트려 주고자 했던 모양이었다.

그대로 계속해 봤자 생산적인 대화를 나눌 수 있을 것 같지도 않았으므로 잉그리스로서는 다행이었다. 배려에 감사하기로 했다.

"하하, 그 녀석이 하는 말을 듣고 있자니 화가 치밀어서 말이야. 아가씨들 덕분에 빠져나올 수 있었어. 멋대로 이용해서 미안해."

레온이 그렇게 말하며 씨익 웃어 보였다. 보아하니 본인을 위한 일이기도 했던 모양이다.

"나도 정말 기분 나빴어. 그렇지, 크리스?"

레온에 이어 라피니아가 퉁명스럽게 말했다.

"그러게. 좀 심했지."

라알은 썩 좋은 방향으로 성장하지는 못한 듯했다.

"하이랜더들은 다들 저런 걸까? 그렇다면 앞으로 별로 친하게 지내지 못할 것 같은데."

"뭐, 이제껏 여러 하이랜더를 만나 봤던 나로서는, 더하든 덜하든 다들 저런 느낌이었던 것 같다. 하이랜드 태생도 마찬가지고."

레온이 어깨를 으쓱였다.

"하이랜더님들께서 보시기에 우리 지상의 인간은 땅을 기어 다니는 불쌍한 하등종족에 불과하겠지. 실제로 하이랜드제 마인무구가 없으면 자기 땅을 지킬 힘도 없으니까. 그야 바보 취급할 만도 해. 우리는 우리대로 열심히 머리를 숙여서 마인무구를 달라고 비는 수밖에 없지."

하이랜드와 지상의 관계는 확실히 레온이 말한 대로일 것이다.

비교적 촌구석인 유미르에서는 하이랜드와 하이랜더를 별로 접할 기회가 없어 실감하지 못했을 뿐이다.

"생명줄은 저쪽이 꽉 쥐고 있어. 그러니 속으로는 어떻게 생각하든 녀석들 앞에서는 싱글벙글 웃으면서 기분을 맞춰주는 게 좋아. 심지어 너희들은 귀여운 여자아이잖아. 이제 조금만 더 지나면 어엿한 레이디로 성장하겠지. 하이랜더가 다소 파렴치한 소리를 하거나, 가슴하고 엉덩이를 슬쩍 만지더라도 참아야 한다? 나도 녀석들 앞에서는 굽신대느라 여념이 없거든! 필요하다면 신발이라도 핥아 주겠어!"

웃으면서 할 말인가? 방정맞은 성격이 아닐 수 없었다.

"후훗. 오래오래 살 분이시네요."

잉그리스는 그렇게 농담으로 치부하고 흘려넘겼다.

"……성기사님이 그런 말씀 하지 말아 주셨으면 좋겠어요."

하지만 라피니아는 조금 다르게 받아들인 듯했다.

"응……?"

"성기사님은 이 나라 사람들 모두의 희망이잖아요? 성기사님께서 그런 말씀을 하시면 힘없는 사람들은 대체 누구를 믿고 의지해야 하나요?"

"……이거, 양심에 푹푹 찔리는구면. 농담이 지나쳤어. 미안해."

"아. 죄, 죄송합니다……! 제가 건방진 소리를……."

"괜찮아. 누가 라파엘의 동생 아니랄까 봐 심지가 곧은걸. 착한 아이야, 너는. ……앗, 발견했다! 우리가 찾던 하이랄 메나스야! 따라와, 아가씨들!"

레온은 두 사람을 데리고 정원 구석에 있는 나무 밑으로 향했다.

그곳에는 한 여성이 포도주가 담긴 유리잔을 들고 조용히 서 있었다.

외관상의 나이는 십 대 후반. 화사한 금발과 빨려 들어갈 듯 깊은 벽안의 소유자였다.

잉그리스는 자신과 라피니아를 제외하면 이 정도로 아름다운 소녀는 본 적이 없었다.

연회가 한창이었지만 그녀의 옷은 드레스가 아닌 기사의 갑옷이었다.

허리에는 좌우대칭의 쌍검을 차고 있었다.

떠들썩한 연회장과 거리를 두고 고독하게 서 있는 그 모습에서는 한 마리의 고양이 같은 고고함과 접근을 불허하는 무언의 압력이 풍겨 나왔다. 하지만 동시에 어딘가 쓸쓸해 보였다.

레온은 그런 섬세한 분위기의 소녀에게 지금까지와 다름없는 활기찬 태도로 말을 걸었다.

"이런 데 있었구나, 에리스! 혼자 감상에 젖어 있지만 말고 안에서 좀 즐기지 그랬어. 요리도 제법 맛있다고?"

그러자 에리스라 불린 소녀는 하아, 하고 한숨을 내쉬었다.

레온을 원망하듯 노려보는 그 표정은 털을 빳빳이 세우며 상대를 위협하는 고양이를 연상시켰다.

하지만 그것뿐. 잉그리스의 눈에는 다소 새침한 미소녀로밖에 보이지 않았다.

이 사람이 하이랄 메나스……?

이런 미소녀가 궁극의 마인무구로 변한다는 건가?

자신의 눈으로 직접 확인하기 전까지는 믿을 수 없을 것 같았다.

"그럴 생각이 없으니까 여기에 있는 거야. 나한테 말 걸지 마."

"너무 그러지 말고. 여기 이렇게 손님도 와 계시잖아. 너를 만나고 싶다는 아이들을 데리고 왔어."

"……나를?"

"맞아. 라파엘의 여동생인 라피니아와 사촌인 잉그리스야!"

레온이 두 사람을 소개했다. 그러자 하이랄 메나스인 에리스는 눈을 휘둥그레 떴고, 그 직후 분노를 드러냈다.

"멍청아! 적당히 해!"

그녀가 레온을 향해 큰소리로 외쳤다.

외치는 데서 끝나지 않았다. 손이 나갔다. 레온이 따귀를 맞은 것이다.

"아야야야! 때릴 것까지는 없잖아. 이 애들도 기대하고 있었던 말이야……!"

그 험악한 분위기에 잉그리스도 라피니아도 화들짝 놀라고 말았다.

"저, 저기…… 왜……?"

라피니아가 얼빠진 목소리로 물었지만, 에리스는 고개를 숙인 채 눈을 마주치려 하지 않았다.

"미, 미안합니다……!"

그녀는 그 말만을 남기고 도망치듯 자리를 떠나 버렸다.

"저…… 레온 씨, 저희가 뭔가 실례를 저지른 건가요……?"

"사, 사과하러 가는 게 좋을까……?"

"아냐, 괜찮아. 너희한테는 잘못 없어. 내가 분위기도 못 읽고 설친 결과니까. 놀라게 해서 미안! 좋아, 그럼 안에서 밥이라도 먹으면서 라파엘이 요즘 어떻게 지내는지 이야기나 들려줄까? 궁금하지?"

"라파엘 오라버니 이야기는 물론 궁금하지만……. 에리스 씨도 신경이 쓰여요. 그렇지, 크리스?"

"응. 나도."

"그렇지만 바로 쫓아가 봤자 오히려 역효과일걸. 뭐, 걱정하지 마. 나중에 내가 따로 기분을 풀어줄 테니까. 그리고 왕도로 돌아가기 전에 대화할 자리도 마련해 줄게. 일단은 라파엘에 관한 이야기부터 나눠 보자고. 자, 가자."

"……괜찮으려나. 그런데, 라파엘 오라버니는 건강히 잘 지내고 있나요?"

역시 라파엘이 어떻게 지내는지 신경이 쓰여서 애가 타는 모양이었다.

"그럼, 건강하지. 워낙 우수한 녀석이라 왕도에서도 여러 가지로 공을 세우고 있어. 하나씩 천천히 이야기해 줄게."

"……네♪"

마지막에 가서는 환한 웃음을 되찾은 라피니아였다.

잉그리스는 그런 그녀를 보며 미소 지었다.

라피니아가 얼마 전에 빌었던 소원은 '라파엘이 건강히 지내게 해 주세요'였다. 그리고 레온의 이야기를 통해 그가 잘 지낸다는 걸 알 수 있었다.

일단은 소원이 이루어졌다고 봐도 무방할 것이다.

바로 그때.

"꺄아아아아악!"

연회장 쪽에서 비명이 울려 퍼졌다.

"뭐, 뭐지……?! 갑자기 무슨 일이야?!"

"어서 가 보자, 라니!"

방금 그 비명은 심상치 않았다.

잉그리스는 선두에 서서 실내로 되돌아갔다. 다들 연회장 안쪽을 주목하고 있었다.

그쪽으로 조금 더 나아가자, 뭔가 꺼림칙한 냄새가 코를 찔렀다.

한때 전장에서 곧잘 맡았던 냄새였다. 사람의 살을 태우는 냄새다.

그리고 눈에 들어온 광경은 잉그리스가 상상하던 그대로였다.

연회장 안쪽. 빌포드 후작과 담소를 나누었던 자리 근처에 새까맣게 탄 인간의 몸이 굴러다니고 있었다.

그것은 조금 전에 인사를 주고받은 인물이자 왕도에서 온 감찰관, 시오니 경이었다.

숯덩이로 변해 버린 그는 이미 꼼짝도 하지 않았다. 이미 목숨을 잃었다.

그 주변에는 빌포드 경과 유미르 기사단의 부단장인 에이다, 그리고 하이랜더인 라알과 그의 호신용 노예가 있었다.

빌포드 경과 에이다는 넋이 나간 얼굴을 하고 있었으며, 라알은 불손한 미소를 짓고 있었다. 철가면을 뒤집어쓴 노예 남자의 표정은 알 수 없었다.

"무슨……?! 이, 이봐! 대체 무슨 일이 있었던 거야?!"

천하의 레온도 당황하며 목소리를 높였다.

"흥……. 무례한 놈에게 마땅한 처벌을 내렸을 뿐이다. 하이랜더를 대하는 태도가 글러 먹었어."

라알이 냉소하며 대답했다. 빌포드 경과 에이다는 여전히 굳어 있었다.

"에이다 씨! 무슨 일이 있었던 거죠……?!"

잉그리스가 그녀의 어깨를 흔들자 에이다는 가까스로 정신을 차렸다.

"이, 잉그리스 님……! 그게…… 제, 제 잘못이에요! 저 때문에 시오니 경이……!"

"어떻게 된 건가요? 침착하게 설명해 봐요."

"그…… 라알 님이 제게 밤 시중을 들라고 하셔서……."

"뭐라고요……?!"

이 얼마나 추잡한 짓이란 말인가. 그의 어릴 적 모습을 기억하고 있기에 더더욱 한탄을 금치 못했다.

같은 남성이라도 잉그리스는 그 사고방식을 도저히 이해할 수가 없었다.

전생의 잉그리스였다면 즉시 엄벌했을 법한 이야기였다.

"제, 제가 놀라서 머뭇거리자 옆에서 듣고 있던 시오니 경께서 대신 나서 주셨습니다. 감찰하는 내내 도가 지나치다면서 불같이 화를 내셨죠……. 그런데 라알 님께서 어디선가 화염을 만들어 내시더니, 눈앞의 시오니 경을……!"

에이다의 모호한 표현을 보아 그 화염은 마인무구로 만들어 낸 것이 아닌 듯했다. 그녀와 주변 사람들이 인지하지 못하는 방법, 즉 마법 공격이었다.

라알은 어릴 적에도 마법을 사용했었다.

짐작건대 연줄이 닿은 하이랜더로부터 배운 마법일 것이다.

"그래서 시오니 경이 저런 꼴로……?!"

"마, 맞습니다……! 죄, 죄송합니다! 제, 제가…… 제가 만약 그때……."

"에이다 씨. 그 이상은 말하면 안 돼요. 에이다 씨는 잘못한 게 없어요. 그렇지, 라니?"

"물론이지! 크리스가 말한 대로야, 에이다!"

"그, 그나저나 이거 엄청난 일이 되고 말았는걸……. 이건 어떻게 생각해도 내 실책이야. 여기에 오기 전부터 하이랜더님과 시오니 경은 이래저래 다툼이 끊이질 않았거든. 그분도 워낙 진지하신 분이라……."

하지만 원래 그러한 인물이 감찰역으로 가장 어울리는 법이었다.

"그렇게 허둥댈 거 없어. 성기사."

라알은 전혀 주눅 든 기색 없이 말했다.

"감찰 도중에 병으로 사망했다고 하면 돼. 하이랜더가 하는 말이니 진실이나 다름없지."

"……하긴. 분하지만 일리가 있네요. 지금의 국왕 폐하는 하이랜더 앞에서 입도 뻥긋 못하시니까요. 그럴 생각도 없으시고 말이죠."

레온이 그렇게 말하며 어깨를 으쓱였다.

"다시 말해서, 빌포드 경. 시오니 경이 병으로 사망했다고 전하든, 빌포드 경의 음모에 의해 암살당했다고 전하든 그건 하이랜더인 내 자유라는 소리다. 그게 무슨 뜻인지 알겠어? 알고 있지?"

"크, 크윽……!"

"자, 거기 있는 여기사에게 명령해라. 내 말에 순순히 따르라고……! 자신의 지위를 지키기 위해 부하를 팔아넘겨 봐……!"

"무, 무슨 소리를…… 이것이 하이랜더라는 자들인가……!"

"아버지……!"

라알은 빌포드 후작더러 이렇게 말한 셈이었다. 딸 앞에서 부조리한 현실에 굴복하는 모습을 보이라고.

잔혹하기 이를 데 없는 짓이었다. 게다가 이런 광경을 봐 버리면…….

"기, 기다려 주십시오! 제가……!"

"안 됩니다."

역시나. 에이다가 자진해서 몸을 바치려고 들 게 뻔했다.

간단히 예상 가능한 일이었다. 잉그리스는 곧바로 그녀를 제지하며 앞으로 나섰다.

"라알 님. 일그러지셨군요. 이런 짓이 즐거우신가요?"

"물론 즐겁고말고! 기껏 전 재산을 털어 하이랜더가 됐는걸. 지상이라는 쓰레기장에서 잘난 척 살아가는 무능한 귀족과 기사 놈들의 체면과 긍지를 짓밟아 줄 거야! 이게 최고의 유희가 아니고 뭐겠어? 핫하하하!"

"……경멸할 만한 대사군요."

"흥. 예전에 한 번 이겼다고 기어오르지 마라. 네가 할 수 있는 일은 아무것도 없어. 여차하면 이 여기사 대신에 너를 지명할 수도 있다고. 무슨 뜻인지 알겠어?"

"그런가요? 저는 상관없습니다만."

잉그리스의 대답에 라피니아가 움찔하며 비명을 내질렀다.

"크, 크리스?! 그만둬! 무슨 생각을 하는 거야?!"

"맞습니다, 크리스 님! 그랬다가는 류크 단장께 뭐라고 사과의 말씀을 드려야 할지……!"

에이다도 마찬가지였다.

"……라알 님은 나한테 원한이 있어. 어차피 언젠가 내게도 손을 뻗칠 생각이었겠지. 그러니 처음부터 내가 상대하면 돼."

잉그리스는 둘에게 작은 목소리로 대꾸한 뒤 라알을 돌아보았다.

"약속해 주세요. 라니와 에이다 씨한테는 손을 대지 않겠다고."

"그래, 좋아. 아직 어리지만, 이곳에 너만 한 여자도 없으니까."

라알이 씨익 웃으며 말했다.

그리고 속으로는 펄쩍 뛸 것처럼 좋아하고 있었다.

어린 시절 자신의 프라이드를 상처 입혔던 잉그리스가 이렇게 아름다운 꽃으로 성장했다.

이 손으로 직접 그 꽃을 꺾어 주겠어. 굴복시켜 정복해 주겠어.

그것이야말로 진정한 복수. 존엄과 긍지의 회복. 자신의 가치를 입증하는 길인 것이다.

"연회가 끝나면 혼자서 내가 머무는 저택으로 찾아와라. 오늘 밤중에 와야 한다? 내일로 미뤄달라고 애걸해 봤자 소용없어."

"알겠습니다. 반드시 가지요."

잉그리스는 표정 하나 바꾸지 않고 고개를 끄덕였다.

"그럼 나중에 보자고. 먼저 돌아가 있겠어."

라알은 그 말을 남기고 연회장을 뒤로했다.

영웅왕,

극한의 무를 위해 전생하다

그리고 세계 최강의 견습 기사가 되다♀

깊은 밤.

잉그리스는 의상실에서 몸단장을 마치고 성을 나왔다.

라알이 체재하고 있는 곳은 성에서 조금 떨어진 언덕 위의 건물로, 빌포드 후작이 소유하고 있는 별관이었다. 잉그리스는 그곳으로 이어지는 밤길을 혼자서 걸어갔다.

잉그리스는 드레스 대신 견습 기사용 경갑을 착용하고 있었다. 평소 기사단과 함께 활동하면서 입는 갑옷이었다.

다만, 집에서 가져온 것이 아니라 성에서 빌린 물건이었다.

어머니에게 괜한 걱정을 끼치고 싶지는 않았다.

라알은 달아날 여지를 막기 위해서인지 오늘 밤 바로 오라고 말했지만, 잉그리스에게는 오히려 잘된 일이었다. 어머니 모르게 일을 진행할 수 있을 테니까.

라피니아는 잉그리스를 혼자 보낼 수는 없다며 마지막까지 난동을 부렸다. 빌포드 후작이 눈물을 흘리며 딸을 붙잡아 준 덕분에 혼자서 빠져나올 수 있었다.

"자, 이제 어떻게 되려나……."

물론, 몸을 바칠 생각은 추호도 없었다.

당연히 상대방도 이 정도는 계산했……으려나? 하이랜더가 되었다는 사실에 우쭐하는 눈치였으니, 자신의 권력을 과신해서 잉그리스가 정말로 시중을 들기 위해 찾아올 것이라 믿고 있을지도 몰랐다.

설령 그렇다 해도 만일의 대비는 해 두었으리라. 그 철가면의 거한도 있다.

게다가 하이랜더가 된 라알은 어디선가 화염을 만들어 내 시오니 경을 불태워 죽였다고 들었다. 그것은 마법이거나, 마법과 유사한 기술일 가능성이 컸다.

다시 말해, 라알의 실력도 전보다는 강해져 있을지 모른다는 뜻이었다.

뭐가 됐든 싸워 볼 만한 상대라면 좋으련만.

"응……?"

라알이 기다리고 있는 빌포드 후작의 별관.

정문이 보이는 위치에 도달한 잉그리스는 문 앞에 사람이 서 있다는 사실을 깨달았다.

라알의 곁을 지키고 있던 철가면의 거한이었다.

잉그리스는 그에게 다가가 정중하게 인사했다.

"안녕하세요. 잉그리스 유크스, 초대를 받고 찾아왔습니다."

잉그리스의 인사가 끝나자 남자는 묵묵히 문을 밀었다.

끼기긱, 하는 무거운 소리와 함께 정문이 열렸다.

남자는 잉그리스를 돌아보며 따라오라는 듯 머리를 까딱였다.

잉그리스는 얌전히 남자의 뒤를 따르기로 했다.

건물 앞까지 이어진 정원의 규모는 대단치 않았지만, 죽 늘어선 가로수들은 빠짐없이 단정하게 손질되어 있었다.

한동안 두 사람의 발소리만이 어둠 속에 또각또각 울려 퍼졌다.

가로수 길을 절반쯤 나아갔을 때였다. 문득 남자가 걸음을 멈추었다.

"?"

"미안……하다."

갈라진 목소리로 그가 말했다.

비록 겉모습은 무섭게 생겼어도 주인보다 훨씬 양식이 있는 인물인 듯했다.

입 밖에 내지 못했을 뿐, 라알의 횡포를 보면서 가슴 아파했던 것일까.

"마음 써 주셔서 감사합니다. 그렇지만 걱정하실 거 없어요."

잉그리스는 남자의 등을 향해 빙긋 웃어 보였다.

"……."

남자는 그 이상 아무 말도 하지 않고 다시금 걸음을 내디뎠다.

그리하여 가로수 길의 끝자락에 도착했을 무렵.

가느다란 섬광이 어둠을 갈랐다.

가로수 사이에서 느닷없이 튀어나온 참격이 앞에서 걸어가던 남자를 덮친 것이다.

"?!"

범상치 않은 속도와 위력이었다.

두 줄기의 섬광이 남자의 목을 치고 지나가자, 그의 거구가 힘을 잃고 털썩 쓰러졌다.

그야말로 한순간에 기절해 버렸다.

"빨라······!"

실로 훌륭한 공격이었다.

남자가 불쌍하기는 했지만, 당장은 신경 쓸 겨를이 없었다. 그 정도로 잉그리스는 눈앞에서 펼쳐진 검 솜씨에 마음을 빼앗기고 말았다.

원한다면 숨통을 완전히 끊을 수도 있었다. 힘을 조절하고도 이만한 실력을 보인 것이다.

손끝이 떨려 왔다. 두려움이 아니라 흥분의 떨림이었다.

그 검을 휘두른 이는 금발 벽안의 아름다운 소녀였다.

소녀는 잉그리스를 공격하는 대신 빠른 걸음으로 접근해 왔다.

"당신은······ 에리스 씨?"

연회장 밖에서 얼굴만 보고 헤어졌던 하이랄 메나스였다.

레온이 잉그리스와 라피니아를 소개하자 어째선지 화를 내며 자리를 떠났는데, 그녀가 어째서 이곳에?

"맞아. 이제 괜찮으니까 어서 달아나도록 해."

"······저를 구해주러 오신 건가요?"

"그런 셈이야. 레온한테 이야기는 들었어. 너, 라파엘의 사촌 동생이라며? 그렇다면 내버려 둘 수야 없지."

의외였다. 잉그리스는 에리스가 자신을 별로 반기지 않는다고 생각하고 있었다.

"고맙습니다. 하지만 이대로 물러날 수는 없어요. 제가 가지 않으면 라알 님이 무슨 짓을 저지를지 모르니까요.”

일단 틀림없이 감찰관 살인죄를 이곳 유미르와 빌포드 후작에게 뒤집어씌우려고 들 것이다. 다른 건 몰라도 그것만큼은 막아야 했다.

“자진해서 그 남자의 놀잇감이라도 되겠다는 거야? 자기 자신을 좀 더 소중히 다뤄! 뒤는 내가 어떻게든 할 테니까!”

“어떻게든 뭘 하실 생각이신가요? 설마 라알 님을 암살하려는 건 아니겠죠? 그건 너무 위험해요. 이곳 유미르까지 피해를 보게 될 거예요.”

“······네가 신경 쓸 일이 아니야. 됐으니까 이만 돌아가!”

“그럴 수는 없습니다.”

“말귀를 못 알아듣는 애구나! 이건 경고야. 그 이상 나아가면 공격하겠어. 너도 저 사람처럼 되고 싶지 않거든 얌전히 물러나도록 해!”

에리스는 마음속으로 사과하며 자세를 취했다.

미안해. 하지만 어쩔 수 없어.

하이랄 메나스가 이런 소녀를 위협하는 것은 부끄러워해야 할 행위였다. 하지만 이 잉그리스라는 소녀를 지키기 위해서는 달리 방도가 없었다.

그녀가 겁먹을 생각을 하니 미안했지만, 이 소녀의 의지가 만만치 않거니와, 대화를 나누고 있을 시간도 없다.

"후…… 후후후."

하지만 겁을 먹고 돌아갈 줄 알았던 잉그리스는 예상과 전혀 다른 반응을 보였다.

웃은 것이다. 귀엽지만 사납게. 그리고 기쁜 듯이.

눈동자 속에는 끝을 알 수 없는 투지가 활활 타오르고 있었다.

조금 전까지 가련하고 위태롭기만 했던 인상이 거짓말 같이 돌변했다.

"정말 고맙습니다. 이 이상 나아가면 저와 한 수 겨뤄 주시겠다는 거죠?"

그것은 실로 생기 넘치는 웃음이었다.

잉그리스는 에리스를 향해 걸음을 내디뎠다.

"그러면 바로 대련을 시작해 볼까요. 잘 부탁드립니다."

하이랄 메나스의 실력은 어느 정도일까? 꼭 싸워보고 싶었다.

조금 전에 봤던 그녀의 검은 정말이지 굉장했다. 이것은 현재 자신의 실력을 가늠할 절호의 기회였다.

라알 따위는 마냥 기다리고 있으라지.

보나 마나 잉그리스를 덮치고 싶어서 좀이 쑤실 것이다.

절박함도 심어줄 겸 조금은 애를 태워도 무방하리라.

잉그리스야말로 이 기회를 놓칠 수는 없었다.

평범하게 대련을 요청해 봤자 거절을 당하거나, 제 실력을 발휘하지 않을 공산이 크다. 이 상황에서라면 에리스의 진짜 실력을 끌어낼 수 있을 것이다.

반면에 에리스는 당황했다.

"바, 바보야! 이런 상황에 무슨 생각이야……?!"

싸울 마음이라고는 털끝만치도 없었다. 자세를 취하면 잉그리스가 순순히 돌아갈 것이라 확신하고 있었다.

하지만 그녀는 돌아가기는커녕 기쁨에 찬 미소를 지으며 다가오고 있었다.

그것도 아무런 마인도 갖지 않은 무인자가.

대체 무슨 생각인 걸까?

"먼저 그리 말씀하지 않으셨나요?"

"그건 그렇지만……. 아, 정말! 어떻게 돼도 난 몰라!"

에리스는 생각을 바꾸었다.

이렇게 된 이상 얼른 제압해서 돌려보내자.

이 아이는 자포자기 상태이다.

당연했다. 이런 소녀가 좋아하지도 않는 상대에게 더럽혀질 처지에 놓인 것이다.

제정신이 아닐 수밖에 없다.

마음을 다잡은 에리스는 몸을 숙이며 땅을 박찼다.

두 사람의 간격이 순식간에 줄어들었다. 이마저도 속도를 상당히 억누른 편이었다.

코끝을 스칠 정도의 공격으로 상대를 놀라게 한 뒤, 그 틈에 제압…… 할 생각이었다.

하지만.

견제하기 위해 휘두른 오른손이 도리어 잉그리스에게 붙잡히고 말았다.

"?!"

이건 자신의 노림수가 완전히 간파당했다는 뜻이었다.

오른손을 붙잡은 잉그리스는 곧장 에리스의 옆구리를 등지듯 안으로 파고들었다.

"하앗!"

그러고는 전신의 탄력을 이용해 그녀를 냅다 내던졌다.

에리스의 몸이 엄청난 기세로 담벼락을 향해 날아갔다.

그대로 격돌……하는가 싶었으나, 과연 에리스의 몸놀림은 예사롭지 않았다.

날아가면서 자세를 바로잡은 그녀는 담벼락을 박차더니 잉그리스를 향해서 다시 도약해 왔다.

"역시 대단하시네요!"

잉그리스는 몸을 젖혀 종이 한 장 차이로 에리스의 검을 회피했다.

에리스는 흙먼지를 일으키며 착지한 뒤, 즉각 방향을 틀어 돌진해 왔다.

빠른 돌파력, 충격을 상쇄하는 유연성, 곧바로 반격에 나서는 기민함.

하나같이 유미르 기사단에서는 겪어보지 못한 손맛이었다.

심지어 에리스는 아직 전력을 발휘하지 않았다.

그렇다면 전력을 발휘하게 할 뿐!

"어째서 그렇게 기뻐하는 건데⋯⋯!"

에리스의 쌍검이 폭풍우처럼 번뜩이며 잉그리스를 향해 쇄도했다.

"강한 사람과 싸우는 것을 좋아하거든요!"

잉그리스도 검을 뽑아 이를 되받아쳤다.

"상당히 민폐인 성격이네!"

검과 검이 부딪칠 때마다 어둠 속에 불꽃이 튀고, 날카로운 소리가 울려 퍼졌다.

격렬한 공방을 이어나가며 에리스는 전율했다.

처음 자리에서 거의 움직이지 않았다. 잉그리스의 다리가.

가만히 선 채로 에리스의 검을 튕겨내고 있었다.

에리스는 두 자루, 잉그리스는 한 자루. 공격 횟수로는 에리스가 한참을 웃돌고 있건만 상황은 호전될 기미가 없었다.

하이랄 메나스가 인간의 모습일 때의 능력은 성기사보다 높으면 높았지 못하지는 않았다. 그리고 에리스의 주 무기는 쌍검이다. 검의 기량도 의심할 여지 없는 초일류였다.

그런 에리스의 검을 잉그리스는 여유롭게 받아넘기고 있었다.

범상치 않은 검 놀림, 반사신경, 그리고 수읽기.

　아니, 그래도 이상했다. 납득이 가지 않았다.

　검의 기량이 위라고 해도 기량과 신체 능력을 직접적으로 연결지을 수는 없는 노릇이다.

　에리스의 신체 능력은 평범한 인간을 크게 상회하고 있었다.

　그녀는 인간의 영혼을 지닌 마인무구, 하이랄 메나스다. 기본적인 신체 능력이 일반인들과는 차원이 달랐다. 못해도 마인을 부여받은 기사가 마인무구를 휘두르는 수준은 된다.

　그런데 마인도, 마인무구도 갖지 않은 인간이 하이랄 메나스를 상대로 우위를 점하고 있었다. 분명히 뭔가가 있다. 하지만 그것이 무엇인지 도무지 알 수가 없었다.

　하이랜더처럼 마법을 사용하는 것도 아니었다.

　"좀 더 진심으로 상대해 주세요!"

　"진심으로 하고 있어!"

　적어도 검을 다룬다는 의미에서는 그랬다.

　하지만 그 직후, 에리스에게 승기가 찾아왔다.

　댕강!

　잉그리스의 검이 충격에 못 이겨 부러지고 말았다.

　무기의 질이 달랐다.

　에리스의 무기는 하이랄 메나스용 특제품.

　잉그리스의 무기는 지방 도시의 기사단이 쓰는 보급용 검이었다.

차이는 명백했다.

"앗!"

"하아아아앗!"

절호의 기회를 놓칠세라, 에리스는 급소를 피해야 한다는 생각마저 잊고 무기를 휘둘렀다.

이번에는 잉그리스도 미처 회피하지 못했다. 에리스의 참격이 팔 한쪽을 살짝 스치고 지나갔다.

"윽?!"

검이 부러졌을 때 거리를 벌리려 했지만, 에리스가 삽시간에 거리를 좁히고 들어오는 바람에 공격 완벽하게 피하지 못했다.

지금까지보다 한층 빠르고 매서운 돌파력이었다.

과연 하이랄 메나스라 할 만했다.

불의의 사태로 생긴 약간의 틈을 놓치지 않고 상처를 입힌 것이다.

하지만 잉그리스는 만족했다. 자고로 싸움이란 이래야만 하는 것이다.

팔의 상처는 피가 살짝 나오는 정도였다. 내버려 둬도 무방했다.

검은 부러지고 말았지만 싸움은 이제부터다. 드디어 재밌어지기 시작했다.

하지만 에리스는 잉그리스를 걱정스러운 눈으로 바라보았다.

"아…… 괘, 괜찮아?"

다시는 없을 절호의 기회에 반응해 무심코 혼신의 일격을 가하고 말았다.

상처가 깊지 않아서 천만다행이었다.

하지만 그 상황에서 그만한 공격을 받고도 경상으로 끝난 잉그리스에게는 경계심을 품지 않을 수 없었다.

분명 치명적인 빈틈이었을 터였다. 하지만 치명상에 이르지 않았다.

나이도 얼마 되지 않은 소녀가 이 무슨 황당한 실력이란 말인가.

"에리스 씨. 걱정은 필요 없어요. 혹시 제가 상대로서 역부족이라 그런가요?"

자세를 풀고 걱정하는 에리스에게 잉그리스가 불만스러운 얼굴로 물었다.

"따, 딱히 그렇게 생각하진 않았어……."

"……에리스 씨. 가르쳐 주세요. 하이랄 메나스는 마나를 인식할 수 있나요?"

"어, 어째서 네가 그런 걸 궁금해하는 건데."

애당초 지상의 인간은 마나의 존재를 모른다.

하물며 잉그리스는 아무런 마인도 새겨져 있지 않은 무인자였다.

그녀야말로 마나와는 연이 없을 터였다.

"그 부분은 그냥 넘어가 주세요. 그래서, 인식할 수 있나요?"

"마, 맞아. 어느 정도는 느낄 수 있어."

"그렇군요. 다행이네요."

아직도 질문의 의도를 이해하지 못한 에리스를 향해 잉그리스는 해맑게 웃어 보였다.

"그럼……."

잉그리스는 호흡을 가다듬으며 의식을 집중시켰다.

지금부터 최근에 수련하고 있는 기술을 피로해 보일 생각이었다.

즉, 에테르를 마나로 변환하는 기술이었다.

하지만 이 기술은 효율이 매우 나빴다.

예를 들어 화염을 일으키는 마법의 경우. 10의 마나를 사용했을 때, 실제 화염으로 변하는 마나의 양은 고작해야 2, 3에 불과했다. 나머지 마나는 공기 중에 흩어져 사라져 버리는 것이다.

하지만 에테르는 그렇지 않았다. 10을 사용하면 10이나 그 이상의 위력이 발휘된다.

즉, 에테르를 마나로 변환시키는 것은 막말로 힘을 내다 버리는 행위였다.

하지만 지금이라면, 에테르를 인식하지 못하지만 마나는 인식할 수 있는 에리스 앞에서라면 모종의 효과를 기대해 볼 수 있으리라.

"아……! 아으…… 아…… 뭐, 뭐야 이게……?!"

에리스는 자기도 모르게 뒷걸음질 쳤다.

느닷없이 방대한 마나가 뿜어져 나와 잉그리스의 온몸을 뒤덮었다.

"대, 대체 넌 정체가 뭐야……?!"

아까만 해도 분명 아무것도 느껴지지 않았다.

어딜 어떻게 봐도 평범한 인간이었다. 특수한 힘이라고는 없었다.

그래서 자신의 검을 간단히 받아넘겼을 때는 사실이 도무지 이해가 가지 않았건만…….

처음부터 잘못 생각한 거였다.

잉그리스는 에리스를 집어삼키고도 남을 만한 마력을 숨기고 있었다.

에리스는 뼈저리게 실감했다.

잉그리스는 천진난만하게 웃으며 에리스에게 말했다.

"이제 아셨죠? 봐주실 필요 없어요."

잉그리스가 선보인 기술은 요컨대 가시화였다.

에테르를 인식하지 못하는 상대에게도 자신의 힘이 전해지도록, 에테르를 일부러 마나로 변환한 것이다.

즉, 상대에게 도전장을 내미는 행위였다.

에테르는 만물의 원천. 모든 존재는 결국 에테르가 어떤 형태를 이루고 있는가로 정의 내려진다.

그렇다면 에테르를 재구성해 마나로 만드는 것 또한 가능.

실질적으로는 힘을 허비하는 행위지만 이런 상황에 유용하게 활용할 수 있었다.

이것으로 에리스는 잉그리스를 굳이 봐줄 필요가 없음을 실감했을 것이다.

지금까지는 잉그리스에게 아무런 힘도 없다는 선입견 때문에 제 실력을 발휘하지 못했다.

잉그리스는 그 부분을 어떻게든 하고 싶었다.

원래는 부모를 기쁘게 해주기 위해 스스로 마인을 만들어 낼 수는 없을까 시험하는 과정에서 익힌 부산물이었다. 마인은 마나의 흐름을 제어해 주는 매개체니 애초에 마나가 없으면 죽도 밥도 안 되는 것이다.

덧붙이자면 에테르를 섬세하게 다루기 위한 연습용 기술로도 썩 나쁘지 않았다.

"화, 확실히. 내가 너를 너무 얕잡아 봤던 것 같네."

에리스는 그렇게 말하며 쌍검을 칼집 안에 완전히 집어넣었다.

"더는 막지 않을게. 가도록 해."

"네에에엣?! 잠깐 기다려 주세요! 그건 아니죠! 너무하잖아요!"

"대, 대체 뭐가……? 나는 네가 연약한 여자애인 줄 알고 억지로 달아나게 하려 했을 뿐이야. 하지만 그만한 마나가 있으면 자기 몸 정도는 지키고도 남잖아? 그러니 굳이 막아설 이유가 없는걸."

"우와아아아앙! 그렇게 나오다니! 완전히 망했어……."

잉그리스는 땅을 치고 후회했다.

모처럼 대련할 기회가 주어졌건만, 상대방에게 자신의 힘을 드러낸답시고 나선 것이 자충수가 되고 말았다. 오히려 그 힘을 인정받아 굳이 싸울 필요가 없다는 판단에 이르게 만든 것이다.

예상이 어설펐다. 분하다. 이제 막 즐거워지기 시작한 참인데!

"저, 저는 연약한 여자아이예요! 부디 저를 막아 주세요! 부탁드립니다!"

"아니, 이미 볼 만큼 봤어. 자, 하이랜더가 기다리고 있잖아?"

에리스는 그 말을 남기고 방향을 돌려 정문 쪽으로 걸어갔다. 돌아갈 생각인 듯했다.

"으으으……. 괜한 짓을 했어!"

통한의 실수……!

손가락을 빨면서 미련 가득한 눈으로 에리스의 뒷모습을 지켜보는 잉그리스였다.

하지만 그 광경은 오래가지 못했다. 불현듯 에리스의 몸이 뭔가에 치여 날아가 버린 것이다.

◆ ◇ ◆

에리스를 공격한 건 파직, 파직 튀기는 번개를 응축해 만든 듯한 짐승이었다.

발걸음을 돌려 떠나가려던 에리스의 옆에서 튀어나와 그녀를 들이받은 것이다.

  그 뇌수(雷獸)가 에리스와 충돌하는 순간 치지직 하고 번갯불이 일었다.

  "크윽?!"

  보아하니 닿기만 해도 피해를 주는 듯했다.

  하지만 그것으로 끝이 아니었다. 뇌수는 날아가 버린 에리스를 뒤쫓아 저택의 담장으로 돌진했다.

  그리고 그곳에서 뇌수의 전신이 강렬하게 번쩍였다.

  "꺄아아아아악?!"

  에리스의 비명. 울려 퍼지는 굉음.

  뇌수가 내뿜은 번개의 충격파로 인해 담장이 와르르 무너져 내렸다.

  "에리스 씨?!"

  에리스는 기습을 당한 거나 마찬가지였다. 괜찮을까?

  "으…… 으으."

  에리스가 비틀거리면서 몸을 일으켰다.

  "괜찮으신가요?!"

  "괘, 괜찮아……. 일단은."

  치명상은 아니었지만 괜찮지는 않을 터였다.

  어찌 됐건 잉그리스는 그녀의 곁으로 달려가려 했다.

  하지만 뇌수가 나타나 그 앞을 가로막았다.

그러고는 잉그리스가 나아가지 못하도록 으르렁 위협해 왔다.

"이건 대체……?!"

마법이나, 그와 비슷한 기술로 만들어 낸 유사 생명체일까.

에리스는 무언가 짐작 가는 바가 있는지 격한 분노를 드러냈다.

"이, 이런 짓을 하다니……! 무슨 생각이야?! 당장 나와! 레온!"

"네?! 레온 씨가 이걸……?!"

"안녕! 하긴, 모르는 게 이상하지."

그 경박한 목소리와 함께 건물 너머에서 레온이 모습을 드러냈다.

옷은 연회장에서 보았던 기사복 그대로였지만, 아까와 달리 팔에 청자색으로 빛나는 손목 보호대를 두르고 있었다. 철 재질의 손목 보호대에는 가시가 달려 있었다.

저것은 마인무구일까?

"잉그리스가 에리스의 주의를 끌어 준 덕분에 살았어. 방금 기습으로 결판이 날 것 같아. 제대로 맞붙으면 목숨을 건 사투가 되어 버리거든."

"내가 널 잘못 봤네. 대체 무슨 속셈이야……?! 우리를 배신하겠다는 거야?! 그것도 성기사인 네가?!"

"뭐, 결국 그렇게 되는 셈인가?"

"레온 씨……. 필요하다면 하이랜더의 신발이라도 핥겠다고 말씀하셨는데, 그건 농담 아니었나요?"

레온은 하이랜더를 해칠지도 모르는 두 소녀를 저지하려는 것일까? 라알의 눈에 들기 위해?

"바보 같은 소리 마. 당연히 농담이지. 아무리 나라도 상처받는다고? 이렇게 보여도 일단은 성기사야. 이 나라의 사람들을 지키기 위해 목숨을 버릴 각오가 있다고."

"그러면 어째서 이런 짓을……? 에리스 씨는 소중한 동료잖아요?"

"……이번 일로 정나미가 떨어졌다고 해야 할까. 너희도 봤지? 이대로라면 지상은 하이랜더 놈들의 먹잇감으로 전락할 뿐이야. 이대로 성기사 자리에 앉아 있어봤자 이 나라의 사람들을 지키겠다는 맹세는 이룰 수 없어. 하이랜더가 몹쓸 짓을 저질러도 성기사는 아무것도 못 하거든. 그럴 권한이 없으니까. 모순된 거지. 기분 나쁘게."

"……자신의 힘에 대의가 함께하기를 원하는 거군요. 의외로 순정파시네요."

"쪼그만 여자애가 말 한번 무섭게 하네. 대체 어떤 인생을 살아온 거야?"

레온이 기가 막힌다는 듯 잉그리스를 보았다.

"하지만 하이랜더에게 기대지 않으면 지상의 나라들은 살아갈수 없어! 마인무구가 없으면 마석수로부터 몸을 지키지 못해! 어느 정도는 참지 않으면 살아남는 것조차 불가능하니 어쩔 수가 없잖아!"

에리스의 얼굴에서 분노가 사라지고 괴로운 표정이 떠올랐다.

"그래서 오늘 같은 일도 꾹 참고 넘어가자고? 나는 용서 못 해. 마석수도 하이랜더도, 어느 쪽도 제멋대로 날뛰도록 두지 않겠어."

"……그럴 방법이 있다는 건가요?"

지금까지 들은 정보로 따지자면 에리스의 주장이 그나마 현실적이라는 생각이 들었다.

"잉그리스, 혈철쇄(血鐵鎖) 여단이라고 알고 있어?"

"……아니요."

유미르는 시골이었고, 잉그리스도 늘 수련을 쌓는 것밖에 생각하지 않았다.

굳이 말하자면 세상사에 어두운 편이었다.

"레온이 말하는 건 하이랜드에 대항하는 게릴라 조직이야. 최근에 급격히 세력을 키우고 있지. 덕분에 마석수 토벌에도 차질이 생기고 있어. 어떤 나라에서는 녀석들이 하이랜더를 죽이자 하이랜드가 보복 차원에서 마을 하나를 멸망시켰다고 들었어. 정말 민폐란 말이지! 지상을 혼돈으로 몰아넣을 뿐이라고!"

"하이랜더가 보기에는 그렇겠지. 혈철쇄 여단의 모토는 자신의 피를 쇠사슬 삼아 하이랜드를 지상으로 끌어내리는 것. 무슨 뜻인지 알겠어? 잉그리스."

"하이랜드를 쓰러트린 뒤 그 기술을 빼앗아 지상에 널리 알리겠다는 건가요? 마인무구를 만드는 기술만 있다면 지상의 나라들은 자기 자신을 지킬 수 있을 테니까요."

"오! 똑똑한데! 바로 그거야. 마석수로부터 몸을 지키면서도 잘

난 듯이 구는 하이랜더에게 머리를 숙일 필요도 없지. 이상적이라고 생각하지 않아? 전부터 제의가 들어오기는 했지만, 이번 일로 마음이 완전히 돌아섰어."

"하이랜드를 얕보지 마! 그런 짓을 했다가는 하이랜드와 지상 간에 전쟁이 벌어질 거야! 이길 리가 없잖아?! 도대체 얼마나 큰 피해가 나올지 상상이나 돼……?!"

"그러니 더더욱 혈철쇄 여단의 힘을 강하게 키워 놔야지. 말이 나와서 말인데, 에리스를 입단 선물로 데려갈 생각이야. 궁극의 마인무구인 하이랄 메나스를 연구하면 지상제 마인무구를 만들어 낼 계기가 될지도 모르니까."

"싫어! 많은 사람을 죽음으로 몰아넣는 일에 협조할 생각은 없어!"

에리스는 살짝 비틀거리면서도 쌍검을 거머쥐고 저항 의사를 드러냈다.

"잉그리스는? 넌 어때? 괜찮다면 같이 가지 않을래?"

"……거절하겠습니다."

"어째서? 에리스와 마찬가지로 현상유지파인 거야?"

"아뇨? 여기서 에리스 씨를 지키는 쪽에 서면 당신과 겨뤄 볼 수 있을 것 같아서요……."

"엉?! 이봐, 넌 강해. 자신의 힘이 무슨 의미를 갖는지를 잘 생각해 봐!"

"여, 여기까지 와서도 이 애는……."

레온은 얼빠진 목소리로 외쳤고, 에리스는 어이가 없다는 표정을 지었다.

"레온 씨가 무슨 말씀을 하시는지는 이해했어요. 하지만 저는 힘과 대의를 연결 짓지 않기로 했습니다."

그것은 전생에서 한 번 거쳐 온 길이다.

대의에 힘을 쏟으면 언젠가 전선에서 물러나 사람들을 이끄는 자리에 올라서게 된다.

잉그리스 유크스는 그러고 싶지 않았다.

"이렇게 하죠. 에리스 씨를 원한다면 힘으로 빼앗는 거예요. 자, 사양 마시고."

잉그리스가 레온에게 제안했다.

"잉그리스. 슬쩍 지켜봤는데, 너는 상당히 강해. 이렇게 귀여운 여자애라는 게 믿기지 않을 정도로 말이지. 그러니 별로 어른스럽지 못한 대응이지만, 전력으로 가겠어. 하아아아앗!"

레온은 힘을 불어넣으며 상급 마인무구인 손목 보호대를 서로 부딪쳐 공명시켰다.

성기사가 하이랄 메나스를 휘둘러 싸우는 것은 최강의 마석수로부터 국민을 지킬 때뿐.

레온의 경우, 평소에는 이 손목 보호대 형태의 마인무구를 애용하고 있었다.

상급 마인무구쯤 되면 단순히 베고, 찌르고, 때리는 데서 그치지 않고, 하늘이 내린 기적이라 불러도 손색없는 특수한 현상을 발휘한다.

　사람들은 그걸 기프트라고 부르는데, 이는 마인무구별로 다양했다. 레온이 사용하는 이 마인무구는 뇌수를 소환하여 조종하는 효과가 있었다.

　소환할 수 있는 뇌수의 숫자와 강함은 소유자의 능력에 의해 좌우된다.

　특급 마인을 지닌 성기사 레온이 전력으로 사용할 경우……!

　공명한 마인무구에서 자그마한 빛 덩어리가 뿔뿔이 퍼져 나갔다. 이윽고 지면에 착지한 빛 덩어리는 번갯불을 튀기는 짐승으로 변해 으르렁거리는 소리를 냈다. 뇌수의 숫자는 스물, 아니, 서른을 웃돌았다.

　그 많은 뇌수가 일제히 잉그리스를 에워쌌다.

　눈앞이 번쩍번쩍 빛나는 것이 꽤 화려한 광경이었다.

　"두 마리만 나를 따라와! 나머지는 잉그리스를 공격해!"

　레온은 그렇게 말하며 에리스를 향해 돌진했다.

　그리고 두 마리의 뇌수가 그 뒤를 따랐다.

　에리스는 쌍검을 거머쥐며 맞서 싸우기 위해 자세를 취했다.

　에리스와 레온이 원래 호각이라고 한다면 적의 숫자와 현재 상태를 보았을 때, 이미 한차례 기습을 당한 에리스가 불리했다.

　레온은 에리스를 죽일 생각은 없는 듯했다. 아니, 애초에 하이랄 메나스가 평범한 인간들처럼 죽음을 맞이하기는 하는 것일까?

적어도 공격으로 무력화시켜 데려가는 것 정도는 가능하리라.

레온의 행동 방침이 얼추 보이기 시작했다.

그렇다면 막아 주겠어!

잉그리스가 마음속으로 외쳤다. 이미 눈앞에는 명령을 받은 뇌수들이 우르르 들이닥치고 있었다.

그르르으! 그가아아앗! 그워어어어!

우선은 이 포위망을 돌파해야 했다.

이거 재미있군! 과연 성기사의 기프트라 할 만했다.

"하앗!"

잉그리스는 가장 가까운 뇌수에게 달려들어 주먹을 내질렀다.

뇌수는 잉그리스의 접근에 미처 반응하지 못한 채, 잉그리스가 내지른 주먹에 직격…….

당했어야 했다.

하지만 그 직전, 불현듯 허공에 검이 나타나 뇌수를 베어 버렸다.

에리스가 사용하고 있던 쌍검 중 한 자루였다.

"갸아아악?!"

큰 상처를 입은 뇌수는 단말마와 함께 빛을 발하며 폭발했다!

에리스가 기습으로 맞았던 번개랑 같은 건가?

아직 잉그리스의 공격이 명중하기 전이었기 때문에 아슬아슬하게 거리를 벌릴 수 있었다.

폭발하는 번개를 살짝 뒤집어쓰기는 했지만, 몸이 약간 저린

게 고작이었다.

　제대로 당했다면 훨씬 커다란 피해를 받았을 것이다.

　"조심해! 저건 강한 공격을 받아도 폭발해! 섣불리 공격하면
안 돼!"

　먼발치에서 에리스가 외쳤다.

　잉그리스를 위해 경고해 준 것이다.

　"네! 알겠어요!"

　그나저나 저 거리에서 뇌수를 베다니, 대체 뭐지?

　인간 형태의 하이랄 메나스도 기프트를 다룰 수 있는 것일까?
조금 전의 대련에서는 보여주지 않았는데, 치사해!

　"다음에는 그 기술을 사용해서 저와 겨뤄 주세요!"

　"싫어! 나는 너처럼 싸움을 좋아하는 인간이 아냐!"

　깔끔하게 거절당하고 말았다.

　어찌 됐든, 에리스가 대처법을 제시해 주었다.

　뇌수를 접근 공격으로 격파하면 자폭 공격을 피하지 못한다.

　다시 말해, 폭발에 말려들지 않도록 거리를 벌린 채 격파하라
고 에리스는 말한 것이다.

　"아무튼 에리스 씨, 정보를 주셔서 고맙습니다. 잘 활용할게요!"

　"후후. 방금 건 횟수 제한이 있는 기술이었을걸. 그걸 고작 잉
그리스에게 경고해 주기 위해서 사용하다니. 역시 이러쿵저러쿵
해도 사람이 좋다니까. 츤데레 같으니라고."

　"시끄러워!"

"그랬던 거군요. 기다려 주세요. 금방 도우러 갈 테니!"

잉그리스는 두 주먹을 움켜쥐더니, 의식을 집중해 기합을 넣었다.

"하아아아압!"

잉그리스의 몸이 푸르스름한 빛으로 뒤덮였다.

에테르를 응축시킨 파동을 전신에 두른 것이다.

하지만 그것이 무엇을 의미하는지 에리스와 레온은 알지 못했다.

에테르를 느끼지 못하는 두 사람이 보기에는 그저 몸에서 빛이 나 보일 뿐이다.

그래서인지 딱히 놀라는 기색도 없었다.

하지만 금방 알게 될 터였다.

빛을 두른 잉그리스는 가까이 있는 뇌수를 향해 달려들었다.

조금 전과는 비교도 할 수 없을 정도로 빠른 움직임이었다.

속도를 살려 다리를 채찍처럼 휘둘러 돌려차기를 구사하는 잉그리스.

"갸오오오오!"

뇌수가 비명을 내질렀다. 상당한 충격을 받았다는 증거였다.

"이 바보! 사람이 기껏 충고를……!"

에리스의 목소리를 지워 버리는 폭발음.

잉그리스는 뇌수의 자폭에 고스란히 휘말리고 말았다.

하지만 상처 한 점 없었다. 휘청거리지도 않았다. 움찔하는 기색조차 없었다.

잉그리스는 아무 일도 없었다는 것처럼 그 자리에 서 있었다.

"뭐……?! 어, 어떻게 된 거지……?!"

"저게 대체 뭔 일이래……?!"

에리스도 레온도 무심코 싸움을 멈추고 이쪽을 쳐다보았다.

"다음!"

잉그리스는 뇌수들을 맨손으로 차례차례 격파해 나갔다.

잉그리스를 확실하게 집어삼킨 자폭 공격들은 굉음과 함께 지면에 구덩이를 남기고, 가로수를 파괴했다. 그러나 정작 잉그리스는 멀쩡했다.

그 무엇도 잉그리스를 막아서지 못했다. 뇌수의 숫자만이 하나둘씩 줄어갈 뿐이었다.

"에리스 씨, 덕분에 깨달았어요! 접근전에서 상대방의 반격을 피할 수 없다면, 반격이 의미 없을 만큼 자신을 강화하면 된다는 사실을요!"

"그게 아니야! 멀리 떨어져서 공격하라고 했던 거라고!"

대화를 나누는 사이 뇌수의 숫자는 절반 이하로 줄어들었다.

그 움직임은 하이랄 메나스인 에리스나 성기사인 레온이 보기에도 지나치게 빠르고, 지나치게 예리했다.

에리스는 조금 전 잉그리스와 싸웠을 때를 떠올렸다. 자신도 힘을 전부 드러내지는 않았지만, 잉그리스는 에리스 이상으로 힘을 숨기고 있었다. 에리스는 전율했다.

이렇게 귀여운 소녀가…… 혹시 이것은 국가나 세계의 운명을 좌우할 힘이 아닐까?

"그렇지만 이게 더 빠른걸요!"

잉그리스가 사용한 것은 에테르를 응축한 파동을 몸에 두르는 기술.

에테르 셸이라고 부르면 되지 않을까.

이것이 방패가 되어 뇌수의 자폭으로 인한 충격을 막아냈다.

나아가 잉그리스의 신체 능력을 한층 강력하게 끌어올리는 효과도 겸비하고 있다.

디바인 나이트는 반인반신. 따라서 체력과 근력도 평범한 인간을 크게 상회한다. 그리고 성장할수록 더욱 강해진다.

그것을 에테르의 파동을 몸에 두르는 이 기술로 한층 더 끌어올렸다.

그리하여 도달한 것이 현재의 상태였다.

"하아앗!"

잉그리스의 장타가 마지막 한 마리를 때렸다.

충격으로 크게 일그러진 뇌수는 눈부시게 빛나며 폭발했다.

하지만 에테르 셸의 보호를 받는 잉그리스에게는 생채기 하나 입히지 못했다.

그렇게 뇌수를 전멸시킨 잉그리스는 쏜살같이 달려가 에리스의 옆에 나란히 섰다.

"오래 기다리셨습니다."

"……너, 성격이 못됐어. 나한테는 진심으로 상대해 달라고 해 놓고, 정작 본인은 진심으로 안 싸웠던 거잖아."

"그렇지도 않아요."

이 기술에 결점이 없는 것도 아니거니와 오래 유지하기도 어려 웠다.

효과가 끊어진 이후의 피로감, 탈력감도 상당했다. 말하자면 비장의 수였다.

이를 더욱 성장시켜 에테르의 지속력을 보강하면 장기전도 가 능해질 테지만, 그것은 앞으로 잉그리스가 어떻게 수련하는가에 달렸다.

"잉그리스는 정말 터무니없는 애구나. 그만큼 소환했는데 시간 벌이도 안 되다니."

레온도 황당함을 느끼며 어깨를 으쓱일 수밖에 없었다.

성기사와 하이랄 메나스를 각각 상회하는 힘.

"작정하고 네게 대항하려면 나나 에리스가 하나씩 덤벼 봤자 어렵겠어……. 성기사가 하이랄 메나스를 들고 싸우는 정도는 되 어야 하지 않을까. 그건 다시 말해, 마석수 중 최강종인 프리즈마 에 필적할지도 모르는 괴물이라는 뜻이지."

"네. 자신의 힘으로 그 마석수를 쓰러트리기 위해 수행하고 있 어요."

"뭐어?! 지, 진심이야?!"

"그럼요."

"핫하! 굉장한걸. 하긴, 꿈은 크게 꿔야지! 일단…… 네 장래도 기대가 되지만, 지금은 약점이 있기를 기대해 보겠어. 예를 들어 그 힘은 지구력이 부족해서 오래 못 쓴다던가?"

감이 날카로운 사내다. 얼핏 경박해 보이지만 확고한 신념을 지녔으며, 머리도 잘 돌아간다.

만약 전생에 자신의 부하로 있었다면 중신으로 삼았을지도 모른다.

"그렇다면 어떻게 하실 건가요?"

"그야 뻔하지. 인내력 승부다! 아직 많이 만들어 낼 수 있거든!"

레온은 다시금 손목 보호대형 마인무구를 부딪치려 했다.

새로운 뇌수를 탄생시키려 하는 것이다.

까앙! 쇠와 쇠가 부딪치는 소리가 울려 퍼졌다.

그리고 뇌수는 나타나지 않았다.

"무슨……!"

"마음대로 하게 두지 않겠어요."

잉그리스 때문이었다.

레온이 손목 보호대를 부딪치기 직전 그의 눈앞으로 파고들어 발길질을 가한 것이다.

조금 전 소리는 레온의 손목 보호대와 잉그리스의 정강이받이가 부딪치며 난 소리였다.

손목 보호대끼리 맞부딪치지 않으면 기프트의 효과는 발동하지 않는다.

이전에 레온이 보여준 동작을 통해 그렇게 추측했는데, 아무래도 정답인 모양이었다.

"이, 이것 참…… 믿기지 않는걸."

문제는 그 움직임이 레온의 눈에 보이지 않았다는 사실이다.

"……여성의 다리를 그렇게 빤히 쳐다보지 말아 주세요."

"웃기시네! 보여준 건 너잖아?!"

레온은 그렇게 말하며 펄쩍 뛰어 물러났다.

몸을 뒤로 빼며 손목 보호대를 맞부딪치려 했지만…….

"마음대로 하게 두지 않겠다고 말했을 텐데요."

잉그리스가 레온의 눈앞에서 바짝 따라붙어 왔다.

이윽고 그의 두 손목을 움켜쥐어 움직임을 봉쇄했다.

"큭……!"

"이야압!"

레온의 복부에 무릎 차기가 꽂혔다.

어찌나 위력이 강한지 레온의 몸이 허공에 떠올랐다.

"크어어억?!"

그 일격으로 레온의 의식은 당장이라도 날아갈 것만 같았다.

아무 일도 없었다면 그대로 기절해 버렸으리라.

간신히 버틸 수 있었던 것은, 머릿속을 울리는 외부의 자극 덕분이었다.

불현듯 저택의 건물 벽이 붕괴하며 비명이 터져 나온 것이다.

"꺄아아아아악?!"

파괴된 벽에서 튀어나온 것은…… 라피니아였다.

"라니?!"

잉그리스는 라피니아의 이름을 부르며 그쪽으로 주의를 빼앗겼다.

밖으로 튀어나온 것은 라피니아뿐만이 아니었다.

그어어어어어!

거대한, 어른 키의 몇 배에 달하는 인간형 괴물이 그녀와 함께 모습을 드러낸 것이다.

벽에 뚫린 구멍의 크기를 고려하면 저택의 벽을 파괴한 것은 라피니아가 아니라 이쪽일 가능성이 컸다.

비대화하는 과정에서 상반신만이 이상할 정도로 발달해 땅딸보 같은 체형이 되었다.

피부는 울퉁불퉁한 바위처럼 단단했고, 머리와 목, 등에는 결정화된 보석이 박혀 있었다. 하늘색, 남색, 노란색, 검은색 등 빛깔도 다양했다.

"이건……?! 마석수?!"

최근에는 프리즘 플로가 내리지 않았는데……?!

게다가 인간형 마석수를 보는 것도 처음이었다.

"아니, 그보다…… 라니!"

생각하는 것은 나중이다. 라피니아만큼은 무슨 일이 있어도 지켜야 한다.

그것은 잉그리스 유크스가 극한의 무에 이르겠다는 목표 이외에 자신에게 내건 유일한 제약이자, 맹세였다.

그어어어어!

인간형 마석수가 라피니아에게 거대한 주먹을 내려치려 했다.

"까아악?!"

"어딜! 하아아앗!"

잉그리스는 쏜살같이 달려들어 적의 주먹에 자신의 주먹을 들이댔다.

체중, 질량으로만 따지자면 상대가 압도적으로 위였다.

하지만 그런 것들은 중요치 않았다.

오히려 잉그리스의 주먹이 마석수의 주먹을 압도해 밀어냈고, 결국 마석수는 큰대자로 날아가 바닥을 나뒹굴었다.

그대로 기세 좋게 굴러가던 마석수는 저택의 담장에 부딪치고 나서야 정지했다.

"라니! 괜찮아?!"

"고, 고마워, 크리스!"

"어째서 라니가 이런 곳에……?"

여기 오기 전, 잉그리스를 혼자 보낼 수 없다며 길길이 날뛰기는 했었지만, 빌포드 후작이 끝내 그녀를 막지 못한 것일까.

"억지로 도망쳐 나왔어. 크리스한테 전부 떠넘기다니 그러면 안 되는 거잖아! 그래서 내가 먼저 가서 라알을 해치워 버리려고 했는데……. 이상한 일이 벌어졌어!"

"무슨 일이 벌어졌길래?"

"저택에 몰래 숨어들어서 상태를 지켜봤거든? 그런데 라알이 갑자기 괴로워하기 시작하더니 저런 모습으로 변했어……."

라피니아는 그렇게 말하며 몸을 일으키려 하는 인간형 마석수를 가리켰다.

"뭐……?! 저게 라알이라고……?!"

"지, 진짜야! 두 눈으로 똑똑히 봤어!"

"잉그리스ㅇㅇㅇㅇㅇ!"

라알……이었던 것이 잉그리스의 이름을 외치더니 으르렁거리며 다가왔다.

"……! 내 이름을?! 그럼 정말로 저게 라알……?! 하지만 말도 안 돼! 프리즘 플로가 인간을 마석수로 만든다는 말은 들어본 적도 없어……!"

인간은 프리즘 플로를 맞아도 마석수로 변하지 않는다.

그것은 이 세상의 상식이다. 즉, 수많은 인간의 경험담이기도 했다.

예외는 들어본 적도 없었다.

"하, 하지만 정말인걸! 저기, 크리스. 혹시 내 탓일까? 내가 뭔가 잘못한 거야……?!"

"안심해. 그건 라피니아 아가씨 탓이 아니야."

잉그리스의 무릎 차기를 맞고 웅크려 있던 레온이 몸을 일으키며 설명했다.

뇌수는 벌써 소환을 마친 상태였다. 여러 마리의 뇌수가 그의 주위를 단단히 지키고 있었다. 정말이지 빈틈이 없는 인물이었다.

"라피니아가 오기 전에 내가 녀석한테 약을 타서 먹였거든. 프리즘 파우더라고 하는데, 프리즘 플로의 성분을 극도로 농축시킨 비약이라더군. 혈철쇄 여단이 나한테 입단을 권유하면서 놓고 갔어. 인간한테는 효과가 약하지만 하이랜더에게 사용하면 보고 있는 대로 변하지. 이래 봬도 성기사라서 프리즘 플로에는 일가견이 있거든. 얕보면 큰코다친다 이 말씀이야. 뭐, 이렇게 보니 딱하기는 하네. 완전히 마석수가 다 됐어. 하이랜더가 꼴이 말이 아니군."

레온은 마석수화한 라알을 향해 어깨를 으쓱했다.

그 몸짓에는 짙은 모멸감이 묻어나 있었다.

"......돌이킬 방법은?! 돌이킬 방법은 없는 거야?!"

"참나, 에리스. 이런 녀석을 구할 생각이야? 죽을죄를 지었다고. 이 자식은."

"그렇지만 이런 곳에서 하이랜더가 죽기라도 했다가는......!"

"정말 뼛속까지 현상유지파구나, 넌. 돌이킬 방법이 있을 리가 없잖아? 그런 게 있다면 마석수들한테 사용해서 진작 세계 평화가 찾아왔을 거라고."

"으......."

"뭐, 내 탓으로 돌려서 얼버무리도록 해. 전부 혈철쇄 여단으로 돌아선 내가 저지른 짓이라고 말이야. 일단 나는 이쯤에서 달아나겠어. 성기사를 때려치우기로 하자마자 붙잡히면 꼴사납잖아!

그럼 잘들 있어라!"

"앗! 기다려!"

"터져라!"

뇌수들이 일제히 자폭했다.

주변 일대에 빛이 가득 차며 한순간 아무것도 보이지 않는 상태가 되었다.

"크윽……!"

"이런, 놓쳤나……!"

잉그리스와 에리스의 시야가 원래대로 돌아왔을 때, 이미 레온은 모습을 감춘 뒤였다.

레온을 붙잡아서 왕도에 넘기는 것이 가장 확실한 방법이지만…….

이 라알이었던 마석수를 내버려 둘 수도 없는 노릇이었다.

레온을 추적하는 것은 나중으로 미룰 수밖에 없어 보였다.

만약 이대로 발견되지 않는다면 에리스에게 변호를 부탁해 유미르 측에 잘못이 없음을 주장해야 할 것이다.

범인을 잡아넣는 것에 비하면 약하지만, 하이랄 메나스의 발언이라면 어느 정도의 영향력은 기대할 수 있을 터였다.

"잉그리이이이스으으!"

그의 외침은 구원을 바라는 목소리처럼 들리는 것 같기도 했다.

확실히 라알은 몹쓸 인간으로 성장했다. 이렇게 된 것도 인과응보라는 사실을 부정하기는 힘들다.

하지만 저 모습은…… 딱해 보였다.

"……옛정을 생각해서 제가 잠들게 해 드리죠."

잉그리스는 라알이었던 것의 앞으로 다가갔다.

"자, 그럼 어떻게 한담."

이만한 거구다. 생명력도 만만치 않으리라.

고통 없이 일격에 끝내 주는 게 마지막으로 베풀 수 있는 자비 겠지만, 마을 한복판에서 그만한 공격을 펼쳤다가는 주변 건물에 피해가 나올 터였다.

이 저택뿐이라면 이미 파괴되어 있으니 딱히 문제 될 것이 없지만…….

아마 충격의 여파는 이 저택에서 그치지 않을 것이다.

결국, 마을 밖으로 끄집어내 쓰러트릴 수밖에 없었다.

하지만 이것도 문제였다. 라알을 유인하는 동안 그가 민가를 파괴할 우려가 있었다.

마을 주민들이 말려들게 될지도 모른다.

"좋아……!"

……정했다!

"잉그리스으으!"

그 직후, 돌진해 온 라알의 주먹이 잉그리스를 덮쳤다.

재빨리 결단을 내린 잉그리스는 뒤로 도약해 회피했다.

받아낼 수도, 되받아칠 수도 있었지만, 일부러 간격을 크게 벌렸다.

잉그리스가 자세를 깊숙이 낮추며 바닥에 착지했다.

이대로 무릎의 반동과 벌어진 거리를 이용해 가속을……!

하려던 그 순간, 굵직한 목소리가 울려 퍼졌다.

"라피니아! 잉그리스! 역시 아이들에게 전부 떠넘길 수는 없어! 이놈, 하이랜더! 어서 나오지 못할까!"

"라피니아 님! 잉그리스 님! 지금 도우러 가겠습니다!"

빌포드 후작과 부기사단장 에이다의 목소리였다.

"아버지! 에이다까지! 못 가게 막을 땐 언제고?! 정말이지!"

말은 그렇게 했지만, 라피니아는 살짝 기쁜 눈치였다.

"오오! 라피니아, 잉그리스, 무사했구나! 으어어엇?! 뭐지, 저 마석수는?!"

"이런! 저택 바깥으로 내보내선 안 돼! 다들 산개하라!"

에이다가 이끌고 온 기사들에게 지시를 내렸다.

"기다려 주세요! 저 마석수는 강력합니다. 섣불리 다가가면 안 돼요! 에리스 씨가 도와주고 있으니 괜찮아요. 금방 끝날 거예요!"

잉그리스가 큰 소리로 경고하며 기사들의 행동을 제지했다.

"어? 내가? 물론 도와주기는 하겠지만, 저걸 상대하려면 꽤…… 꺄악?!"

잉그리스는 어리둥절한 표정을 짓고 있는 에리스의 곁으로 순식간에 접근해 그녀의 손을 잡아끌었다.

"얼른 시작하죠! 일단 파고들게요!"

"으, 응!"

두 사람은 마석수의 앞까지 전속력으로 달려갔다.

잉그리스가 다소 억지로 잡아끄는 모양새기는 했지만, 하이랄 메나스라는 이름은 장식이 아닌지 에리스도 어찌어찌 따라붙어 왔다.

마석수가 주먹을 내려쳤다. 하지만 빠르게 움직이는 두 사람을 명중시키지는 못했다.

"같이 공격해요! 발로 차는 거예요!"

"아, 알겠어!"

""하아아아아앗!""

잉그리스와 에리스가 온 힘을 실어 마석수의 복부를 걷어찼다.

그러자 마석수는 하늘을 향해 포물선을 그리며 날아갔다.

유미르의 외벽조차 뛰어넘어, 마을 바깥에 추락하는 모습이 보였다.

이것이 마석수를 마을 밖으로 끄집어내는 가장 빠른 수단이었다.

걷어차서 날려 버리면 가는 길에 마을이 피해를 볼 일도 없다.

""""오…… 오오오오오오옷!""""

빌포드 후작과 부하 기사들 사이에서 경악 섞인 술렁임이 일었다.

"와아! 역시 에리스 씨! 대단하세요!"

잉그리스가 짝짝짝 손뼉을 쳤다.

"뜬금없이 무슨 소리야? 내 힘으로는 어림도 없……."

그러자 잉그리스는 에리스에게 황급히 속삭였다.

"쉿! 부탁이니 적당히 맞춰주세요……!"

잉그리스는 라피니아를 제외한 사람들에게는 자신의 힘을 숨기고 있었다.

사람들에겐 마인을 지니지 않은 무인자이며, 그저 검의 귀재라고만 알려져 있다.

괜히 진짜 실력을 드러냈다가는 혼란을 일으킬 우려가 컸다. 유미르의 수비를 전부 잉그리스에게 맡기겠다는 생각이라도 하면 큰일이므로, 굳이 밝히지 않고 놔두었다.

만약 그런 중책을 맡게 되면 언젠가 강한 적을 찾아서 여행을 떠나고자 할 때 발걸음이 무거워진다.

극한의 무에 이르기 위한 인생에서 걸림돌은 적으면 적을수록 좋았다.

사람들로부터 받는 기대도 걸림돌이었다.

기대에 부응해 나간 결과 전생의 잉그리스가 영웅왕이 되어 버렸던 게 증거다.

"아, 알았어. 그렇게 할게."

다행히 에리스는 고개를 끄덕여 주었다.

"자, 이제 마무리 단계네요! 가 볼까요, 라니도!"

"응! 크리스!"

잉그리스는 에리스와 라피니아의 손을 붙잡고 눈 깜짝할 사이에 정원을 빠져나왔다.

세 사람은 유미르의 밤거리를 빠져나와 방벽 외곽으로 향했다.

심야에는 당연히 성문이 닫혀 있으므로 방벽을 차고 올라가 밖으로 뛰어내렸다.

하이랄 메나스인 에리스는 그럭저럭 뒤처지지 않고 따라왔지만 아무래도 라피니아에게는 벅찬 듯했다. 중간부터는 잉그리스가 그녀를 업고 이동했다.

"……아직 무사해!"

라알이었던 마석수는 다소 상처를 입어 비틀거리기는 했지만, 유미르의 외벽을 부수기라도 할 작정인지 몸을 일으켜 달려가고 있었다.

"끈질기네. 크리스와 에리스 씨한테 그렇게 호되게 차여 놓고……."

"내가 아니야. 대부분 잉그리스의 힘이었어. 정말 터무니없는 애라니까."

"와! 대단하다, 크리스! 하이랄 메나스가 칭찬해 줬어."

"후후훗. 그건 그렇고, 마석수한테 평범한 공격은 통하지 않으니 문제네."

"아니, 위력으로 보면 전혀 평범한 공격이 아니었는데……. 이만큼이나 날아왔는걸."

"그렇긴 하지만, 중요한 건 그 공격이 어떤 공격이었느냐이죠."

역시 마석수에게 일반적인 공격이나, 낙하로 인한 충격은 소용이 없었다.

쓰러트리기 위해서는 마인무구와 같은 특수한 힘이 필요했다.

잉그리스도 에테르의 파동을 몸에 두르는 에테르 셸을 사용하고는 있지만, 이는 방어막 겸 신체 능력을 끌어올리는 용도일 뿐이다. 적을 공격하기 위한 에테르가 아니었다.

약한 마석수라면 그것만으로도 쓰러트릴 수 있을지도 모른다. 그러나 라알이 변이한 이 마석수는 강력했다.

아예 효과가 없는 건 아닌 듯했지만, 결정타는 되지 못했다.

더 강렬하고 치명적인 일격을 꽂아 넣을 필요가 있었다.

"에리스 씨. 저 마석수는 프리즈마에 필적할 정도인가요?"

"……아니. 강하기는 하지만 그 정도는 아니야. 프리즈마와 비교하면 어린애 수준이지."

"그런가요. 이 일격으로 쓰러트리지 못하면 프리즈마에게도 안 먹힌다고 생각하는 게 좋겠군요. 한번 시험해 보겠습니다. 라니도 거기서 보고 있어."

잉그리스는 달려가는 마석수의 앞을 홀로 막아섰다.

비스듬히 자세를 취한 뒤, 적을 향해서 오른쪽 손바닥을 내밀었다.

손바닥 앞에서 소용돌이치듯 빛이 나타나 한 점에 모였다.

응축되어 가는 에테르가 주위에 바람을 불러일으켰다.

잉그리스의 기다란 은색 머리카락이 거세게 휘날렸다.

눈부시게 빛나는 푸르스름한 빛은 순식간에 거대해져, 마석수로 변한 라알의 덩치조차 능가할 정도가 됐다.

생후 얼마 지나지 않은 갓난아기 무렵에 사용했던 에테르 스트라이크다.

하지만, 장장 12년간 수련에 수련을 거듭해 왔다.

지금 그 위력은 당시와 비교도 되지 않을 터였다.

잉그리스는 자신의 성장을 확인해 볼 좋은 기회라고 생각했다.

"잉그리이이이스으으!"

마석수로 변한 라알은 잉그리스를 발견하고는 분노하며 달려들었다.

"라알 님, 작별입니다……!"

잉그리스가 에테르 스트라이크를 발사했다.

<u>쿠고고오오오오오오오!</u>

예전과는 비교도 되지 않을 만큼 거대한 광탄이 지면을 파헤치며 질주해 나갔다.

이윽고 광탄은 마석수의 거구를 완전히 집어삼켰다.

마석수는 순식간에 새하얀 재로 변해 소멸해 버렸다.

강력한 마석수로 변모한 라알 조차도 전혀 상대가 안 되는 위력이었다.

광탄은 그대로 지면에 깊은 자국을 새기며 나아갔다.

그리고 아무 일도 없었다는 듯이 지평선 너머로 사라졌다.

"괴, 굉장해……!"

"역시 크리스야! 잘했어!"

에리스는 멍하니 중얼거렸고, 라피니아는 기쁨에 겨워 폴짝폴

짝 뛰고 있었다.

"후우. 역시 좀 지치네……."

에테르를 너무 많이 사용한 것일까. 짙은 피로감이 잉그리스를 엄습해 왔다.

다리에서 힘이 풀린 잉그리스가 엉덩방아를 찧었다.

아직 수행이 많이 부족했다. 아직 성장 중이라고는 하나 지구력 미달이었다.

"크리스!"

"괜찮아?"

라피니아와 에리스가 달려왔다.

"라니…… 라니가 했던 말, 사실이었어."

불현듯 잉그리스가 라피니아를 향해 미소지어 보였다.

"응? 무슨 말?"

"하이랜드를 보면서 소원을 빌면 이뤄진다고 했잖아. 오늘 싸움은 꽤 보람찼어. 여러 사람과도 겨룰 수 있었고."

"어휴, 맨날 그런 생각만 한다니까. 크리스의 소원이 이뤄지면 큰일이 벌어지니까 이뤄지지 않기를 바랐는데……."

"하핫. 소원은 모두한테 공평한 거야. 하지만 라니의 말대로 큰일이 됐네……. 골치 아픈 일은 사양인데."

"뭐, 네가 없었다면 더욱 심각한 사태가 되었을지도 몰라. 나는 혈철쇄 여단에 붙잡히고, 마을에서는 날뛰는 마석수를 막지 못했겠지. 적어도 최악의 사태는 막았어."

에리스가 타이르듯 말했다.

"그렇게 말씀해 주시니 마음이 좀 편하네요."

"왕도로 돌아가면 이번 일은 전부 혈철쇄 여단으로 돌아선 레온이 벌인 짓이라고 보고할 생각이야. 라파엘과 협력해서 너희들이 문책을 받지 않도록 잘 대처할 테니 일단은 안심해. 절대라고는 장담 못 하지만."

"꼭 부탁드릴게요! 아, 그리고 제가 한 일은 덮어 주시면 고맙겠는데……. 이번 마석수도 에리스 씨가 격퇴했다고 해주세요."

"뭐, 네가 원한다면 그렇게 할게. 하지만 빚 하나 진 셈이다? 언젠가 갚도록 해."

에리스는 살며시 미소 지으며 잉그리스에게 손을 내밀었다.

"네. 알겠습니다."

잉그리스는 그녀가 내민 손을 붙잡아 몸을 일으켰다.

마침 빌포드 후작의 부하 기사들이 상황을 확인하기 위해 멀리서 달려오는 것이 보였다.

다음 날 이른 아침. 레온의 수색은 유미르 측에 맡기고, 에리스는 왕도로 귀환하게 되었다.

배웅을 나온 잉그리스는 한 가지 신경이 쓰였던 점을 물어보기로 했다.

"저기, 에리스 씨. 하나 물어봐도 될까요?"

마지막으로 둘만 남게 되었을 때 잉그리스가 그렇게 운을 뗐다. 그러자 말에 올라 있던 에리스가 되물었다.

"뭔데?"

"연회가 있던 날 밤에 저희를 소개받고 화를 내셨는데…… 왜 그러셨던 건가요?"

검을 맞대고, 공동의 적과 맞서 싸우고, 대화를 나누는 과정에서 잉그리스는 에리스를 어느 정도 이해하게 되었다. 따라서 그날 에리스가 보여주었던 태도가 평소의 모습과 달랐다는 생각을 지울 수가 없었다.

에리스는 감정의 기복이 작다. 굳이 말하자면 이성적이고 차분한 편이었다.

"……미안해. 언젠가는 알게 될지도 모르지만…… 말하고 싶지 않아. 될 수 있으면 비밀로 해두고 싶어."

"그렇군요. 죄송합니다. 제가 너무 깊게 캐물었나 보네요."

"괜찮아. 그럼 가 볼게. 자신의 힘으로 프리즈마를 쓰러트리고 싶다고 그랬지? 힘내. 응원하고 있으니까."

"네. 고맙습니다."

"그럼 또 봐."

"언젠가 다시 만나길."

에리스는 미소 짓는 잉그리스의 배웅을 받으며 성채 도시 유미르로부터 멀어져 갔다.

그로부터 3년이라는 세월이 흘렀다.

3년 전의 사건…… 즉, 왕도에서 찾아온 감찰관 시오니 경과, 동행자인 하이랜더 라알이 목숨을 잃었던 그 사건 이후에도 성채 도시 유미르와 빌포드 후작은 큰 일없이 지내고 있었다.

그 사건 이후 왕도에서 다시 감찰관이 찾아왔으나 그때는 하이랜더가 동행하지 않았다. 유미르의 관계자들은 새 감찰관에게 사건의 자초지종을 자세히 설명했고, 마침내 유미르 측은 잘못이 없음을 인정받을 수 있었다.

그 결정의 배경에 에리스와 라파엘의 땀나는 노력이 있었음을 상상하기란 어렵지 않았다.

잉그리스는 3년 동안 더욱더 수행을 거듭했다.

라피니아도 잉그리스와 함께 수련에 매진했고, 특히 활 솜씨를 갈고닦는 데 열을 올렸다.

그렇게 두 사람이 15세를 맞이한 어느 날.

성채 도시 유미르의 외벽 문 바깥에 천막을 씌운 한 대의 마차가 멈춰서 있었다.

그 옆에는 잉그리스와 라피니아를 시작으로, 배웅을 나온 부모님, 유미르 기사단, 마을 주민들이 모여 있었다.

"라피니아, 건강하거라. 왕도에서는 라파엘과 사이좋게 지내야

한다. 에리스 공께는 감사하다는 말씀을 꼭 드리고."

"네, 아버지. 도착하는 대로 편지할게요. 앞으로는 바빠서 소식이 뜸한 라파 오라버니 대신 제가 근황을 전해 드릴게요."

웃는 얼굴로 아버지의 포옹을 받는 라피니아. 라피니아도 15세가 되며 꽤 어른스러워졌다고 잉그리스는 생각했다.

슬슬 여성으로서의 매력도 배어나기 시작했고, 밝은 성격과 맞물려 애교가 넘쳤다.

마을에서 스쳐 지나가면 무심코 뒤돌아보게 될 것만 같은 귀여운 소녀로 성장했다.

15세를 맞이한 라피니아는 정식으로 왕도의 기사 학교에 입학하게 되었다.

오늘은 왕도로 여행을 떠나는 날이었다.

잉그리스도 라피니아와 함께 기사 학교에 다니기 위해 지금 이렇게 동행할 채비를 마쳤다.

대외적으로 무인자인 잉스리스는 정식 기사가 될 수 없지만, 왕도의 기사 학교에는 마인이 없어도 다닐 수 있는 종기사 전용 교육과정이 개설되어 있었다. 잉그리스는 그쪽 수업을 이수해 나갈 예정이었다.

라피니아가 밟게 될 정식 기사 과정과는 다소 차이가 있지만, 강의나 무술 훈련 등 같은 과정도 많은 듯했다.

기숙사도 같은 방으로 배정되어 있으니 지금까지와 별로 다를 것도 없었다.

"음, 기대하마. 잉그리스. 라피니아를 잘 부탁한다."

"네. 물론입니다."

잉그리스가 고개를 끄덕이자, 불현듯 빌포드 후작이 작은 목소리로 속삭였다.

"벌레가 꼬일 것 같거든 꼭 좀 물리쳐 주려무나! 워낙 호기심이 왕성한 애라 걱정이 이만저만이 아니야……."

"알겠습니다. 맡겨 주세요. 후작님."

잉그리스도 아직 라피니아에게 연애는 이르다고 생각하고 있었다.

라피니아는 빌포드 후작이 아끼는 딸이지만, 잉그리스에게는 마치 손녀딸 같은 존재였다.

"뭐, 네가 라피니아의 곁에 있으면 남자 대부분은 네 쪽으로 꼬이겠지만 말이다. 어쨌든 잘 부탁하마."

라피니아가 스쳐 지나갔을 때 무심코 뒤돌아보게 만드는 귀여운 외모라면, 잉그리스는 한번 쳐다보면 시선을 뗄 수 없는 아름다운 외모였다.

달빛을 연상시키는 은발과 보석처럼 붉은 눈동자는 한층 더 세련미를 띠게 되었고, 늘씬한 체형도 더욱 여성적으로 성장해 있었다.

실제 나이보다 조금 더 어른스러워 보이는 분위기는 여전해서 열다섯인 지금은 열여덟 정도의 나이로 보였다.

이미 의심의 여지가 없는 절세의 미녀로 자라나 있었다.

"그나저나 딸이 이렇게까지 아름다우면 가장은 이래저래 고민이 많겠군. 안 그런가? 류크."

빌포드 후작이 라피니아와 작별 인사를 나누고 있던 류크에게 물었다.

"아비인 제 입으로 말하는 것도 좀 그렇습니다만, 잉그리스의 경우에는 정말 말씀하신 대로입니다. 어느 가문에 내놔도 손색이 없으니 오히려 머리가 아플 지경입니다."

"괜찮아요, 괜찮아! 크리스는 장래에 후작 부인이 될 테니까요!"

라피니아가 웃으며 말했다.

"과연. 잉그리스라면 그 벽창호인 라파엘도 마음이 혹할 수밖에 없겠지."

"……그렇다면 유미르의 장래도 밝겠군요. 물론, 라파엘 님의 의견을 먼저 들어봐야겠지만 말입니다."

"응! 크리스라면 분명 문제없을 거예요!"

떠들썩하게 대화를 주고받는 세 사람.

아무래도 주변 사람들은 아름답게 성장한 잉그리스가 라파엘과 화목한 가정을 이루기를 바라고 있는 듯했다.

"자, 잠깐만요…… 다들 진정해 주세요."

'내 의견은 어디에 팔아먹고……!'

잉그리스는 그렇게 생각하지 않을 수 없었다.

라파엘이 좋고 나쁘고를 떠나서 남성과 결혼한다는 것 자체를 받아들일 수가 없었다.

상상하는 것만으로도 끔찍했다. 자신의 영혼은 남자니까.

전생하고 15년이나 흘렀지만, 아직도 여성과 결혼하라는 소리를 듣고 싶었다.

잉그리스는 어흠, 하고 헛기침을 하며 주의를 환기시켰다.

"저는 라니를 섬기는 종기사입니다. 종기사로서 실력을 쌓고자 왕도로 동행하는 것이지, 쓸데없는 일에 시간을 허비할 생각은 없습니다."

그런데 그때.

"라피니아~!"

"잉그리스~!"

잉그리스의 어머니 세레나와 이모인 이리나가 가쁜 숨을 내쉬며 달려왔다.

두 사람 모두 커다란 보따리를 끌어안고 있었다.

"와, 오셨다!"

"오셨군요!"

""오래 기다렸지! 도시락이야!""

두 어머니가 한목소리로 외쳤다.

보따리의 정체는 성인 남성이 사흘은 먹을 양의 도시락이었다.

도저히 도시락이라고 부를 수준이 아니었지만, 잉그리스와 라피니아에게는 이 정도가 익숙했다.

둘 다 남들의 몇 배를 먹어 치우는 식성의 소유자였다.

둘뿐만이 아니라 라파엘도, 세레나와 이리나도 비슷한 식성을 자랑했다. 모계 쪽의 대식가 유전자가 아이들에게도 고스란히 반영된 결과였다.

그래서 가족이 한자리에 모여 식사를 할 때마다, 두 가장은 어마어마한 양의 음식을 먹어 치우는 처자식들의 모습에 식겁하기 일쑤였다.

""고맙습니다!""

활짝 웃는 딸들을 두 어머니가 눈물을 글썽이며 끌어안았다.

"몸조심하렴……. 크리스를 소중히 해야 한다."

"두 사람 모두 사이좋게 지내고……. 힘들지도 모르지만 좌절하면 안 돼."

전생의 잉그리스는 허름한 마을의 농가 출신이었다. 그리고 여덟 살 무렵에는 부모를 잃고 고아가 되었다.

그 시절에 비하면 잉그리스 유크스로서 지낸 15년이란 세월은 축복받은 것이나 다름없었다. 부족함 없는 환경 아래서 부모님의 사랑을 듬뿍 받으며 자신을 단련하는 데 매진할 수 있었다.

하지만 이제는 더 넓은 세상으로 나갈 때였다. 지금까지 쌓아 올린 실력을 실전에서 날카롭게 다듬어야 할 시기가 되었다.

많은 사람과 정보가 모이는 왕도라면 강력한 적과도 만날 수 있을 것이다.

혹은 그 적에게로 이어지는 정보를 발견하게 될지도 모른다.

국가가 중대사에 처한다면 기사 학교에서 학생들을 파견해 전선에서 싸우게 될 수도 있다.

그러한 기대감과 부모를 향한 감사의 마음을 품고 고향인 유미르를 떠나려 했다.

"다녀오겠습니다!"

"그간 실례 많았습니다! 다녀올게요, 다들 건강하세요!"

잉그리스와 라피니아는 배웅을 나온 사람들에게 손을 흔들며 마차를 출발시켰다.

잉그리스가 고삐를 쥐었고, 라피니아는 그 옆에 앉았다.

아버지와 어머니의 모습이 보이지 않게 되자 라피니아가 훌쩍거리는 소리를 냈다.

역시 헤어지게 되어 슬픈 모양이었다. 눈가에는 눈물이 맺혀 있었다.

"라니, 울지 마. 힘든 건 지금부터야."

잉그리스는 손끝으로 라피니아의 눈물을 닦아 주었다.

"응…… 그랬지. 그리고 나한테는 크리스가 있는걸. 위로해 줘서 고마워! 그럼 얼른 도시락부터 먹어야지♪ 울었더니 배고파졌어!"

라피니아가 짐칸에 실어 놓았던 도시락을 집어 들었다.

"앗, 치사해! 나는 고삐를 쥐고 있어야 하는데……!"

"자, 그럼 내가 먹여 줄게♪"

라피니아는 잉그리스의 입속에 샌드위치를 밀어 넣었다.

"호, 호마허…… 우물우물. 마힛허…….."

비록 간단한 샌드위치지만 앞으로 한동안은 먹어보지 못할 어머니의 맛이다.

　마지막으로 꼭꼭 씹어 음미하기로 했다.

　도시락을 먹느라 여념이 없는 두 사람의 등 뒤에서는 그리운 고
향 유미르가 조금씩 멀어져 가고 있었다.

유미르를 떠난 뒤로 열흘가량이 지났다.

두 사람의 고향인 성채 도시 유미르로부터 왕도 카이랄까지는 마차를 타고 한 달이 조금 넘는 거리였다.

약 삼 분의 일 정도를 이동한 셈이었다. 물론, 여행길은 순조롭⋯⋯지 않았다!

"음~! 맛있어♪ 여행이란 참 좋구나. 다양한 장소에서 맛있는 음식들을 먹을 수 있잖아!"

지금 두 사람이 체재하고 있는 노바 마을은 산자락에 있어 산나물과 산에서 딴 과일 등이 풍부했다.

산딸기 잼과 과육을 잔뜩 얹은 파이를 와구와구 먹고 있는 라피니아의 얼굴은 굉장히 행복해 보였다.

일찍이 식당을 찾은 두 사람은 현재 테이블 앞에 마주 앉아 있었다. 그리고 그 테이블에는 명물인 산딸기로 만든 달콤한 과자들이 빼곡히 나열되어 있었다.

두 사람은 이미 성인 남성 수인분에 달하는 요리를 먹어 치운 뒤였다. 즉, 이것들은 전부 디저트였다.

다른 테이블에서는 당연히 경악하며 쳐다보았지만, 잉그리스나 라피니아 모두 익숙해져 있으므로 딱히 신경 쓰지 않았다.

"라니, 솔직히 말해서 너무 많이 먹는 것 같아."

"그러는 크리스도 나만큼 먹고 있잖아."

165

잉그리스도 라피니아와 똑같은 페이스로 파이를 와구와구 먹어대고 있었다.

눈앞에 파이가 존재하는 이상 먹지 않을 수는 없다. 달콤하고 맛있다. 멈출 수가 없다.

전생에서도 식성이 좋은 편이었지만 이 정도는 아니었다. 무엇보다 단 음식은 별로 좋아하지 않았다.

하지만 잉그리스 유크스로 다시 태어난 뒤로는 달콤한 것에 사족을 못 쓰게 됐다.

이것도 여성의 몸으로 바뀌었기 때문일까? 전생에서는 몰랐던 인생의 즐거움 중 하나였다.

꾸며 입은 자신의 모습을 감상하고, 달콤한 음식을 맛보고. 여성으로 태어나도 꽤 즐길 거리가 많았다.

"그건 그렇지만……. 이제 정말로 한계야."

"뭐가?"

"여비가. 왕도에 도착할 때까지 버티려면 앞으로는 매끼 일 인분만 먹어야 해."

"뭐어~?! 그럼 이제 마을에서 군것질도 못 한다는 거잖아!"

"맞아. 그러니 적당히 좀 먹자니까……."

"아니면 이런 건 어때? 루트를 단축해서 남는 돈으로……."

"그건 절대로 안 돼! 아르멘 마을에는 무조건 들를 거야!"

왕도까지는 조금 돌아서 가게 되겠지만, 잉그리스는 반드시 들러 보고 싶은 마을이 있었다.

처음부터 이를 계산에 넣고 상경 계획을 짰을 정도였다.

잉그리스가 이토록 가 보고 싶어 하는 아르멘 마을에는 무엇이 있는가. 바로 최강종 마석수인 프리즈마의 사체였다.

50년도 더 지난 옛날, 당시의 성기사가 하이랄 메나스와 힘을 합쳐 토벌했다고 한다.

프리즈마의 강함을 엿보기 위해서라도 꼭 두 눈으로 확인해 보고 싶었다.

아무것도 알아낼 수 없을지도 모르지만, 반대로 뭔가 알아내게 될지도 모른다.

그렇다면 가 볼 수밖에 없는 것이다.

"그러니 앞으로는 참아. 이게 마지막 사치야."

"싫어, 결사반대! 먹을 게 없으면 재미없는걸! 이왕 하는 여행인데 즐기면서 가야지!"

"그럼 어떻게 하려고?"

"여비가 부족하면 벌면 되잖아! 도착까지 시간에 여유가 있지?"

"뭐, 그렇지. 꽤 넉넉하게 잡고 출발했으니까."

잉그리스는 본인이 생각하기에도 라피니아에게 물렀다.

손녀딸을 보는 기분이 들어 자기도 모르게 웬만한 일은 넘어가 주고 말았다.

지금도 라피니아의 변덕스러운 제안에 어울려 주고 싶어졌다.

"좋아, 정했어! 우리의 즐거운 군것질 여행을 위해 돈을 벌자! 일하지 않는 자 먹지도 말라잖아! 괜찮아, 우리 실력이라면 여비

정도는 금방 벌 수 있어!"

"응. 그러면 다음 마을에서 일거리를……."

"여기요! 아주머니!"

잉그리스의 말이 끝나기도 전에 라피니아가 손을 번쩍 들어 종업원을 불렀다.

결정하면 곧바로 행동에 나서는 점이 라피니아답다면 라피니아다웠다.

"있잖아, 라니. 잠깐……."

"네, 무슨 일이신가요? 추가 주문인가요?"

"아. 그럼 산딸기 파이 3인분 추가요♪"

"주문받았습니다. 감사합니다."

"정신 차려. 라니."

"앗. 이게 아니지! 뭐, 주문은 그대로 주시고, 이 마을에 혹시 일을 얻을 만한 곳이 없을까요? 저희의 실력을 살려서 화끈하게 벌 수 있는 거로!"

라피니아는 여성에게 상급 마인을 보이며 말했다.

"어머나! 그거 대단한 마인 맞죠?"

"네. 마인무구도 있어요!"

라피니아가 가지고 다니는 활은 그녀에게 걸맞은 상급 마인무구다.

유미르의 기사단이 갖고 있던 무기가 아니라, 빌포드 후작이 라피니아를 위해 고생해서 입수한 물건이었다.

라피니아와 이 마인무구의 힘은 웬만한 기사나 마석수를 가볍게 능가했다.

　"젊은데도 굉장한 기사님이시네요……!"

　"아하하, 이제부터 기사 학교에 다니려고 왕도로 향하던 참이지만요."

　"그런 용건이라면 이곳 영주님을 찾아가 보시는 게 어때요? 마침 용병과 기사분들을 모집하고 계시거든요. 한두 차례 마석수 토벌에 동행하는 것만으로도 기뻐해 주실걸요?"

　"오오, 우리한테 딱 맞는 일이네! 그렇지, 크리스?"

　라피니아의 눈이 반짝 빛났다.

　"그건 그렇지만…… 저, 그 말인즉 일손이 부족하다는 뜻이죠? 어째서인가요?"

　"이번에 영주님이 바뀌면서 질 나쁜 기사와 용병들을 전부 갈아치워 버렸거든요. 덕분에 마을도 지내기 좋아졌어요. 세금도 줄었고요. 하지만 그만큼 일손이 부족해진 모양이에요. 아무나 무턱대고 받아들이는 게 아니니까요."

　"과연. 옛 가신을 쳐내다니, 새로운 영주가 큰일을 했군요."

　"뭐, 생판 남이나 다름없는 사이니까요. 이전 영주 가문이 망하고 이곳은 하이랜더의 직할지가 되었거든요. 지금 영주님은 하이랜더세요."

　여성이 대수롭지 않게 말했다.

　""하이랜더?!""

미처 몰랐던 정보였기 때문에 잉그리스도, 라피니아도 화들짝
놀랐다.

"앗, 그게 아니었나? 국왕님의 직할지가 되었고, 그곳을 하이
랜더님께 빌려주는 방식이던가? 이쪽 방면으로는 어두워서요."

"……하긴, 그렇게 해 둬야 여러모로 탈이 없겠죠."

속사정이 어찌 되었든, 국왕으로서는 하이랜더에게 땅을 빌려
주었을 뿐 빼앗긴 것이 아니라는 사실을 제도적으로 입증할 필요
가 있었을 것이다. 국왕이 자신의 영토를 지키지 못하면 그 위엄
은 바닥에 떨어질 테니까.

평판이 나쁜 영주로부터 영지를 몰수하는 방향으로 일을 진행
한 것도 비슷한 이유였다. 그래야만 영주가 나쁘고, 국왕은 아무
잘못이 없다는 명목을 세울 수 있다.

실제로는 하이랜드 측의 요구를 거절하지 못하고 영토를 양도
한 것일 테지만…….

하이랜드 측이 얻는 이점은 무엇일까?

식민지를 만들어 하이랜더를 이주시킨다?

그렇지만 저 하이랜더들이 과연 지상에 살고 싶어 할까?

하이랜드에 거주한다는 사실이야말로 특권 의식의 근간이라는
생각이 들었다.

고정적으로 지상의 작물 및 상납품을 거둬들일 땅이 필요했다?

확실히, 그렇게 하는 편이 매번 마인무구를 하사하는 것보다
싸게 먹힐지도 몰랐다.

하지만 지상에 행정관을 배치해 직접 지배하는 것은 위험한 행위다. 지상인들의 반발을 부추길 우려가 있고, 혈철쇄 여단 등 반하이랜드 세력에 활력을 실어주는 꼴이 될 수도 있다.

아니면 그것도 위협이 되지 않을 만큼 하이랜드는 압도적인 전력을 지닌 것일까?

궁극의 마인무구라는 하이랄 메니스를 지상에 건네줄 정도다. 이들이 자신들에게 반기를 들었을 때 억제할 수단도 있다고 보는 게 타당했다.

잉그리스는 생각했다. 마석수인 프리즈마를 무찌른 뒤, 무기화한 하이랄 메니스를 휘두르는 성기사를 쓰러트린 다음, 마지막으로 하이랜드를 자극하면 무언가 비밀병기가 튀어나올지도 모른다고.

꽤 흥미로운 이야기였다.

그때쯤 가면 어느 쪽에 서서 싸울지 결단을 내릴 필요가 있겠지만.

"혹시, 나쁜 일을 당하고 있지는 않은가요?"

잉그리스와 라피니아가 만나 본 하이랜더라고는 라알이 전부였다.

그 인상이 워낙 좋지 않았기에 라피니아가 걱정하는 것도 이해가 갔다.

"아뇨. 말씀드렸지만 오히려 지내기 좋아졌어요. 뭐, 영주님이 건달들을 추방하신 탓에 매상은 살짝 떨어졌지만요. 저희는 밤에 주점을 운영하거든요.”

“그렇군요…….”

“그래도 기댈 곳 없는 아이들이나 거동이 불편한 환자들을 성에 머물게 하면서 보살펴 주고 계세요. 여차할 때 의지할 수 있다는 것만으로도 안심이 되죠. 훌륭한 영주님이 와주셔서 감사할 따름이에요.”

그렇게 말하며 여성은 미소 지었다.

“착한 하이랜더도 있구나……. 그렇지, 크리스?”

놀라는 라피니아를 보면 그녀가 평소 하이랜더를 어떻게 생각하는지는 명백했다.

“그러게. 한번 만나 보는 것도 괜찮겠어. 가 볼까?”

마침 좋은 기회일지도 모른다.

잉그리스 자신에게도 그렇지만, 라피니아의 식견을 넓힌다는 의미에서도 그렇다.

“그러자! 추가시킨 산딸기 파이부터 다 먹고!”

“응.”

추가로 나온 산딸기 파이까지 완전히 먹어 치운 뒤, 두 사람은 마을 중심에 있는 영주의 성으로 향했다.

성에 도착해 용병을 모집한다는 말을 듣고 왔음을 밝히자, 라피니아는 잠시 대화를 나누는가 싶더니 바로 채용되었다.

역시 빛의 활이라는 상급 마인과 상급 마인무구가 선사하는 임팩트는 절대적이었다.

잉그리스는 라피니아의 종기사이므로 함께 가도 문제가 없지만, 일단 만약에 대비해 실력을 시험해 보자는 쪽으로 이야기가 흘러갔다.

그리고 현재, 잉그리스는 성의 안뜰에서 기사들의 대장인 사내와 대치하고 있었다.

커다란 몸집에 비해 나이는 아직 젊어 보였다. 이십 대 초반 정도일까.

다부진 체격의 소유자였지만 결코 험상궂은 인상은 아니었다. 오히려 온화하고 신사적인 편이었다.

"내 이름은 내쉬다. 미안하지만 네 실력을 좀 보도록 하겠어. 함부로 전선에 내보냈다가 크게 다치기라도 하면 면목이 없으니까 말이야."

"예, 괜찮습니다. 저를 걱정해서 그러시는 거니까요."

시합에는 목검을 쓰기로 했다.

"흐암. 크리스를 굳이 시험할 필요가 있나 모르겠네……."

기사와 용병들이 한자리에 모여 지켜보는 가운데, 라피니아만이 하품을 참느라 고생하고 있었다.

그래도 이 군중들 앞에서 실력을 보여주면 괜한 걱정을 시킬 염려도 없거니와, 귀찮게 추근대는 자도 없어질 것이다.

어떻게 보면 좋은 기회였다.

그러므로 이 기회를 살려 실력 차이를 철저히 각인시켜주기로 했다.

"좋아, 언제든지 덤벼 봐!"

"그럼."

잉그리스는 정면으로 달려들어 내쉬라고 이름을 댄 기사의 검을 쳐냈다.

내쉬는 전혀 반응하지 못하고 손에서 목검을 놓치고 말았다.

"무슨……?!"

그가 넋을 놓은 사이 잉그리스는 복부에 장타를 꽂아 넣었다.

"끄어억?!"

내쉬의 몸이 ㄱ자로 꺾이며 멀리 날아갔다.

"""오오오오오오오옷?!"""

경악한 군중들 사이에서 술렁임이 일었다.

한참을 날아간 내쉬는 엉덩방아를 찧고도 세 바퀴를 더 굴러가더니,

"하, 합격……이다."

라는 한마디를 남기고 기절해 버렸다.

"아. 이런. 너무 강하게 쳤나……! 죄송해요, 정신 차리세요!"

힘이 너무 들어간 모양이었다. 미안한 짓을 하고 말았다.

잉그리스는 내쉬에게 달려가 그의 뺨을 찰싹찰싹 때렸다.

그런데 그때.

"큰일이다아앗! 마석수가 나왔어! 내쉬 대장! 으어어엇, 내쉬 대장?! 어떻게 된 겁니까?!"

헐레벌떡 달려온 남자가 기절해 있는 내쉬를 보고 비명을 내질

렀다. 잉그리스는 식은땀을 흘렸다. 타이밍이 영 나빴다.

"아……. 여, 여러분! 일단 상황을 확인하러 가죠!"

"그, 그래!"

"마, 맞아. 빨리 가야지!"

"가자! 서둘러!"

멍하니 있던 기사와 용병들은 잉그리스의 말에 정신을 차리고 움직이기 시작했다.

잉그리스와 라피니아도 성의 기사들과 함께 마석수를 퇴치하러 나왔다.

고용된 지 반나절도 지나지 않았지만, 고용된 것은 엄연한 사실이므로 남 일이 아니었다.

노바 마을의 외곽 방비는 대단치 않았다.

사람 키만 한 높이의 돌벽을 빙 둘러친 것이 전부였다.

유미르 만 해도 외곽 성벽의 높이가 이곳의 세 배는 됐었고, 성벽의 폭도 두꺼워 사람이 올라가 활동할 수도 있었다. 하지만 이곳의 벽은 얇아서 벽 위에 진을 치고 적들을 요격하기는 어려워 보였다.

반면, 영주성은 빌포드 후작의 성보다도 견고해 보였다. 선대 영주들이 무엇을 더 중시해 왔는지가 고스란히 느껴졌다.

그래도 벽을 확충해 방어력을 높이려는 의도인지 돌벽 곳곳에는 자재가 놓여 있거나, 발판이 만들어져 있거나 했다.

지금의 하이랜더가 영주로 부임하면서 공사에 착수한 것일까.

영주가 세이린이라는 이름의 여성이라는 걸 성의 관계자한테서 들었다.

"음……. 이 마을은 지키기가 쉽지 않겠다."

라피니아가 떨떠름한 얼굴로 말했다.

"응. 이 벽으로는 마석수를 막아내지 못해……. 밖에 있을 때 모조리 처치해야겠어."

다행히 마석수는 아직 마을 안으로 들어오지 않은 상태였지만, 결국 전투는 벽 바깥으로 나가서 치러야 할 것 같았다.

"적의 종류는 어떻게 되지?"

혼잣말처럼 중얼거린 잉그리스는 더 먼 곳을 보기 위해 돌벽을 차고 올라갔다.

유미르의 방벽도 간단히 오를 수 있는 잉그리스에게는 간단한 일이었다.

하지만 그 화려한 몸놀림을 본 주변의 기사와 용병들은 오오, 하고 환성을 내질렀다.

"짐승형에 곤충형도 있네. 잠자리인가? 저래서는 벽이 아예 무용지물이겠는걸."

라피니아도 잉그리스처럼 벽을 차고 올라가 적의 모습을 살폈다.

마인을 지닌 기사에게 마인무구란 단순히 휘두르기 위한 무기가 아니다. 이를 쥐고 있는 것만으로도 신체 능력을 끌어올릴 수 있는 것이다.

마인과 마인무구의 등급이 높을수록 효과도 강해졌다.

하급 마인과 하급 마인무구라면 미미한 수준이지만, 상급 마인인 라피니아는 극적인 효과를 기대할 수 있었다. 이쯤은 식은 죽 먹기였다.

라피니아도 유미르의 방벽을 차고 올라가는 것 정도는 할 수 있었다.

"크리스 말대로야. 바로 움직이는 편이⋯⋯."

그때, 대화를 나누는 두 사람에게 한 기사가 말을 걸어왔다.

"저기⋯⋯! 미안한데, 너희들! 잠깐 괜찮을까?!"

"네! 무슨 일인데요?"

"왜 그러시죠?"

"괜찮다면 지휘를 맡아 줄 수 없을까? 내쉬 대장은 알다시피 움직일 수 없는 상황이고, 우리는 누군가를 지휘해 본 경험이 없거든⋯⋯. 아가씨는 상급 마인을 가지고 있다고 했지? 그렇다면 믿고 싸울 수 있어!"

아무래도 현재 성에 있는 전력은 실전 경험이 부족한 모양이었다.

식당 종업원이 질 나쁜 기사와 병사들은 전부 내쫓았다고 말했었는데, '나쁘다'라는 표현은 실력이 없다는 의미가 아니라 태도와 규율이 불량하다는 뜻이다.

영주는 이를 개선하기 위해 물갈이를 했겠지만, 그 결과 전투력은 오히려 하락하고 말았다.

제안을 받은 라피니아의 얼굴에 당혹감이 묻어났다.

"어, 어떻게 하지 크리스? 나는 지휘를 해본 적이 없는데……."

유미르에서 기사단의 토벌 작전에 참여 적은 있지만, 병사를 지휘해본 적은 없었다.

언제나 기사단장 류크와 부기사단장 에이다의 지시에 따라 행동했을 뿐이었다.

"……이참에 익숙해지는 편이 좋아. 라니는 상급 마인이 있으니까 정식 기사가 되면 현장에서 지휘할 일도 많아질 거야."

"그, 그래도 함부로 수락하면 안 되지 않을까? 나는 지휘하는 법도 모른단 말이야."

"괜찮아. 자세한 명령은 내가 대신 내릴 테니까. 우선 당당하게 굴어. 리더가 침착해야 부하들도 침착할 수 있어."

유미르에서 기사단을 지휘해 본 적이 없는 것은 잉그리스도 마찬가지였지만, 잉그리스에게는 전생의 경험이 있었다.

이런 소규모 집단의 지휘는 물론이고, 수천수만 군대의 지휘를 늘 맡아 왔기 때문에 이 정도는 누워서 떡 먹기였다.

"아, 알았어……! 다들 주목! 지금부터는 나를 따르도록 해! 마석수를 격퇴하러 가겠어!"

라피니아가 자신의 활을 치켜들며 기사와 용병들을 향해 외쳤다.

"""우오오오오오!"""

그러자 우렁찬 함성이 되돌아왔다.

이렇게 귀여운 지휘관이 지휘를 맡으면 기합이 저절로 들어갈 수밖에 없으리라.

"그, 그래서? 어쩌지 크리스……?"

"내게 맡겨."

잉그리스는 어흠, 하고 헛기침을 하더니 소리쳤다.

"그러면 저 잉그리스 유크스가 지휘관의 지시를 전하겠습니다! 전원, 벽의 출입구 주변에 진을 치고 대기할 것! 마석수가 다가올 때만 격퇴하라!"

요컨대 가만히 지켜보고 있으라는 지시였다. 모두 당황한 목소리로 술렁였다.

잉그리스는 개의치 않고 계속했다.

"잉그리스는 미끼가 되어 전선으로 돌격하고, 적이 혼란에 빠지면 상급 마인무구의 힘으로 섬멸한다! 이상입니다!"

라피니아의 마인무구가 가진 능력을 생각하면, 괜히 적과 아군을 뒤섞어 난전으로 끌고 가는 것보다는 이 방법이 훨씬 빠르고 안전했다.

"라니, 좀 알겠어?"

"……평소에 하던 걸 어렵게 설명하면 되는 건가?"

"바로 그거야. 할 수 있겠지?"

"응."

작은 목소리로 속삭이는 두 사람.

"잉그리스 유크스, 적을 교란하기 위해 출발하겠습니다!"

잉그리스는 모든 이에게 들리도록 말한 다음, 벽 바깥으로 뛰어내려 마석수 무리를 향해 돌진했다.

머릿수가 수십 배에 달했지만, 주눅 들지 않고 일직선으로.

"무, 무슨 터무니없는 짓을……!"

"너무 무모해! 적들의 숫자를 보라고!"

"이봐, 기다려! 진정하고 돌아와!"

기사와 용병들에게는 그 모습이 자살행위로 보였는지 후방에서 비명이 터져 나왔다.

하지만 곧 알게 될 터였다. 아무런 문제도 없다는 사실을.

잉그리스가 혈혈단신으로 무리 속에 뛰어들자 마석수들은 으르렁거리는 소리를 내며 일제히 덤벼들었다.

그르르르으! 그워어어어! 그르아아아!

먼저 개와 늑대를 닮은 마석수가 세 마리.

정면의 한 마리가 앞장서고 있었고, 그 뒤가 우측을, 최후미가 좌측을 맡고 있었다.

그렇다면……!

잉그리스는 물어뜯고자 도약하는 정면의 마석수를 피해 왼쪽으로 파고들었다.

"하아앗!"

그와 동시에 마석수의 관자놀이에 발차기를 꽂아 넣었다. 잉그리스의 발차기를 맞은 선두 마석수는 우측에 있던 마석수와 충돌해 뒤엉켜 바닥을 굴렀다.

이것으로 두 마리는 발을 묶었다.

한 박자 늦게 마지막 한 마리가 잉그리스를 물어뜯기 위해 달려들었다.

하지만 한 박자가 늦은 만큼 회피하기도 당연히 쉬웠다.

제자리에서 공중제비하는 잉그리스. 조금 전까지 잉그리스가 서 있던 지면에 적의 송곳니가 박혔다.

마석수의 머리에 착지한 잉그리스는 등을 발판 삼아 도움닫기를 했다.

그리고 그대로 하늘 높이 뛰어올랐다.

짐승형 마석수의 머리 위에는 곤충형 마석수가 우글거리고 있었다.

이들의 주의를 끄는 것이 잉그리스의 노림수였다.

잠자리처럼 생긴 마석수였지만, 독특하게도 다리가 기다란 칼날처럼 되어 있었다.

잠자리 마석수가 그 날카로운 다리를 내세워 이쪽으로 활공해 왔다.

흉기이기도 하지만 발판이기도 하지!

잉그리스는 공격의 궤도를 절묘하게 간파해 발판으로 삼았다.

그 상태에서 다시 도약해 다른 개체의 다리로 착지. 다시 도약하고 착지. 그렇게 도약과 착지를 반복해 나갔다.

이윽고 때가 되자 잉그리스는 움직임에 변화를 주었다.

"타아아앗!"

날카로운 다리를 밟고 넘어가면서 앞구르기를 하듯 공중제비.
그대로 기세를 살려 적의 목덜미를 발뒤꿈치로 내리찍었다.

괴성을 지르며 낙하한 잠자리형 마석수는 다수의 짐승형 마석
수들을 깔아뭉개며 바닥에 충돌했다.

상황이 이 지경에 이르자 마석수들은 침공을 멈추고 잉그리스
만을 주목했다.

마석수에게는 평범한 무기나 맨손 공격이 통하지 않기 때문에
한 마리도 쓰러트리지 못했지만, 미끼로서는 완벽한 활약이었다.

에테르 스트라이크나 에테르 셸을 구사한다면 쓰러트릴 수도
있었지만 역시 지구력이 걸림돌이었다.

만일에 대비하기 위해서라도 온존해 두는 편이 좋았다.

그리고 무엇보다, 너무 강한 기술을 사용하면 싸움이 되질 않
았다.

에테르를 사용하면 적진 한복판에 가만히 서 있기만 해도 모든
공격을 막아낼 수 있었다.

하지만 그래서는 의미가 없었다. 이런 기회가 있을 때 움직여
야 했다.

이런 싸움 하나하나가 모두 기술 연마와 판단력 향상에 도움이
되는 것이다.

극한의 경지에 이르기 위해서는 어떤 싸움이든 자신을 단련하는 기회로 삼아야 한다. 그래서 잉그리스는 항상 조금이라도 경험을 쌓을 수 있는 길을 택했다.

"우, 우와아아아아! 대체 뭐야, 저 움직임은!"

"터, 터무니없는 애였구나······!"

"어, 어찌 이리 아름다울 수가······!"

적뿐만이 아니라 아군인 기사와 용병들도 눈을 떼지 못했다.

혈혈단신으로 마석수 무리의 한복판을 누비는 잉그리스의 모습에 완전히 매료되고 말았다.

인간의 영역을 벗어난 외모.

인간의 영역을 벗어난 움직임.

꿈이라도 꾸고 있는 것일까? 꿈이라면 깨지 않고 줄곧 지켜보고 싶었다.

모두 같은 생각을 했는지, 주먹을 불끈 움켜쥐고 목이 터지라고 성원을 보내고 있었다.

그런 가운데 라피니아만이 다음 수를 위해 움직이고 있었다.

기사들을 뒤에 두고 마석수를 향해 앞으로 나서는 라피니아.

그리고 마인무구인 빛의 활의 시위를 당겼다.

라피니아의 손끝에 새하얀 화살 모양의 빛이 나타나 점차 크기와 밝기를 더해 갔다.

이 마인무구는 화살이 필요 없다.

활시위를 당기면 마치 마법처럼 빛의 화살이 나타났다.

라피니아가 명명하길, 샤이니 플로. 그것이 이 상급 마인무구의 기프트였다.

아직 많이 당기지는 못했지만, 활시위를 강하게 당기면 당길수록 화살의 위력이 증가했다. 여기에 라피니아의 능력이 더해지면 완성이다.

"크리스! 괜찮겠어?! 쏜다?!"

"응, 라니! 언제든 상관없어!"

"좋았어! 가라아아아앗!"

라피니아가 쏜 빛의 화살은 하늘을 나는 마석수들보다 더욱 높이 날아올랐다.

물론 빗나간 게 아니었다.

하늘을 향해서 힘차게 나아가던 화살이 잉그리스의 머리 위에 다다른 바로 그때.

"흩어져라!"

라피니아의 외침과 함께 변화가 일어났다.

굵직한 빛의 화살이 무수히 많은 화살로 분열했다.

화살은 샤이닝 플로라는 이름에 걸맞게 눈부신 빗줄기가 되어 지상에 쏟아졌다.

빛의 화살이 마석수의 신체를 관통하며 무자비하게 섬멸해 나갔다.

마석수들의 단말마가 여기저기서 울려 퍼지는 가운데…….

잉그리스만이 빛의 궤도를 읽으며 회피해 나갔다. 이건 마치

비를 피하는 것만큼 어려우므로 수행에는 제격이었다. 잉그리스가 이 전법을 좋아하는 이유였다.

기사들을 뒤에 대기시킨 이유도 이것 때문이었다.

잉그리스 외에는 이 화살비를 피할 수 없을 테니까.

라피니아의 힘을 최대한 활용하기 위해서는 이것이 가장 빠르고 효율적인 방법이었다.

줄곧 함께 수련해 온 두 사람이기에 펼칠 수 있는 전법이었다.

화살비가 그친 뒤, 그 자리에 멀쩡히 서 있는 것은 잉그리스뿐이었다.

어깨에 얹힌 머리카락을 손으로 휙 넘긴 잉그리스는 환하게 웃으며 라피니아의 곁으로 돌아왔다.

"잘했어, 라니. 한 마리도 안 놓쳤던데? 대단해."

"뭐, 저급 마석수였으니까. 오히려 크리스가 이상한 거야! 어떻게 쏴도 맞지를 않는걸. 그 화살비를 어떻게 피하는 건지 아직도 도무지 이해가 안 가."

대화를 나누며 귀환하는 잉그리스와 라피니아. 기사와 용병들의 절규에 가까운 환성이 두 소녀를 에워쌌다.

그날 밤.

잉그리스와 라피니아는 영주성의 목욕탕에 들어와 있었다.

"으음, 너무 좋다! 이곳 영주님은 통이 크구나! 우리한테도 이 곳을 쓰게 해주다니 ♪"

돌로 만들어진 대형 목욕탕으로, 곳곳에는 장식까지 되어 있었다.

약간 뜨거운 목욕물이 지친 몸과 마음을 치유해 주었다.

라피니아는 기분이 좋은지 콧노래까지 부르고 있었다.

영주가 바뀌기 전까지는 영주 일가의 전용 욕실이었던 모양이지만, 지금은 성의 관계자라면 누구나 사용할 수 있었다.

성에 온 지 한나절밖에 되지 않은 잉그리스와 라피니아도 예외는 아니었다.

늦은 시간이기 때문인지 지금은 두 사람 외에 아무도 없었다. 사실상 전세를 낸 것이나 다름없는 상태였다.

"그러게. 이렇게 느긋하게 목욕을 해보는 것도 오랜만이야."

"밥도 실컷 먹었겠다, 여자아이라고 좋은 방도 받았겠다, 우리끼리 여관에 묵는 것보다 훨씬 좋다. 그렇지?"

"그만큼 기대받고 있다는 뜻이야. 아까 꽤 분발했으니."

성내는 지금 수십에 달하는 마석수를 단둘이서 격파한 잉그리스와 라피니아의 이야기로 떠들썩했다.

훌륭한 활약을 펼쳐 주었다며 오늘 수당에도 상당한 웃돈을 얹어 주었다.

영주인 하이랜더 여성은 바쁜지 인사도 못 나눠 봤지만, 내일쯤에는 얼굴을 볼 수 있을 것이라는 말을 들었다.

"얼마든지 쳐들어오라 이거야! 또 '미끼째로 싹쓸이!' 작전으로 해치워 버리면 되니까!"

"멀쩡한 이름 다 놔두고 왜 하필……."

"알아듣기 쉽고 좋잖아♪"

라피니아는 밝은 얼굴로 욕조에서 몸을 일으켰다.

"저기로 가자. 내가 크리스의 등 밀어줄게!"

라피니아가 넓은 세면장을 가리키며 말했다.

"응. 고맙긴 한데…… 앞은 좀 가리는 게 어때?"

욕조에서 나온 라피니아는 머리에 얹은 타월이 무색하게도 몸을 가릴 생각이 없어 보였다.

잉그리스 앞에서는 전혀 부끄러워하지 않고 알몸을 드러내 버리는 것이다.

새삼 이렇게 보니 꽤 여자다워졌다. 가슴도 크다고 말하기는 어렵지만, 그럭저럭 부풀어 올라 있었다.

물방울 맺힌 비단결 같은 피부는 이미 충분히 요염해 보였다.

……잉그리스는 그런 생각을 하다가 죄책감에 사로잡히고 말았다.

되도록 가려 주었으면 하는 것이 현재의 심정이었다.

잉그리스는 물론 욕조에서 나오기가 무섭게 타월로 자신의 몸을 칭칭 동여맸다.

"크리스는 부끄러움을 너무 타서 탈이라니까. 우리 사이에 숨길 게 뭐가 있다고 그래?"

"자, 잠깐! 타월 잡아당기지 마⋯⋯!"

"이렇게 좋은 걸 달고 태어났으면서 꼭꼭 숨기고 다니면 손해잖아~? 그러니 쑥스러워하지 말고 나한테만 보여줘 봐, 아가씨. 흐헤헤헤."

"돼, 됐으니까 얼른⋯⋯! 등을 밀어준다지 않았어?!"

"참, 그랬지. 크리스의 몸이 워낙 예뻐서 나도 모르게 몰입해 버렸네. 가슴은 큰 데다 형태도 좋지, 엉덩이는 탱탱하지."

"자, 자꾸 설명하지 마. 부끄럽단 말이야⋯⋯."

라피니아가 하는 말은 하나같이 다 맞는 말이었다. 열다섯 살이지만 웬만한 이들보다 발육이 좋은 잉그리스의 몸은 충분하고도 남을 정도로 여성의 색기를 갖추고 있었다.

이렇듯 자신의 몸매가 발군이라는 점은 인정하는 잉그리스였지만, 가슴에 한해서는 어깨가 결려서 난감할 따름이었다.

다만, 옷을 차려입을 때만큼은 가슴의 중요성을 실감했다. 적당히 크기가 있는 편이 옷에도, 사람한테도 보기 좋게 작용했다.

그러한 의미에서는 가슴이 큰 것도 나쁘지만은 않다는 생각이 들었다.

"정말 이상적인 몸매라니까⋯⋯. 나 같은 땅꼬마 체형에는 동경의 대상이야. 앗, 여기에 앉아. 등 밀어줄게."

잉그리스는 라피니아에게 등을 보이고 앉으며 대답했다.

"너무 걱정하지 마. 라니는 한창 성장할 때니까 가슴도 무럭무럭 자랄 거야."

"그렇지 않아도 열심히 주무르고 있어. 주무르면 커진다고들 하잖아?"

라피니아는 거품을 낸 타월로 잉그리스의 등을 벅벅 문질렀다.

"나도 알아. 맨날 보는걸."

"크리스는 딱히 주무르지 않았는데도 커진 거지?"

"응."

"부러워라. 그리고 불공평해……!"

그와 동시에 라피니아의 눈이 음흉하게 빛났지만, 등을 돌리고 있는 잉그리스에게는 보이지 않았다.

"에잇!"

라피니아는 잉그리스의 겨드랑이 사이로 손을 찔러넣었다.

그리고 그 커다란 가슴을 덥석 움켜쥐었다.

"히이이이익?! 자, 잠깐만 라니?! 무슨 짓이야?!"

"우와! 엄청 커다랗고 무겁고 탱글탱글해! 크리스 건 이런 느낌이구나……. 감격했어! 나랑은 전혀 달라! 부럽다~."

"이, 이제 충분하잖아? 그만 놓아 줘……!"

"응? 조금만 더 주무르고♪"

"그만해……! 자, 이제 끝! 이번에는 내가 밀어줄 차례야!"

그렇게 두 사람이 한창 소란을 피우고 있을 때였다.

"어머나, 선객이 계셨군요? 후후훗, 꽤 즐거워 보이시네요."

한 여성이 목욕탕에 들어와 인사를 건넸다.

여성의 기다란 황갈색 머리카락에는 부드러운 웨이브가 서려 있었는데, 눈꼬리가 살짝 내려간 동그란 눈과 어우러져 굉장히 온화한 인상을 자아냈다.

이마에는 마인과 비슷하게 생긴 성흔이 새겨져 있었다.

그리고 놀랍게도 그녀의 나이는 이쪽보다 조금 많은 십 대 후반에 불과해 보였다.

"처음 뵙겠어요. 당신들이 소문의 여용병이군요?"

""처, 처음 뵙겠습니다⋯⋯.""

"인사가 늦어져서 죄송해요. 제가 이곳 노바 마을의 집정관인 세이린입니다."

하이랜더 소녀는 미소 지으며 꾸벅 고개를 숙여 보였다.

영주성의 주인으로부터 정중한 인사를 받은 만큼 잉그리스와 라피니아도 다소 격식을 차리며 자기소개를 했다.

"잉그리스 유크스라고 합니다. 소란을 피워 죄송합니다."

"라피니아 빌포드입니다! 소란을 피워서 죄송해요!"

"아뇨, 괜찮아요. 평소에는 훨씬 더 소란스럽거든요."

세이린이 손을 설레설레 내저으며 말했다.

의외로 인간미가 느껴지는 상냥한 여성이었다.

그 모습에 라피니아는 도리어 당황하는 눈치였다.

"잉그리스, 어떻게 하지⋯⋯? 하이랜더인데 착한 사람 같아 보여."

라피니아가 몰래 속삭였다.

"그러면 잘 된 거 아니야?"

마을의 식당 종업원이나, 성의 관계자들에게 들은 바로는 그녀의 평판은 좋았다.

실제로도 좋은 인상이 느껴지는 인물이었다.

다만, 그 미소 이면에 무언가가 숨겨져 있을 가능성도 없다고 단언할 순 없었다.

"왜 그러세요?"

""아, 아뇨! 아무것도 아닙니다……!""

두 사람이 입을 모아 외쳤다.

"혹시 괜찮다면 함께 몸이라도 담그면서 이야기를 나누지 않겠어요? 이렇게 마주친 것도 인연인데."

세이린이 제안을 건넨 그때, 목욕탕 밖에서 부산스러운 발소리가 들려왔다.

"세이린 님!"

"우리도 같이 들어갈래!"

"일부러 안 자고 기다렸어!"

네다섯 살 정도 되어 보이는 여자아이 세 명이 옷을 입은 채로 욕실 안에 뛰어 들어왔다.

그 모습을 보니 어릴 적의 자신과 라피니아의 모습이 떠올랐다. 귀여운 아이들이었다.

"어머나? 리노, 미유미, 치코. 아직 일어나 있었니?"

세이린이 아이들의 이름을 불렀다.

"너희들, 그럼 못 써……! 애써 잠옷으로 갈아입혀 놨는데 다

191

젖었잖니! 자, 얼른 침실로 돌아가자꾸나⋯⋯."

체격이 좋은 중년의 여성이 아이들을 쫓아 안으로 들어오며 말했다.

"괜찮아, 미모자. 얘들아, 가서 옷부터 벗고 오렴. 같이 탕에 들어가자. 그리고 미모자를 너무 힘들게 하면 안 돼."

그러자 아이들이 깡총깡총 뛰며 기뻐했다.

"와아!"

"벗을래, 벗을래!"

"내가 먼저야!"

다시 부산스러운 발소리가 욕실 밖으로 이어졌다.

"이거 원⋯⋯. 아무리 말해도 듣지를 않는다니까요."

"미안해, 미모자. 고생하게 만드네."

"아뇨, 고생이라뇨. 그런 생각은 해본 적도 없어요. 하늘로 떠난 우리 자식이 떠올라서 힘든 줄도 몰라요. 뭐, 우리는 사내 녀석이었지만요."

미모자라 불린 여성은 빙그레 웃은 뒤, 아이들을 챙기기 위해 탈의실로 따라 나갔다.

"보셨죠? 소란스러운 거. 평소에는 남자애들까지 가세해서 훨씬 떠들썩해진답니다."

세이린은 자애로운 미소를 지어 보였다.

잠시 후, 아이들이 목욕탕을 뛰어다니고 목욕물로 물싸움을 벌이느라 여념이 없는 가운데 잉그리스와 라피니아는 자신들에 대해서 이야기해 나갔다.

성채 도시 유미르 출신이라는 것. 라피니아는 후작의 딸이며, 잉그리스는 기사단장의 딸이라는 것.

둘이서 왕도의 기사 학교에 입학하기 위해 상경 중이라는 것. 중간에 여비가 간당간당해진 탓에 용병으로 지원하게 되었다는 것⋯⋯.

"아하하, 재밌네요⋯⋯! 맛있는 걸 잔뜩 먹다가 여비가 부족해지고 말았다니."

"이 마을의 요리가 워낙 맛있어서⋯⋯. 그렇지, 크리스?"

"응. 맛있었어."

"그렇다면 우리 마을의 요리에 감사해야겠네요. 덕분에 굉장한 실력을 지닌 두 분께서 와주셨으니까요."

"신세를 지게 된 이상 열심히 일하겠습니다!"

"그렇게 오래 있을 수는 없겠지만 잘 부탁드립니다."

"저야말로 잘 부탁드려요."

부드러운 미소로 화답하는 세이린.

"저기, 한 가지 여쭤봐도 괜찮을까요?"

라피니아가 운을 떼며 물었다.

"뭔가요?"

"저 아이들은⋯⋯ 성에서 거두어들인 아이들인가요?"

"네, 맞아요. 기댈 곳을 잃고 뒷골목에서 굶주림에 시달리고 있던 아이들이었죠. 그런 아이들을 내버려 둘 수는 없으니까요."

"하이랜더인데…… 말인가요?"

"하이랜더라서일지도 몰라요."

"무슨 뜻인가요?"

"하이랜드에는 저 아이들처럼 굶주림에 시달리는 아이가 없거든요. 식량은 지상 분들께 받아서 풍족한 편이고, 분배도 잘 이뤄지고 있어요."

"……흐음, 그렇군요."

"실은 이 마을의 집정관이 되기 전에도 지상에 내려와 본 적이 있었어요. 그때 지상에 어려운 상황에 부닥친 아이들이 있다는 것을 알게 되었죠. 제가 당연하다고 생각했던 것들이 실은 당연하지 않다는 사실을 깨달은 거예요. 그날 이후로 줄곧 무언가 할 수 있는 일이 없을까, 고민했어요……. 그러다 지상으로 파견할 집정관을 모집한다는 소식을 듣고 지원했죠. 제가 할 수 있는 일이었고, 저 아이들을 구해주고 싶었으니까요……. 거동이 불편한 환자들도 마찬가지고요."

"세이린 님 같은 생각을 하는 하이랜더가 많은가요?"

이번에는 잉그리스가 질문을 건넸다.

"그럴 거예요. 하지만 중요한 것은 다른 하이랜더가 어떻게 생각하느냐가 아니라 '나 자신이 무엇을 하고 싶은가'이죠. 저는 저 아이들이 웃는 모습을 보고 싶어요."

온화하기만 하던 세이린의 표정에 지금은 강한 의지가 엿보였다.

"후, 훌륭해요! 저도 찬성이에요! 엄청나게 열심히 할 테니까 뭐든 시켜만 주세요!"

라피니아는 눈을 반짝이며 세이린의 손을 꽉 움켜쥐었다.

정의감이 강한 만큼 다른 사람의 호의와 선의에 민감하게 반응하는 것이다.

그리고 주변의 상황보다는 눈앞의 사람을 보았다. 세이린의 행동에 공감하며 찬성을 표하는 모습만 봐도 쉽게 알 수 있었다.

즉, 순수한 것이다. 잉그리스는 그것을 결코 나쁘다고 말할 생각은 없었다. 다만…….

만약 세이린이 집정관으로 파견된 마을이 이곳이 아니라 유미르였다 해도 라피니아는 지금과 똑같은 반응을 보일 수 있었을까?

이곳이 하이랜드의 관리하에 놓인 것처럼 유미르도 똑같이 될 가능성은 얼마든지 있었다.

세이린이 잘못했다는 것은 아니다.

하이랜더에게 영지를 맡긴다는 결정은 훨씬 윗선에서 내렸을 테니까.

세이린은 이미 만들어진 자리에 우연히 발탁되었을 뿐이다.

……그녀 나름의 소신과 문제의식을 품고서.

"그렇게 말씀해 주시니 기쁘네요! 고맙습니다!"

세이린도 밝은 얼굴로 웃었다. 이 두 사람은 제법 궁합이 맞는 편일지도 몰랐다.

"저기, 저도 한 가지 여쭤보고 싶은 게 있습니다만……."

잉그리스가 입을 열었다.

"네, 말씀하세요."

"이 마을은 마나의 흐름이 뭔가 이상한데, 뭔가 이유가 있나요?"

그것은 이 마을에 들어선 이래 줄곧 느끼고 있던 위화감이었다. 마치 사람들의 마나가 발밑으로 끌려가는 것처럼 보였다. 아니 빨려 들어간다고 말하는 게 더 정확할까.

현재 지상에는 마나를 인지할 수 있는 인물이 거의 없다시피 하므로 아무도 알아채지 못한 상태였다.

더구나 땅으로 빨려 들어가는 마나의 양도 미미했다. 건강에 영향이 갈 수준은 아니었다.

그래도 라피니아의 몸이 걱정되었던 잉그리스는 라피니아가 여비를 벌겠다는 말을 꺼냈을 때 다음 마을에서 일거리를 찾자고 권하려 했다.

하지만 결국 이렇게 되고 말았으니, 기회가 있다면 진상을 파악해 두고 싶었다.

진실 너머에 강자가 잠들어 있을지도 모를 일이니까.

만약 그렇다면 두드려 깨워서라도 겨뤄 볼 심산이었다.

돌이켜 보면 열두 살 무렵 하이랄 메나스인 에리스와 성기사인 레온, 마석수로 변한 라알과의 보람찼던 싸움 이후 이렇다 할 강적과 마주친 적이 없었다.

벌써 3년이나 기다렸다.

이제 슬슬 다음 강적이 자신의 눈앞에 나타나도 좋은 시기건만.

"죄송해요. 짐작 가는 바가 없네요."

세이린은 고개를 가로저었다.

"그렇군요…….."

"뭔지는 잘 모르겠지만 크리스가 착각한 거 아닐까?"

"글쎄. 그렇지는 않을 텐데…….."

이렇게 된 이상 직접 조사해 볼까, 하고 생각하는 잉그리스였다.

"실은 저도 두 분께 여쭤보고 싶은 게 있는데요…….."

이번에는 세이린이 조심스럽게 질문해 왔다.

"네, 얼마든지."

"무엇이든 물어보세요."

"고맙습니다. 저기…… 상대가 마석수가 아니라 인간이라도 힘을 빌려주실 수 있으신가요?"

세이린은 진지한 눈으로 잉그리스와 라피니아를 바라보았다.

세이린의 제안은 다음과 같았다.

최근, 성 밖으로 쫓겨난 질 나쁜 기사들이 작당했는지 움직임이 수상하다.

시내를 순찰하러 나갔던 기사가 습격당하는 일이 이미 몇 차례나 일어났다.

이대로 가다가는 주민이 말려들 만큼 커다란 사건이 터질 우려가 있다.

따라서 늦기 전에 어떻게든 하고 싶다.

만약, 영주인 세이린이 병사들을 이끌고 직접 그들을 토벌하러 나서겠다는 소문을 퍼트리면, 그들은 이때구나 하고 매복해서 세이린을 해치우려고 들 것이다.

중요한 작전이니만큼 구성원 전부를 투입할 터.

이를 거꾸로 노려 일망타진하고 싶다는 것이 세이린의 제안이었다.

그동안은 그들의 전력이 강해서 차마 시도하지 못하던 계획이었으나…… 뛰어난 실력을 지닌 잉그리스와 라피니아가 있다면 가능하리라고 본 것이다.

두 사람이 오랜 시간 머무를 수 없다면 지금 바로 계획을 실행시키는 수밖에 없다.

세이린은 이 마을을 위해 꼭 협력해 주었으면 한다고 부탁했다.

아무리 두 사람의 실력이 뛰어나고, 연령대가 비슷한 소녀들이라지만 처음 만나는 용병에게 사지로 뛰어드는 것이나 다름없는 작전을 제안해 오는 그녀의 모습에 잉그리스는 솔직히 놀라고 말았다.

앞뒤를 가리지 않는다고 해야 할지, 대담하다고 해야 할지.

지푸라기라도 잡고 싶을 만큼 여유가 없었던 것일지도 모르지만…….

그래도 라피니아는 협력하고 싶어 하는 눈치였으니 사람을 보는 안목은 나름대로 갖추고 있는 모양이었다.

타인을 쉽게 믿는 사람들끼리 뭔가 통하는 부분이라도 있는 것일까?

잉그리스로서는 라피니아가 하겠다면 딱히 이견은 없었다.

반대로, 힘을 사용하는 데 그 이상의 의미를 부여하고 싶지는 않았다.

정치적인 잣대에 얽매이지 않겠다고 잉그리스 유크스로서 다짐했으니까.

이번에도 언제나처럼 라피니아를 지키면서 강한 상대가 등장하기만을 기대해 볼 뿐이었다.

솔직히 말하자면, 이런 변방의 도시에서 건달 소리나 듣는 기사들이 자신의 기대에 부응해 줄 수 있을지는 의문이었지만…….

세이린의 제안을 수락하고 사흘이 지난 저녁.

잉그리스는 마을 외곽의 폐교회로 향하고 있었다.

잉그리스뿐만 아니라 라피니아와 세이린을 포함한 30여 명의 인원이 동행하는 중이었다.

아마도 적들은 이보다 많은 머릿수를 대동해 물량으로 승부를 걸어올 것이다.

그들을 모조리 때려눕혀 포박하면 임무 완수였다.

세이린은 되도록 상대를 죽이지 않았으면 좋겠다고 부탁했다.

잉그리스로서도 몰살하라는 명령을 듣는 것보다는 훨씬 나았다.

라피니아도 부담 없이 싸울 수 있을 터였다.

"보이기 시작했어. 크리스."

"응. 슬슬 매복해 있는 적들이 모습을 드러내겠는걸."

폐교회는 숲으로 둘러싸인 위치에 세워져 있어 전망이 나빴다. 주변에는 자연 동굴의 입구도 드문드문 보였다.

즉, 몸을 숨길 곳이 상당히 많았다. 병사를 숨기기에는 절호의 장소였다.

그리고 무엇보다 잉그리스는 지금 다수의 인기척을 느끼고 있었다.

"이제 곧 나올 겁니다. 세이린 님도, 다른 분들도 주의해 주세요."

잉그리스가 경계를 당부하자 세이린은 진지한 얼굴로 고개를 끄덕였다.

"네……! 여러분들을 믿고 있어요!"

"걱정하지 마십시오. 저희가 몸을 던져 지키겠습니다……!"

오늘은 멀쩡히 전투에 참여한 내쉬 대장도 세이린을 격려했다.

그렇게 조금 더 걸어갔을 때였다.

폐교회 안, 주변 숲, 자연 동굴 등 사람이 숨을 만한 온갖 장소에서 적들이 일제히 튀어나왔다.

"와앗! 나왔어! 예상했던 대로네."

"그러게."

잉그리스는 냉정함을 유지하며 적의 숫자를 대충 세어 보았다.

백여 명쯤 되려나? 이쪽의 세 배에 해당하는 숫자였다.

잉그리스에게는 딱히 대수롭지 않은 숫자였다.

"핫하하하하하! 네놈들의 계획은 일찌감치 꿰고 있었다! 우리의 고향을 빼앗으려는 하이랜더 계집! 이 자리에서 처단해 주마!"

다부진 체격을 지닌 장년의 기사가 교회에서 걸어 나와 큰소리로 웃었다.

"……전 기사단장인 호커야! 이놈들의 우두머리다!"

내쉬 대장이 잉그리스와 라피니아에게 설명했다.

"좋았어! 그러면 저 녀석을 붙잡으면 되는 거네?! 가자!"

라피니아가 앞으로 나서며 활시위를 당겼다.

되도록 약하게. 사람이 충격으로 날아갈 정도로만 위력을 억눌렀다.

위력을 조정할 수 있다는 점이 이 마인무구의 장점이었다.

"하핫! 이 많은 인원을 상대로 뭘 어쩔 셈이냐!"

"양보다는 질! 과녁이 머릿수만큼 많아졌을 뿐이야!"

라피니아는 정면을 향해 빛의 화살을 발사했다.

그리고…….

"흩어져라!"

빛의 화살이 확산하며 다수의 적을 날려 버렸다.

"""끄아아아아악?!"""

방금 그 일격으로 열 명에 가까운 인원이 바닥에 나동그라졌다.

"그, 그건 설마?! 상급 마인에 마인무구라니! 으아아……!"

구국의 영웅이라 하는 성기사의 특급 마인에 미치지 못해도, 일반인들이 보기에는 상급 마인을 지닌 기사 역시 충분히 위협적인 존재였다.

"그렇게 됐어! 약한 사람을 괴롭히는 것 같아서 마음이 아프지만!"

라피니아가 다시 한번 활시위를 당겨 빛의 화살을 발사했다.

"약한 건 너다."

불현듯 그 목소리와 함께 하늘에서 한 자루의 창이 떨어져 내렸다.

창에 꿰뚫린 빛의 화살이 푸슝, 하는 소리를 내며 소멸해 버렸다.

"뭐……?!"

낙하하며 창을 내리꽂은 것은 붉은색의 매력적인 장발을 지닌 여성이었다.

외관상의 나이는 스무 살 전후.

늘씬하고 균형 잡힌 체형이 돋보이는 장신의 미인이었다.

무엇보다 인상적인 건 굳은 의지가 깃든 그 눈빛이었다.

"미안하게 됐군. 금방 짓밟아 주지. 내가 상대였다는 것을 불행으로 여겨라."

담담하게 할 말을 마친 여성은 지면에 깊게 박힌 창을 한 손으로 간단히 뽑아 들었다.

"오오오오옷! 시스티아 님! 역시 대단하십니다!"

"닥쳐. 네놈들은 나머지 조무래기들이나 처리해 둬."

시스티아라 불린 그녀는 목소리가 들려온 쪽을 쳐다보지도 않고 말했다.

그러고는 라피니아를 향해 저벅, 저벅 다가갔다.

저 강렬한 존재감. 분위기. 잉그리스는 기억하고 있었다.

하이랄 메나스다!

그녀가 전신에 두르고 있는 기백은 전투에 돌입했을 때의 에리스와 아주 비슷했다.

'어째서 이런 곳에' 라던가 '무슨 목적으로' 같은 사족은 아무래도 좋았다.

지금 눈앞에 하이랄 메나스가 적으로 서 있다는 사실.

그것만으로 충분했다. 이 무슨 행운이란 말인가……!

3년 만에 드디어 자신의 성장을 실전에서 확인해 볼 수 있는 기회가 찾아온 것이다.

잉그리스는 흥분과 두근거림을 애써 억누르며 라피니아의 앞으로 슬쩍 끼어들었다.

"라니. 세이린 님과 다른 사람들을 지켜줘. 저 사람은 내가 맡을게."

"응…… 정말이지 이런 상황만 되면 기뻐서 어쩔 줄을 모르는구나, 크리스는."

"……어라? 들켰어?"

의욕을 과하게 드러내면 상스러워 보일까 봐 나름대로 자제를

했건만.

"그야 당연하지. 눈빛이 완전 다른 데다, 입도 히죽히죽 웃고 있는걸."

"그, 그래……?"

다시 말해, 얼굴에 고스란히 드러나고 있다는 뜻이었다.

안 되지, 안 돼. 장난치고 있는 것처럼 보이면 곤란했다.

"……무슨 속셈이지? 깔보는 건가? 너 같은 애송이가 내 앞을 가로막을 줄이야."

"우후후후."

잉그리스는 빙긋 매력적인 미소를 지어 보였다.

그리고 전신에 두른 에테르를 마나로 변환시켰다.

그와 동시에 시스티아의 안색이 돌변했다.

"이…… 이게 무슨?! 조금 전까지만 해도 전혀……!"

역시 알기 쉽도록 힘을 변환해 보이는 것은 중요했다.

이것으로 상대방도 처음부터 방심하지 않고 싸워 줄 터였다.

이 기술을 습득해 두길 잘했다는 생각이 들었다.

"미, 믿기지 않아……. 잉그리스 씨한테 이렇게나 막대한……."

세이린도 마나를 감지했는지 놀라움을 표했다.

하지만 잉그리스는 개의치 않고 시스티아와의 대치를 이어나 갔다.

"하이랄 메너스 중에는 자신이 가장 강한 줄 아시는 분들이 있더군요. 세상에는 보이지 않거나, 모르는 것이 있을 텐데 말이죠."

잉그리스의 눈이 번뜩였다.

칼날과도 같은 예리함과 불꽃과도 같은 뜨거움을 겸비한 무인의 눈이다.

"봐주거나 자만하기 없기예요. 전력으로 상대해 주세요. 자, 언제든지."

그렇게 말한 뒤 잉그리스는 우아한 동작으로 자세를 취했다.

"……좋아. 마침 한동안 제대로 된 상대와 싸우지 못해서 지루하던 차였다. 어울려 주지."

시스티아는 창을 한 바퀴 휘두르더니 빙그레 웃으며 창대를 고쳐 잡았다.

같은 하이랄 메나스라도 에리스와는 달리 호전적인 성격인 듯했다.

잉그리스가 선보인 막대한 마나에 놀라면서도 전의를 잃지 않았으며, 주눅 들지도 않았다.

덕분에 시스티아에 대한 잉그리스의 호감도는 수직으로 상승하는 중이었다.

"마음이 맞는군요. 저도 똑같은 심정이었습니다. 3년 동안."

그녀와의 만남에는 아무리 감사해도 모자랄 정도였다.

왕도로 가서 에리스와 재회한다 쳐도, 그녀는 잉그리스의 아군이다. 대련에 어울려 주는 정도라면 또 몰라도 진심 어린 실전을 기대할 수는 없을 것이다.

"잘도 지껄이는군, 건방진 꼬맹이가. 그 콧대를 꺾어 주지."

날카롭게 빛나는 황금빛 창끝이 정확하게 잉그리스를 겨누었다.

훌륭한 살기다. 피부가 떨리는 느낌. 이 긴장감이 참을 수 없이 좋았다.

"자, 빨리 검을 뽑아라."

시스티아는 잉그리스가 허리에 찬 검을 뽑기를 기다리는 눈치였다.

하지만 이것은 평범한 검이다.

에리스와 맞붙었을 때, 검이 산산조각이 나버렸던 걸 생각하면 아마 시스티아를 상대로도 똑같은 결과를 맞이하리라.

검이 파괴되는 순간, 어떤 자세였느냐에 따라 커다란 허점을 보일 수도 있었다. 그럴 바에는 차라리 처음부터 쓰지 않는 편이 안전했다.

잉그리스는 일단 검을 차고는 있지만, 까놓고 말해서 그다지 사용해 볼 기회가 없었다.

평범한 검은 마석수에게는 듣지도 않거니와, 강력한 에테르에 닿으면 곧장 망가져 버렸다.

즉, 에테르 셸과 같은 기술을 같이 쓸 수가 없었다.

이는 마인무구도 마찬가지였다.

적어도 하급 마인무구는 망가지는 걸 직접 확인했다.

중급 이상의 마법무구는 아직 시험해 본 적이 없다.

고급품인지라 만약 망가지기라도 했다가는 큰일이었다.

에테르로 전신을 에워쌌을 때 웬만한 무기가 버티지 못하고 망

가진다는 점은 전생에서도 골치를 썩였던 문제였다.

잉그리스 왕은 성검을 손에 넣음으로써 이를 극복했지만, 지금 잉그리스 유크스에게는 그럴 재력이나 수단이 없었다.

언젠가 에테르에 견딜 수 있는 무기를 손에 넣고는 싶지만, 당장 없는 것을 어떻게 할 수는 없는 노릇이었다.

"괜찮습니다. 싸구려 검이라서요. 자, 봐주실 필요 없어요."

"흥. 얕보고 있는 건지, 진심인 건지. 그렇다면 직접 확인해 주겠어!"

시스티아가 땅을 박찼다.

마치 질풍과도 같은 돌진이었다.

순식간에 거리를 좁히며 잉그리스를 향해 창끝을 맹렬히 내질렀다.

어지간한 기사라면 발을 떼기도 전에 승부가 났을 법한 공격이었으나 잉그리스는 머리를 살짝 기울여 아무렇지 않게 창끝을 피했다.

공격을 정확하게 예상했다는 의미였다.

그러나 시스티아는 놀라지 않았다.

"호오……!"

지금 것은 실력을 떠보기 위한 공격에 지나지 않았다. 이 정도도 피하지 못하면 상대할 가치도 없었다.

"그렇다면!"

시스티아는 아까보다 더 빠른 움직임으로 삼단 찌르기를 시도

했다.

아직도 전력을 다한 공격이 아니었지만, 다른 사람이 보기에는 창이 마치 세 자루가 된 것 같은 속도였다.

하지만 잉그리스는 그 삼단 찌르기도 아주 약간씩 움직이며 전부 피해버렸다.

심지어는 일격을 피할 때마다 한 걸음씩 앞으로 다가오면서.

"흥……! 제법이군!"

한층 더 속도와 위력을 끌어올리는 시스티아.

그러나 모든 공격은 종이 한 장 차이로 빗나갔고, 그때마다 잉그리스가 한 걸음씩 앞으로 다가왔다.

"칫……!"

거리를 너무 좁히면 창의 사각에 들어와 버린다.

일단 거리를 벌리고 다시금 연속 찌르기를 펼쳤지만…… 똑같은 결과가 나왔다.

창을 찌르고, 잡아당겨 다시 찌르는 그 동작의 틈새마다 호흡을 맞춰 한 걸음, 한 걸음씩 다가왔다.

시스티아의 공격을 완전히 꿰뚫어 보고 있다는 의미나 마찬가지였다.

창술의 달인인 시스티아는 그 사실을 누구보다도 절실하게 느꼈다.

내가 밀리고 있다고?!

무기를 쥐기는커녕 단지 피하고만 있는 녀석에게?!

"크윽!"

다시금 거리를 벌리는 시스티아의 등에 쿵하고 뭔가가 닿았다.

폐교회의 벽이었다. 자신이 벽으로 내몰렸다는 사실을 이제야 깨달은 것이다.

잉그리스에게 정신이 팔려 주변을 보지 못했다.

더는 물러날 곳이 없었다.

"하아아아아앗!"

결국, 시스티아는 기합성을 내지르며 온 힘을 다한 연속 찌르기에 들어갔다.

사람보다 훨씬 큰 암석도 몇 초 만에 분쇄하는 시스티아의 고속 필살기였다.

하지만 그 모든 공격이 허공을 찔렀다.

문득 정신을 차린 순간, 어깨에 턱하고 손이 놓였다.

"훌륭한 공격이네요."

그리고 눈앞에는 귀엽게 미소 짓는 아름다운 소녀의 얼굴이 있었다.

"이럴 수가……!"

그 가련하고 천진난만한 모습이 오히려 시스티아를 두렵게 만들었다.

자기도 모르게 등줄기에 오한이 서렸다.

불현듯 퍼억! 하고 복부에서 엄청난 충격이 느껴졌다.

잉그리스의 장타가 꽂힌 것이다.

시스티아의 몸이 시위를 잔뜩 당겨 쏜 화살처럼 후방으로 튕겨 나갔다. 폐교회의 외벽을 뚫고 날아간 시스티아는 바닥에 충돌하고도 몇 번을 더 굴러가 간신히 멈추었다.

"크윽……!"

비틀거리면서도 몸을 일으키는 시스티아.

하이랄 메너스의 신체 능력과 내구력은 인간을 한참 웃돈다. 그건 기사라고 해도 마찬가지였다. 처음부터 사람과는 차원이 달랐다.

아직 싸울 수 있어……!

시스티아의 눈은 여전히 투쟁심으로 불타오르고 있었다.

잉그리스는 교회로 날아간 시스티아를 따라 들어가며 중얼거렸다.

"응. 나도 제법 성장했네."

그 하이랄 메너스의 거센 공격을 무기에 의지하지 않고 몸놀림만으로 회피하며 나아간 것이다. 덤으로 일격을 꽂아 넣기까지 했다.

3년 전에는 무기를 들고도 제자리에서 받아넘기는 것이 고작이었다.

이번에는 피하면서 접근까지 할 수 있었으니 그때보다 기량이 오른 셈이었다.

덕분에 잉그리스는 자신이 성장했음을 납득할 수 있었다.

라피니아의 화살비를 회피하는 수련을 반복하고, 꾸준히 동체 시력을 단련해 온 성과였다.

최근에는 보면서 피하는 것만으로는 부족함을 느껴 눈을 감거나 귀를 막고 피하기도 조금씩 도전해 보고 있었다.

"……이 자식!"

몸을 일으킨 시스티아가 맹견처럼 이쪽을 노려보았다.

"아직 숨겨 놓은 힘이 있죠? 자, 얼른 보여주세요. 에리스 씨도 뭔가 숨기고 있는 눈치였으니, 당신한테도 뭔가 비장의 한 수가 있을 거예요. 그렇죠?"

"에리스…… 이 나라의 하이랄 메나스인가……."

"아는 사이인가요?"

"모른다. 직접 대면해 본 적은 없어."

에리스는 이 나라에 둘밖에 없는 하이랄 메나스 중 한 사람이었다.

즉, 유명인이므로 이름을 알고 있는 것이 딱히 이상한 일은 아니었다. 다른 한 명의 이름은 리플이라 들었으니, 적어도 눈앞의 인물이 아니라는 것만큼은 분명했다.

"일단 묻겠는데, 당신은 정체가 뭔가요? 이런 곳에 하이랄 메나스가 있을 줄이야……. 이 나라 소속이라면 그나마 납득을 했을 텐데 말이죠."

"흥. 글쎄다."

역시 가르쳐 줄 생각은 없는 모양이었다.

잉그리스로서는 아무래도 좋았지만.

억지로 캐물을 생각도, 듣고 싶은 생각도 없었다.

"너야말로……."

"?"

"어째서 그만한 힘을 갖고도 하이랜더의 편에 서려는 거지? 놈들은 지상을 빼앗으려 하고 있잖아. 그것을 방관하기는커녕 도울 셈인가?"

"……세이린 님은 상냥한 분이니까요. 성에 사는 분들한테도 평판이 좋아요."

최근 사흘간 영주성에 체재하면서 느꼈지만, 성의 관계자들은 다들 세이린이 영주가 되었다는 사실에 감사하는 눈치였다. 그녀의 인기는 말 그대로 하늘을 찔렀다.

특히 거두어진 아이들의 경우에는 그녀를 친어머니처럼 따르고 있었다.

"누구의 지배를 받는지보다는 어떻게 지배를 받는지가 중요하지 않을까요?"

"일부분만 보고 판단하면 그렇겠지. 알아차린 다음에는 늦어. 너는 이 마을의 이변을 눈치채지 못한 건가?"

"마나의 흐름이 부자연스럽기는 했지만…… 뭔가 있는 건가요?"

"스스로 조사해 봐라."

역시 뭔가가 있는 건가? 그렇지만…….

"……신경이 쓰이기는 합니다만, 안타깝게도 저한테 대의나 정

213

의관 같은 건 없거든요."

"뭐?"

"그냥 군것질하다가 여비가 부족해져서 협력하고 있었을 뿐이에요. 그래도 지금은 자신의 먹성에 감사하고 있습니다. 덕분에 이렇게 당신과 싸울 기회를 얻었으니까요."

"싸움을 위한 싸움에 보람을 느낀다는 건가? 정의 없는 힘에 무슨 의미가 있지?"

"제가 즐겁습니다! 단지 그것뿐이에요."

딱 잘라 말하는 잉그리스의 태도에 시스티아는 분노를 드러냈다.

"어리석기는! 정의 없는 힘 따위, 살아있는 시체나 마찬가지다!"

"그렇지 않아요. 힘이란 타고난 소질과 뼈를 깎는 수행, 그리고 거쳐온 전장의 수로 결정되는 것. 정의에 집착해 수행과 경험을 소홀히 하면 그것이야말로 겉만 번지르르한 시체입니다."

이는 잉그리스가 왕으로 살았던 전생의 경험담이었다.

나라와 백성들을 위해 너무 열심히 일한 나머지 자신의 힘을 갈고닦을 시간이 없었다.

15년간 수련을 거듭해 온 지금, 어쩌면 이미 전생의 힘을 넘어섰을지도 몰랐다.

"닥쳐! 너 같은 인간이 힘을 지니고 있다니, 내가 용납 못 해!"

"그렇다면 저를 쓰러트려 증명해 주세요. 조금 전에 보여준 실력이 전력이라면 어렵겠지만요."

잉그리스는 일부러 시스티아를 향해 후훗, 하고 상쾌한 미소를 지어 보였다.

"이 자식……! 잘도 지껄였겠다……!"

뻔히 보이는 도발이었지만 자존심이 강해 보이는 시스티아에게는 효과적이었다.

뚜렷한 살기를 품은 시선이 잉그리스를 꿰뚫었다.

이윽고 어디선가 우웅, 하고 낮은 진동음이 들렸다. 동시에 시스티아의 몸 주위로 시야를 일그러트리며 독특한 기운이 흘러나왔다. 그녀의 모습이 마치 신기루 속에 서 있는 것처럼 보였다.

"이것도 받아낼 수 있을까!"

시스티아가 창을 힘껏 내질렀다.

하지만 잉그리스와는 상당히 멀리 떨어져 있다. 도저히 닿을 만한 거리가 아니었다.

그런데 그 창끝이 일그러지는가 싶더니…….

등 뒤에서 살기가 느껴졌다!

"핫?!"

본능적으로 몸을 비트는 잉그리스.

이어서 나타난 황금색의 창이 잉그리스의 옆구리를 스치고 지나갔다.

옷이 찢어지며 미량의 피가 배어 나왔다. 극히 얕기는 하지만 상처를 입고 말았다.

"흥. 용케도 피했군."

"오, 과연……. 대단하군요!"

멀리 떨어진 곳에서 내지른 찌르기가 느닷없이 등 뒤에서 엄습해 온 것이다.

이것이 하이랄 메나스가 감추고 있던 진면목.

꽤 위험한 공격이다. 방금은 거의 감으로 피했지만, 만약 연속으로 쓸 수 있다면…….

재미있군. 상대로 전혀 부족함이 없다!

"웃을 수 있는 것도 지금뿐이다!"

시스티아가 다시금 창을 거머쥐었다.

"하앗!"

잉그리스는 곧 전속력으로 내달리기 시작했다.

황금색 창이 한 박자 늦게 발밑의 바닥에 구멍을 뚫었다.

잉그리스는 멈추지 않고 그대로 폐교회 안을 질주했다.

움직이고 있으면 등이나 발밑에서 창이 나타나더라도 따돌릴 수 있다. 가만히 멈춰 있는 것이 제일 위험했다.

"하아아아아앗!"

다다다다닷!

거리를 무시하고 엄습해 온 시스티아의 창이 폐교회의 바닥과 창문, 벽에 이르는 온갖 장소에 구멍을 뚫었다.

하지만 전속력으로 내달리는 잉그리스에게는 가볍게 스치기만 했을 뿐, 유효타는 아직 하나도 없었다.

그런데 그때였다.

"이래도 피할 수 있을까!"

느닷없이 잉그리스의 미간 앞쪽에서 창날이 나타났다.

등 뒤나 옆에서 공격해도 통하지 않는다면 정면에서 공격하겠다는 심산이었다.

이 방법이라면 속도로는 따돌릴 수도 없을 테니까.

하지만 잉그리스는 이걸 기다리고 있었다!

"드디어 왔군요!"

잉그리스는 손을 뻗어 창날의 뿌리를 움켜쥐었다.

정면에서 공격해 올 것을 예상하고 반응한 것이다……!

"아닛……?! 아, 안 빠져?!"

시스티아가 창을 잡아당겼지만, 잉그리스는 이를 단단히 쥐고 놔주지 않았다.

"자, 이제 어쩌실 거죠……?!"

잉그리스가 시스티아를 흘끔 쳐다보며 말했다.

잉그리스의 시선을 받은 시스티아는…… 예상과는 달리 씨익 웃어 보였다.

"멍청한 놈! 네 녀석도 발이 멈추었잖나!"

"?!"

시야 반대편에서 시스티아가 날씬한 다리를 휘두르는 것이 보였다. 그와 동시에 잉그리스의 복부에 묵직한 충격이 날아왔다.

시스티아의 발차기가 공간을 뛰어넘어 잉그리스의 몸통에 적중한 것이다.

창뿐만이 아니라 발차기로도 거리를 무시할 수 있는 건가!

이것은 잉그리스도 예상하지 못한 일격이었다.

처음부터 이를 염두에 두고 무기로만 공격했던 것일지도 모른다. 그렇다면 잉그리스가 멈춰서서 창을 붙잡은 것은 공격할 기회를 일부러 준 셈이나 마찬가지였다. 보기 좋게 걸려들고 말았다.

역시 하이랄 메나스.

길길이 날뛰는 것처럼 보여도 교활하고 빈틈이 없었다.

"큭……?!"

발차기의 충격에 몸이 붕 떠올라 후방으로 날아가기 시작했다.

이 한순간은 치명적인 빈틈이었다.

공중에 떠 있을 때는 움직일 수가 없는 것이다.

"끝이다!"

시스티아는 빈틈을 놓치지 않고 창을 내질러 왔다.

이대로 저 찌르기가 공간을 도약해 도달한다면 잉그리스의 몸에는 바람구멍이 날 것이다.

그렇다면 이 기술을!

"하아아아압!"

잉그리스의 몸이 푸르스름한 빛에 둘러싸였다.

에테르 셸이었다.

그 직후, 잉그리스의 등 뒤에서 날카로운 창끝이 모습을 드러냈다.

하지만 시스티아의 창이 잉그리스의 몸에 바람구멍을 내는 일은 없었다.

잉그리스의 피부에 닿기 직전, 창날이 강렬한 진동을 받아 튕겨나가 버린 것이다.

"뭣이?!"

푸르스름한 빛은 에테르를 응축시킨 파동. 잉그리스의 몸을 지키는 견고한 방패였다.

시스티아의 창으로는 그 방패를 뚫을 수 없었다.

예상치 못한 광경에 시스티아가 무심코 고함을 질렀다.

"이럴 리가 없어!"

시스티아에게 있어서는 잉그리스가 자세를 바로잡기 전까지가 승부처이자, 기회였다.

뭔가 이상한 감각과 동시에 창이 튕겨 나가고 말았지만, 한 번으로 굴하지 않고 연속해서 창을 찔러 넣었다.

하지만 잉그리스를 꿰뚫지 못한 채 그녀가 자세를 바로잡는 모습을 보아야 했다.

착지하면서 몸을 깊이 숙인 잉그리스는 반동을 살려 땅을 박찼다.

그리고 그 순간, 그녀의 모습이 사라졌다.

"?!"

시스티아가 잉그리스의 모습을 찾기도 전에 한 줄기의 푸르스름한 번개가 번쩍였다.

콰아앙!

몸이 붕 떠오를 정도의 충격.

처음 겪어보는 맹렬한 충격이 시스티아의 명치를 관통했다.

잉그리스의 공격에 반응하지도 못하고 무릎 차기를 정통으로 맞은 것이다.

"아……! 으윽, 말도 안 되는……!"

다리가 떨려 서 있을 수가 없었다. 결국 시스티아는 털썩 무릎을 꿇고 말았다.

손에 힘이 들어가지 않아 놓쳐버린 창이 댕그랑 소리를 내며 굴러떨어졌다.

잉그리스가 시스티아의 어깨에 척 손을 얹었다.

그러고는 격려하듯 티끌 없이 아름다운 미소를 지어 보였다.

"……좋은 싸움이었어요. 상상했던 것보다 훨씬 즐거웠습니다."

조금 전 잉그리스가 취한 행동이라고는 에테르 셸을 발동시켜 시스티아의 공격을 막은 뒤, 착지와 동시에 돌진하여 반격한 것이 전부였다.

단지, 에테르 셸에는 잉그리스의 신체 능력을 한층 더 끌어올리는 효과가 있다.

그렇게 강화된 잉그리스의 전속력이 시스티아의 의식의 범주를 뛰어넘었을 뿐이다.

그러나 에테르를 사용하는 전법을 사용할 수밖에 없었던 것도 사실이다.

바꿔 말하면 아직 자신의 힘이 부족하다는 뜻이었다. 시스티아는 그것을 가르쳐 준 고마운 상대였다.

"큭……! 이래서는 그분의 얼굴을 볼 면목이……."

그때였다.

"크리스! 바깥에 있는 적들은 전부 붙잡았어! 그쪽은, 앗……?! 컥…… 수, 숨 막혀……."

상태를 살피기 위해 찾아온 라피니아의 가느다란 목을 허공에서 나타난 손이 강하게 움켜쥐었다.

"라니?!"

"움직이지 마!"

시스티아가 벌인 짓이었다. 멀리 떨어진 거리에서 라피니아의 목을 조른 것이다.

"……."

"나는 이런 곳에서 쓰러질 수도, 붙잡힐 수도 없어……. 이 아이의 목숨이 아깝거든 나를 순순히 내보내라!"

"……막지 않겠습니다. 가도록 하세요."

잉그리스는 방해할 의사가 없다는 듯 양손을 들어 보였다.

그것을 본 시스티아는 창을 집어 들더니 이쪽에 등을 보이지 않도록 신중하게 폐교회의 뒷문으로 향했다.

비틀거리는 발걸음이 잉그리스의 공격이 얼마나 위력적이었는지를 보여주고 있었다.

"……한 가지만 말씀드려도 될까요?"

"뭐지?"

"저와 싸우고 싶다면 얼마든지 받아줄 의향이 있어요. 중간에 불리하다고 생각되면 물러났다가 재도전을 해도 상관없어요. 저도 실력을 갈고닦아 더욱 강해진 당신과 몇 번이고 다시 싸우고 싶으니까요. 하지만, 한 번만 더 라니에게 손을 대면…… 당신의 목숨을 끊겠습니다."

"……."

한순간 잉그리스의 얼굴에 얼어붙은 듯한 살기가 엿보였다.

잉그리스의 얼굴을 본 시스티아는 등골이 오싹했다.

그건 저런 나이의 소녀가 품을 만한 눈빛이 아니었다. 마치 끝없는 심연을 들여다보는 기분이었다.

"그것뿐입니다. 건강하세요."

그리고 소녀는 언제 그랬냐는 듯, 벌레 한 마리 죽이지 않을 것 같은 부드러운 미소를 지어 보였다.

이해가 가지 않았다. 이 소녀는 대체 무엇이란 말인가.

시스티아는 자기도 모르는 사이 묻고 있었다.

"……네 이름은?"

"잉그리스 유크스라고 합니다."

"시스티아 루즈다. 또 만나지."

그렇게 시스티아는 폐교회 바깥으로 모습을 감추었다. 동시에 라피니아도 해방되었다.

"라니! 괜찮아?!"

"콜록. 콜록……! 응, 괜찮아. 그리고 방해해서 미안해……."

"아니, 그렇지 않아. 벌써 다 끝난 상황이었는걸. 가게 내버려 둔 것도 차라리 잘 됐고. 그럼 돌아가자! 그쪽도 다 마무리가 된 거지?"

라피니아를 부축해 일으킨 잉그리스는 그녀의 머리를 쓰다듬었다.

"응. 전부 붙잡았어! 이걸로 보수도 잔뜩 받았겠다, 더는 여비로 걱정할 필요 없겠지?"

"맞아. 나도 만족이야. 오랜만에 신나는 싸움을 했거든. 라니의 변덕에 어울리는 것도 가끔은 나쁘지 않은걸."

"그럼 돌아가 볼까!"

"응."

두 사람은 서로 마주 보며 미소 지었다.

그리고 다음 날. 포박된 옛 영주 시절의 기사들이 마을 광장으로 끌려 나왔다.

마을 사람들이 나와 그 모습을 지켜보고 있었다.

지금부터 거행되려는 것은 다름 아닌 처형식이었다.

현 영주에게 반기를 든 것으로도 모자라 목숨을 노리기까지 했으니 당연하다면 당연한 결과였다.

"……우리가 붙잡은 녀석들인걸. 마지막 정도는 지켜봐야지."

라피니아는 자기 자신에게 말하듯 중얼거렸다.

사실은 별로 보고 싶지 않을 텐데도.

그런 가운데, 세이린이 군중들 한복판에 섰다.

붙잡힌 기사들이 그녀를 욕하고 매도했지만, 세이린은 무표정으로 흘려넘겼다.

그리고 입을 열었다.

"당신들을 추방한 것은 바로 저입니다. 그러니 저를 원망해도 어쩔 수 없는 노릇이지요. 하지만 저는 당신들이 알아주길 바랐습니다. 이대로는 안 된다는 것을요. 힘을 가지고 있다고 해서 누군가를 함부로 대해선 안 됩니다. 사람을 사람으로 존중하고, 대등하게 접해야 합니다. 당신들이 그렇게 바뀌었으면 했습니다……."

지난 시절 그들의 무법 행위에 고통받았던 주민들로부터 박수갈채가 터져 나왔다.

붙잡힌 기사들도 땅을 쳐다보거나, 세이린을 욕하기를 멈추는 등 다양한 반응을 보였다.

세이린은 그 모습을 묵묵히 바라보았다.

그리고 무언가를 결심한 눈빛으로 부하 기사들에게 명했다.

"이분들의 밧줄을 풀어주세요."

"예?! 세이린 님, 저들을 처형하시려는 게 아니었습니까?!"

내쉬 대장의 질문에 세이린은 아니요, 하고 고개를 저었다.

그리고는 붙잡힌 기사들의 우두머리인 전 기사단장 호커 앞에 무릎을 꿇었다.

"부디 저에게 힘을 빌려주세요……! 마석수가 출몰하는 지상에 서 살아남기 위해서는 남을 좌지우지하려는 태도를 버리고, 서로 의 손을 맞잡아 협력해 나가야만 합니다! 여러분이 가진 힘을, 자 기 자신을 위해서가 아니라 연약한 사람들을 지키기 위해 사용해 주세요……!"

세이린은 하이랜더의 긍지이자 상징인 이마의 성흔이 바닥에 닿을 기세로 깊숙이 고개를 숙였다.

하이랜더가 이렇게까지 한다는 사실에 다들 경악을 금치 못하 는 눈치였다.

자신들의 눈앞에 있는 여성은 소문으로 듣던 거만하고, 지상의 인간을 인간으로 여기지 않는 하이랜더들과는 다르다. 그녀라면 믿을 수 있다.

주민들은 그렇게 생각을 고쳐먹었고, 붙잡힌 기사들 사이에서도 비슷한 생각이 싹트기 시작했다. 적어도 잉그리스가 보기에는 그랬다.

"우리를 용서하겠다는 것인가······."

"용서를 받아야 할 것은 저입니다. 당신들에게 괴로운 일을 겪게 했으니까요. 만약 저를 용서할 수 없다면 이곳을 떠나셔도 괜찮습니다. 그렇지만 부디 같은 실수를 저지르지는 말아 주세요."

그러자 전 기사단장 호커는 졌다는 듯이 세이린 앞에 무릎을 꿇었다.

"알겠습니다······! 이 목숨, 자유롭게 사용해 주십시오! 이놈들아! 네놈들도 어서 숙이지 못해!"

호커의 일갈에 다른 기사들도 차례차례 세이린 앞으로 다가와 무릎을 꿇었다.

그 광경을 본 주민들이 일제히 환성을 내질렀다.

오늘이 바로 이 마을의 새로운 출발점이 되리라.

"우와아! 대단해! 세이린 님, 너무 멋있다! 그렇지, 크리스?!"

이쪽에도 눈을 반짝이며 기뻐하는 소녀가 있었다.

"아하하. 그렇네."

처형하기는커녕, 옛 기사들을 전부 포섭하여 결과적으로 마을의 방위력을 대폭 향상하다니, 참으로 훌륭한 수완이었다.

너무 대담한 선택이 아닌가 싶은 생각도 들었지만, 젊은이의 열정이라고 생각하면 큰 흠은 아니었다.

전생에서 마주쳤다면 전도유망한 대신(大臣) 후보로 주목하고 있었을지도 모른다.

"고맙습니다, 여러분!"

세이린은 진심으로 기뻐하며 주변 사람들을 향해 환하게 웃었다.

그날 밤에는 성에서 축하연이 열렸다.

잉그리스와 라피니아도 성대하게 차려진 음식들을 실컷 만끽했다.

주변에서 식겁하며 쳐다보았지만, 식욕을 거스를 수는 없는 노릇이었다.

충분히 만족했을 무렵, 세이린이 다가와 같이 이야기를 나누고 싶다고 제안해 왔다.

세 사람은 연회장을 일찍 뒤로하고 영주의 개인실에서 식후의 티타임을 갖기로 했다.

"정말로 멋있었어요, 세이린 님! 동경해 버릴 것 같아요!"

"후후후. 이래 봬도 무서웠답니다. 다리가 덜덜 떨리던걸요. 게다가 긴장한 탓인지 피로가……."

살짝 하품이 나오려는 것을 입으로 꾹 막고는 실례했다는 듯이 미소 짓는 세이린.

제법 귀여운 몸짓이었다.

"큰일이네요. 오늘은 피로에 잘 듣는다는 허브를 넣어 봤으니 이거라도 마시고 푹 쉬세요."

이야기를 듣고 있던 중년의 여성이 빙그레 웃으며 차를 달여 주었다. 세이린 밑에서 아이들을 돌보고 있는 미모자였다.

"고마워, 미모자. 음…… 꽤 독특한 맛인걸. 그래도 나쁘진 않아. 몸도 개운해지는 것 같고. 정말로 피로에 잘 듣는가 봐."

"응. 꽤 맛있다."

"그러게."

이후로 한동안 환담하고 있자니, 문득 세이린이 화제를 바꾸었다.

"실은 두 분께 드리고 싶은 말씀이 있어요……. 잠시 따라와 주실 수 있을까요?"

그녀는 조금 전까지의 온화한 표정을 싹 지우고 진지한 얼굴을 하고 있었다.

"? 무슨 일이 있나요?"

"할 말이라는 게 뭐죠?"

"처음 만났을 때 잉그리스 씨가 하셨던 이야기를 좀……."

즉, 이 마을의 마나가 부자연스러운 흐름을 보이는 이유에 관한 이야기인 듯했다.

"부탁드립니다."

그렇지 않아도 스스로 조사해 볼지, 아니면 여비도 충분히 벌었겠다, 앞길을 서두를지 고민하고 있던 차였다. 기왕 제안을 받았으니 들어보기로 했다.

개인실을 나온 세이린은 잉그리스와 라피니아를 비밀 지하 통로로 안내했다.

이 성의 주인인 세이린밖에 모르는 장소인 듯했다. 중간에는 하이랜더가 아니면 통과하지 못하는 결계까지 쳐있었다.

세이린은 이것을 일시적으로 해제한 다음 두 사람을 지하 깊은 곳으로 안내했다.

이윽고, 일행은 지하 통로의 최심부에 발을 들였다.

그곳은 돌바닥으로 이루어진 거대한 공간이었다. 복잡기괴한 문양이 빼곡하게 나열된 마법진이 드넓은 바닥을 가득 메우듯 그려져 있었다.

잉그리스는 지상에서 쏟아져 내린 마나가 은은하게 빛나는 마법진 안으로 빨려 들어가고 있다는 걸 깨달았다.

"이게 뭐지? 이 마법진이 마나를 흡수해서 모으고 있는 건가……?"

이것이 마을의 마나가 이상한 흐름을 보인 원인이었다. 지하에 떡하니 자리를 잡고서 사람들로부터 마나를 빨아들이고 있었다.

"이, 이게 대체 뭔가요, 세이린 님……?"

라피니아는 정체 모를 마법진에 불길함을 느끼는 눈치였다.

"이것은 하이랜드의 핵을 이루는 '부유마법진'입니다. 주변으로부터 마나를 모아, 충분한 양이 비축되면 이 땅을 기반째로 절단해 하늘로 띄우는 역할을 하지요. 그러면 이곳은 새로운 하이랜드가 되는 것입니다……."

세이린이 손가락으로 위를 가리키며 말했다.

"과연, 그런 뜻이었군……."

하이랄 메나스인 시스티아가 말했다.

──놈들은 지상을 빼앗으려 하고 있다고.

처음 들었을 때는 정신적인 침투나, 권력적인 간섭을 뜻하는 건가 생각했는데, 설마 물리적으로 사람들이 사는 마을을 뜯어내 가져간다는 뜻이었을 줄이야.

글자 그대로 '지상을 빼앗는' 행위였다.

"에엑?! 다시 말해서 이 마을이 하늘을 날게 된다는 뜻이죠?! 다른 사람들은 어떻게 되는 건가요?!"

라피니아의 이 질문에 세이린은 뭐라고 대답할 것인가.

잉그리스는 유심히 그녀의 답변을 기다렸다.

"새로운 하이랜드는 하이랜더들이 살기 위한 장소⋯⋯. 그러니 때가 되면 마을을 나가던가, 하이랜더의 노예로 살아가던가⋯⋯. 최악의 경우, 하이랜드에서 공격을 가해 마을을 불태우겠지요. 적어도 상층부의 하이랜더들은 그렇게 말하더군요⋯⋯."

"그, 그러면 마을 사람들은 쫓겨나거나, 노예가 되거나, 죽는다는 건가요?! 저라면 절대 그렇게 놔두지는⋯⋯!"

"네. 저도 같은 생각입니다."

세이린은 천장을 올려다보며 굳은 결의가 담긴 표정을 지었다.

그 눈동자는 드높은 하늘을, 하이랜드를 응시하고 있는 것만 같았다.

"상층부가 뭐라고 생각하든 저는 지상을⋯⋯ 지상에서 괴로워 하는 사람들을 돕기 위해 이곳에 왔습니다. 그러니 그렇게 놔두지는 않을 겁니다. 희망하는 모든 주민이 노예가 아닌 평범한 모습으로 하이랜드에서 살아갈 수 있도록 윗선과 교섭을 할 생각입니다. 아니면 하이랜더가 되는 방법도 있겠죠. 그리고 반드시 모두와 함께 하늘로 향하겠어요…….”

“……가, 가능한 건가요, 그게?”

“설령 하이랜더와 싸우게 되는 한이 있더라도……!”

세이린의 표정이 한층 더 진지해졌다.

“다른 기사분들을 설득한 것도 그래서였나요? 여차할 때를 대비하여 전력을 키우기 위해?”

잉그리스의 질문에 세이린은 고개를 끄덕였다.

“그렇습니다……. 이 마을을 지키기 위해서는 힘을 갖춰야만 해요. 언젠가 찾아올 그때를 대비해서 말이죠.”

“세이린 님, 이렇게나 중요한 비밀을 어째서 저희한테 가르쳐 주시는 거죠?”

“……누군가에게 허락을 구하고 싶었기 때문일지도 모르겠군요. 지금은 주민들의 지지를 받고 있지만, 제가 집정관으로 있는 이상 언젠가는 파멸이 찾아올 거예요. 부정할 수 없는 사실이죠. 그런데도 저는 마을 분들에게 그 사실을 숨길 수밖에 없어요. 이래도 과연 괜찮은 건지 의문이 계속 들어요. 그래서 두 분께 여쭤 보고 싶었어요. 저는 정말 이곳에 있어도 되는 걸까요……? 두 분은 어떻게 생각하시나요?”

세이린은 조심스럽게 미소 짓더니 잉그리스와 라피니아를 쳐다보았다.

"만약 이 모든 걸 저지하고 싶으시다면 이 자리에서 저를 베어 버리셔도 괜찮아요. 제가 죽는 순간 '부유마법진'을 지키는 수호 자가 기동할 테지만, 두 분이라면 그것을 쓰러트리고 성과 마을 사람들을 지키실 수 있을 테지요. 그때는 부디 잘 부탁드립니다."

본인의 옷자락을 질끈 움켜쥐며 세이린이 머리를 숙였다.

그녀의 손끝이 파르르 떨리고 있는 것이 보였다.

"크, 크리스. 어떻게 해……?"

라피니아가 불안한 목소리로 물었다.

"라니. 세이린 님은 라니의 생각을 묻고 있어. 그러니 스스로 생각해서 대답해야지."

"그럼 크리스의 생각은 어떤데……? 크리스는 어떻게 해야 한 다고 생각해?"

"나? 나는 라니의 판단을 따를 건데? 라니의 종기사가 될 몸이 니까."

"뭐?! 앞으로도 전부 내가 정하라고?! 그건 치사하잖아."

"남들의 위에 선다는 것은 그런 거야, 라니. 익숙해져."

잉그리스의 대의를 관철하는 인생은 이미 끝을 맺었다.

오늘날의 문제는 이 시대의 미래를 짊어지는 젊은이들이 풀어 나가면 될 일이다.

게다가 잉그리스는 평생을 바쳐 이상을 추구한 끝에 시르벨 왕 국을 건국했는데도 이 시대의 역사에 흔적조차 남아있지 않았다.

적어도 유미르에서 조사해 본 바에 따르면 그랬다.

이상적인 왕국을 후세에 남겼다고 생각했건만, 지금 사람들은 다시금 고통 속에 살아가고 있었다.

하이랜드라는 자들이 사람을 짓밟고 좌지우지하며 버젓이 활개를 치고 있다.

즉 잉그리스가 해 온 모든 노력은 모두 수포가 되었다.

그간의 노력은 무엇이었나 허무함이 들긴 했지만, 어차피 역사가 되풀이될 뿐이라면 더는 거기에 얽히고 싶지 않았다.

철저히 자신의 길을, 자신의 만족을 추구해 나갈 생각이었다.

"응. 알겠어, 크리스."

라피니아는 의젓한 얼굴로 숨을 크게 내쉬었다.

그리고, 세이린의 곁으로 다가가 그녀의 손을 붙잡았다.

"세이린 님…… 저는 세이린 님을 믿고 싶어요! 그 마음이 진심이라는 것을 느꼈으니까요. 이 마을 사람들을 잘 부탁드릴게요."

"라피니아 씨……!"

"이곳이 하늘로 떠오를 때, 만약 제 도움이 필요하시다면 말씀하세요. 곧바로 달려올게요……! 왕도의 기사 학교에 들어가, 열심히 훈련을 받고 공부해서 지금보다 더욱더 훌륭해진 모습으로 돌아오겠어요! 그때는 이곳의 기사로 삼아 주세요!"

"고, 고마워요……! 정말로 고마워요, 라피니아 씨!"

세이린은 감격의 눈물을 흘리며 라피니아를 끌어안았고, 라피니아도 그녀를 마주 안았다.

역시 이 두 사람은 잘 맞는 모양이었다.

잉그리스는 아주 약간 질투심이 들었다.

"크리스, 이러면 된 거지? 내가 스스로 생각해서 정했어."

"응. 그걸로 됐어. 잘만 풀리면 하이랜드의 군대와도 싸울 수 있겠지?"

"그건 잘 풀린 게 아니잖아?!"

라피니아가 잉그리스의 발언에 딴지를 걸었다.

◆ ◇ ◆

지하실에서 세이린과의 이야기를 마친 뒤. 세이린은 지쳤다며 침실로 돌아갔고, 잉그리스와 라피니아는 목욕탕으로 향했다.

이번 의뢰로 여비를 충분히 벌어 더 머무를 이유가 없었으므로, 이 마을을 떠나기 전에 마지막으로 커다란 목욕탕에 몸을 푹 담글 생각이었다.

"후우, 기분 좋다♪ 이곳 목욕탕과도 이제 작별이구나. 너무 아쉽다."

"다음에 올 때는 기사 학교를 졸업한 이후려나."

"그렇겠네. 그래도 우연히 이곳에 들를 수 있어서 다행이지? 학교에 입학하면 훌륭한 기사가 되기 위해 노력하자고 다짐할 수 있었잖아. 얼른 졸업해서 세이린 님을 도와드려야지!"

"맞아. 여러모로 즐거웠어. 다음에 올 때도 즐길 수 있을 것 같고."

그날을 상상하면 자기도 모르게 씨익 웃음이 지어지는 잉그리스였다.

"하여간, 몸은 천사인데 내용물은 장군님이라니까. 자, 등이나 밀어줄게."

"……."

"뭐야, 그 표정은? 혹시 경계하고 있어?"

"그런 일이 있었으니 당연하지. 또 가슴을 만질 생각인 거지?"

"홋, 걱정하지 마. 오늘은 엉덩이를 주무를 거니까."

"절대 안 돼!"

그렇게 시시덕거리고 있을 때였다.

쿠구구궁……! 드드드드……!

정체불명의 커다란 진동과 함께 성 전체가 흔들렸다.

성 곳곳에서 터져 나오는 비명이 이곳 목욕탕까지 들려왔다.

천장 일부가 무너지며 욕탕 안으로 풍덩 떨어졌다.

"와, 와아아앗?! 뭐, 뭐야? 지진……?!"

"그럴지도. 규모가 상당한걸."

두 사람은 몸을 맞대고 한동안 상황을 지켜보았다.

이윽고 진동이 멈추자, 이번에는 다른 문제가 발생했다.

"마, 마석수다! 마석수가 나타났어!"

"합류해, 합류! 영주님을 지켜!"

"여자와 아이들은 서둘러 지하로 피난해!"

기사들의 다급한 목소리가 울려 퍼졌다.

"마석수?! 마을 밖에서는 아무런 보고도 없었는데?"

"어찌 됐든 우리도 힘을 보태야 해! 세이린 님한테 무슨 일이라도 생기면 큰일이야!"

"그래. 서둘러 옷부터 입자."

잉그리스와 라피니아가 몸을 일으킨 그 순간.

콰아아아앙!

목욕탕의 천장이 폭발하듯 무너졌다.

다행히 천장의 바위와 파편은 다른 곳에 떨어져 다친 사람은 없었다.

하지만.

갸아아아아! 기기기기익!

쥐같이 생긴 사족보행의 마석수가 천장에 난 구멍 속에서 뛰쳐나왔다.

심지어 한 마리도 아니었다. 눈으로 대충 세어도 십여 마리는 있었다. 덩치도 사자나 호랑이에 버금갈 만큼 거대한 게, 사람도 쉽사리 물어 죽일 수 있을 것 같았다.

"라니. 이 녀석들은 내가 맡을 테니까 마인무구와 옷을 집어와 줄래?"

알몸으로 싸우는 건 영 내키지 않았지만 어쩔 수 없었다.

"응. 알겠어, 크리스."

"그러면 간다……!"

잉그리스는 미끼가 되기 위해 적들 앞으로 돌진했다.

마석수 중 가까이 있던 세 마리가 먼저 달려들었다.

"여성이 목욕하고 있는데 쳐들어오다니, 매너가 부족하군……!"

잉그리스는 속도를 높여 선두의 마석수를 발로 후려쳤다. 마석수가 한 마리가 목욕탕 벽에 처박혔다. 곧장 다리를 다시 밑으로 내리면서, 회전에 몸을 맡겨 손등을 휘둘렀다.

두 마리째의 반쪽 얼굴이 뭉개지며 처음 날아간 마석수의 옆자리로 날아가 처박혔다.

잉그리스는 여기서 한 번 더 몸을 비틀어 세 마리째 마석수에게 뒤차기를 가했다.

이 공격도 마석수를 똑같은 장소로 날려 버렸고, 세 마리가 나란히 벽에 처박히는 신세가 되고 말았다.

"아직 멀었어!"

그것이 끝이 아니었다.

잉그리스에게 걷어차이고, 얻어맞은 마석수들이 똑같은 벽면에 줄줄이 날아가 부딪쳤다.

그러는 사이 라피니아도 목욕탕에서 이탈하는 데 성공했다.

그리고 현재, 목욕탕의 한쪽 벽에서는 십여 마리의 마석수 전부가 일렬로 나란히 처박힌 채 발버둥 치고 있었다.

"흐음."

썩 나쁘지 않은 성과였다.

누군가 보았다면 인간의 솜씨가 아니라며 경악했을 테지만,

잉그리스에게 있어서는 준비운동이나 다름없었다.

하지만 평범한 타격으로 마석수를 쓰러트리기란 결국 불가능했다.

당장은 움직임을 봉쇄해 두었지만, 내버려 두면 금세 다시 활력을 되찾고 빠져나올 것이다.

"……처치해 두기로 할까."

지금 같은 긴급 상황에서는 라피니아가 숨통을 끊으러 올 때까지 기다릴 시간조차 아까웠다.

잉그리스는 자신의 검지를 척 세웠다.

이윽고, 손가락 끝으로 푸르스름한 빛이 모여들었다.

잉그리스는 발버둥 치고 있는 마석수들이 일직선상에 놓이도록 손가락을 뻗었다.

"받아랏!"

피슈우우웅!

손가락 끝에서 가느다란 에테르 광선이 발사되었다. 모든 마석수를 관통한 빛줄기는 벽에 구멍을 내고는 밤하늘 너머로 사라져 버렸다.

마석수들은 한 차례 움찔하고 몸을 떨더니, 그대로 축 늘어져 절명했다.

이름하여 에테르 피어스. 에테르를 응축시켜 관통력을 높이는 공격법이었다.

에테르 공격은 섬세한 제어가 어려운 탓에 위력이 몹시 커지거나 범위가 넓어지거나 하기 쉬운데, 이 에테르 피어스는 위력과 범위를 최소한으로 억눌러 방출하는, 굳이 말하자면 잔기술이었다. 체력 소모도 다른 기술보다 적었다. 이런 잔기술을 사용할 수 있게 되었다는 말인즉 에테르를 제어하는 솜씨가 상당히 발전했다는 뜻이었다.

실제로 전생에서는 사용하지 못했던 기술이다.

잉그리스 유크스로 다시 태어나 비로소 한 단계 성장했다는 증거였다.

그래서 이 기술을 처음 습득했을 때는 기쁨을 주체할 수가 없었다.

"기다렸지, 크리스! 헉, 벌써 다 끝났어?! 빨라! 내가 나설 차례가 없잖아!"

"괜찮아. 앞으로 잔뜩 있을 테니까. 자, 어서 옷이나 입자."

"참, 그렇지."

잉그리스와 라피니아는 서둘러 옷을 입은 뒤, 욕실 벽을 차고 올라가 천장의 구멍을 통해 밖으로 나갔다.

이윽고 밑을 내려다본 두 사람은 안뜰에 자리 잡은 커다란 마석수를 발견할 수 있었다.

그 주변에는 마석수에게 당한 기사들이 피를 흘리며 쓰러져 있었다.

문제는 마석수가 인간의 형태를 갖추고 있다는 사실이었다.

등에는 날개가 달렸으며, 본래 여성이었는지 가슴 언저리가 부풀어 있었다.

그리고, 이마에는 하이랜더의 상징인 성흔이 새겨져 있었다.

"?! 설마……!"

"그, 그럴 수가……. 저 마석수가 세이린 님이라는 거야……?!"

라피니아가 떨리는 목소리로 그 이름을 입에 담았다.

마석수로 변한, 아니, 전락한 세이린은 보옥이 박힌 손바닥을 앞으로 내밀었다. 그러자 그곳에서 새하얀 섬광이 뿜어져 나왔다.

섬광에 닿은 성벽이 새빨갛게 달궈지며 녹아내렸다.

상당한 고온 열선(熱線)인 듯했다.

성은 이미 세이린이 발사한 섬광에 불바다가 되기 일보 직전이었다.

이를 막으려고 달려가던 기사들마저 고온의 열선에 휘말려 사라져 갔다.

이대로 가다가는……!

"……세이린 님이 마석수가 되다니. 핫, 설마!"

도대체 어째서 이런 일이 일어난 것일까. 고민을 거듭하던 잉그리스는 3년 전 일을 떠올렸다. 성기사였던 레온이 라알을 마석수로 만들어 버린 바로 그 사건을.

당시 레온은 프리즘 파우더라는 이름의 비약을 라알에게 먹였다고 했다.

그럼 그때와 똑같은 일이 이곳에서도?

비약은 혈철쇄 여단이라는 반 하이랜드 게릴라 조직이 줬다고
도 했었다.

"그렇다면 이건 혈철쇄 여단이 벌인 짓인가……?"

"레온 씨가 라알을 변화시켰던 때처럼……?!"

"응, 아마도. 하지만 어느 틈에……."

그때, 발밑에 펼쳐진 안뜰에서 한 여성의 드높은 웃음소리가
울려 퍼졌다.

"앗하하하하하! 저 꼴사나운 모습을 봐! 하이랜더 같은 건 사라
져 버리라지! 내 아들은 하이랜더에게 살해당했어! 절대로, 절대
로, 절대로 용서할 수 없어! 지옥에나 떨어져 버려어엇!"

반광란 상태로 부르짖고 있는 것은 다름 아닌…….

"미모자 씨……?!"

"그럴 수가! 미모자 씨가 세이린 님을……?!"

눈앞의 저 여성이 혈철쇄 여단의 내통자?

"그렇다면 가능성은 하나밖에 없어……! 미모자 씨가 끓여준
허브차. 그 차에다 프리즘 파우더를 탄 거야……."

"뭐?!"

프리즘 파우더는 인간에게 효과가 없다고 레온이 말했다.

함께 차를 마신 잉그리스와 라피니아는 그 사실을 몸으로 증명
한 셈이다.

세이린은 워낙 사람을 잘 믿는 성격이었다. 그래서 미모자의 속내를 알아채지 못하고 자신의 곁에다 둔 것일까?

아니, 위태로운 부분이 없잖아 있긴 하지만 세이린은 총명한 여성이다.

미모자의 속마음을 알고도 그녀의 마음을 풀어주려고 일부러 곁에 두었을 가능성이 컸다.

언젠가는 반드시 알아주리라 믿고 있었겠지.

그런 의미에서 보자면 역시 세이린은 사람을 너무 맹신한 것일지도 모른다.

결국, 그 성격이 지금과 같은 결과를 초래하고 말았으니까.

"아하하하하하!"

세이린의 손바닥이 미친 듯이 웃고 있는 미모자에게 향했다.

한 줄기의 열선이 미모자의 상반신을 흔적도 없이 불태웠다. 덩그러니 남은 하반신이 균형을 잃고 쓰러졌다.

허망한 죽음이었다.

"어, 어째서 저런 짓을 하는 거야……?! 자기가 죽으면 그게 다 무슨 소용인데……?!"

라피니아가 울먹이며 외쳤다.

"논리로 설명할 수 있는 게 아니야. 증오라는 건 그리 간단히 사라지지 않아."

"세이린 님이 저지른 짓이 아닌데도?!"

"응……. 원한을 모든 하이랜더한테로 돌렸던 걸 거야, 분명……."

"그건 복수도 뭣도 아니잖아! 잘못돼도 단단히 잘못됐어!"

"……일단은 세이린 님부터 멈추도록 하자. 내가 막고 있을 테니까, 라니는 다른 마석수들을 쓰러트려 줘!"

"으, 응……! 있잖아, 크리스. 뭐라도…… 뭐라도 좋으니 방법을 찾아봐 줘! 부탁할게!"

"알겠어……. 최대한 시도해 볼게. 그럼 움직이자."

두 사람은 옥상에서 낮은 옥상으로 뛰어내리길 반복하며 안뜰에 착지했다.

"여러분, 어서 달아나세요! 이곳은 저희가 맡겠습니다!"

잉그리스는 큰소리로 외치며 마석수로 변한 세이린 앞으로 달려 나갔다.

"기사분들도 저희 걱정은 마시고 달아나 주세요!"

라피니아도 소리치며 다른 마석수들에게 빛의 화살을 꽂아 넣었다.

라피니아가 상대 중인 마석수들은 성에 서식하는 쥐에게 프리즘 파우더를 먹여 만든 녀석들일 가능성이 컸다. 숫자는 별로 많지 않았다. 라피니아에게 맡겨 두면 충분할 것이다.

오오오오오……!

괴로운 듯한, 한편으로는 슬픈 듯한 포효와 함께 세이린의 손바닥이 잉그리스를 향했다.

잉그리스는 함부로 피하지 않고 가만히 자리에 머물렀다.

잉그리스가 여기저기 피하고 다니면 열선이 어디로 튈지 알 수 없다.

피해를 최소화하기 위해서라도 직접 받아치는 편이 나았다.

"하아아압!"

에테르 셸을 발동시켰다. 잉그리스의 몸이 푸르스름한 빛으로 둘러싸였다.

그 직후, 세이린이 잉그리스를 향해 열선을 발사했다.

"멈춰 주세요!"

잉그리스는 엄습해 오는 열선에 주먹을 내질렀다.

그러자 새하얀 섬광은 궤도가 확 꺾이며 밤하늘을 향해 치솟았다.

만약 이 섬광을 맨몸으로 받아냈다면 큰 부상을 면치 못했으리라.

하지만 에테르의 파동을 몸에 두르면 이와 같은 재주를 부릴 수도 있었다.

두 번, 세 번. 세이린은 잉그리스를 향해 열선을 발사했지만 모든 공격이 밤하늘 너머로 사라져 버렸다.

오 오 오 오!

이제 세이린은 잉그리스를 직접 노리는 대신 근처의 벽과 나무를 향해 열선을 발사하기 시작했다.

건물 파편과 쓰러트린 나무 기둥으로 공격을 할 셈인 모양이었다.

"그렇게는 안 됩니다!"

잉그리스는 먼저 세이린의 손바닥 앞으로 뛰어들어 열선을 튕겨냈다.

그런데 이번에는 세이린의 손바닥에서 열선이 갈라져 나와 주위로 방사되었다.

"……! 하아아아앗!"

그 무수한 광선조차 잉그리스는 전부 막아내 보였다.

무서우리만치 빠르고, 또 유려한 움직임이었다.

다른 사람들의 눈에는 달빛 아래서 춤을 추는 미의 여신처럼 보였다.

어서 달아나야 하는데도 자기도 모르게 걸음을 멈추고 그 모습에 매료되고 말았다.

"괴, 굉장해! 너무 굉장해서 말이 안 나와……."

"똑같은 사람이 여러 명 있는 것처럼 보여……!"

"아, 아름다워……! 꿈이라도 보고 있는 걸까?"

잉그리스는 그쪽을 쳐다보며 다시 한번 경고했다.

"구경하고 있을 때가 아니에요! 어서 도망가요!"

그리고 곧장 세이린에게로 시선을 되돌리는 잉그리스.

바로 그때, 세이린의 어깻죽지에 황금의 창이 박히는 것이 보였다.

붉은 머리카락을 지닌 미모의 여인, 하이랄 메나스 시스티아였다.

그녀가 높은 곳에서 뛰어내리며 세이린에게 창을 꽂아 넣은 것이다.

오오오오……!

시스티아의 일격에 세이린은 고통 어린 포효를 내질렀다.

깊숙이 박힌 창대를 타고 보라색 액체가 흘러내렸다.

"죽어라!"

"안 돼! 멈추세요!"

곧이어 연속 찌르기를 구사하려는 시스티아를 저지하기 위해 잉그리스가 돌진했다.

몸통 박치기를 당해 날아간 시스티아는 가까운 벽에 등을 세게 부딪쳤다.

"크윽……! 방해하지 마라! 지금은 너와 싸우기 위해 온 게 아니야! 어서 뒤처리하지 않으면 피해가 커지잖아!"

"당신, 혈철쇄 여단이었나요?"

"그걸 왜 묻지……?"

"제가 그때 당신을 쓰러트려 두었더라면……."

지금이라도 쓰러트려 놓는 것이 좋을까. 그렇게 생각하며 주먹을 움켜쥐는 잉그리스의 등 뒤에서 목소리가 들려왔다.

"아니, 그래 봤자 의미는 없어. 우리 동지들은 항상 프리즘 파우더를 휴대하고 있다. 동지였던 미모자 역시 마찬가지. 네 탓이 아냐."

어느샌가 등 뒤에 사람이 서 있었다.

그리고 잉그리스의 주먹에는 검은 장갑을 낀 손이 얹혀 있었다.

"……?!"

"불량기사들을 뒤에서 조종해 하이랜더를 습격하는 계획이 실패로 돌아갔기 때문에 미모자가 대신 움직인 거다. 자신의 몸조차 불사르며 임무를 수행하다니, 존경을 금치 못하겠군."

"대체 누구죠, 당신은?!"

기묘한 남자였다.

얼굴을 뒤덮은 새까만 철가면에, 전신을 온통 검은색으로 물들인 의상과 외투.

체격과 목소리로 성별이 남자라는 사실 정도만을 알 수 있었다.

다만 뭉개져 들리는 그 목소리는 어디선가 들어본 적이 있는 것도 같았다.

"나는 혈철쇄 여단을 이끄는 자. 이름을 갖지 못했으니 원하는 대로 부르도록. 이 마을을 지키기 위해서 달려왔다."

흑가면의 남자는 이름을 댈 생각이 없는 듯했다.

"본인들이 일을 벌여 놓고 말인가요?"

"그래서다. 하이랜더는 제거해야 마땅하지만, 이곳에 사는 사람들은 죄가 없지. 그들을 상처 입힐 수는 없는 노릇이다."

"어느 쪽도 상처 입히지 않을 겁니다."

"마석수를 원래대로 되돌릴 수단은 없어. 뭘 어쩔 작정이지?"

"……지금 생각하고 있습니다. 방해하지 말아 주세요."

"네 사정에 어울려 줄 것 같아?!"

시스티아가 세이린을 향해 돌진했다.

"어림없습니다!"

잉그리스가 그녀의 뒤를 쫓았다.

그런데 그때, 흑가면이 나타나 앞길을 막아섰다.

"비키세요!"

잉그리스는 그를 날려 버리기 위해 에테르 셸을 감은 채 주먹을 휘둘렀다. 하이랄 메나스조차 일격으로 행동불능에 빠트리는 강력한 공격이었다.

하지만…….

콰아아아앙!

흑가면이 내민 손이 잉그리스의 주먹을 받아내며 굉장한 소리를 냈다.

"아니?!"

"크으윽……! 엄청나게 무거운 주먹이군……!"

잉그리스의 주먹은 흑가면의 손을 튕겨내긴 했지만, 그것이 전부였다.

사실상 공격이 막혔다.

에테르를 발동시킨 잉그리스의 주먹을 제대로 받아낸 사람은 지금껏 단 한 명도 없었다.

세상은 아직 넓다는 생각이 들었다. 이런 자도 있는 것이다.

훌륭했다. 흥미롭기 그지없다.

무인의 본능이 이 상대와 전력을 다해 싸우고 싶다고 아우성

쳤다.

하지만 당장은 시스티아를 멈추는 것이 급선무!

"비켜요!"

"미안하게 됐군! 그럴 수는 없어!"

잉그리스의 맹렬한 연타가 이어졌지만 흑가면은 방어에 전념해 견뎌냈다.

발만 묶으면 된다는 속셈이 적나라하게 전해져 오는 전법이었다.

그러는 사이 시스티아가 세이린에게 접근했다.

"이걸로 끝이……! 크윽?!"

하지만 시스티아도 세이린을 코앞에 두고 물러서고 말았다.

빛의 화살이 그녀 앞에 쏟아졌다. 라피니아였다.

"마음대로 하게 두지 않겠어! 세이린 님은 친구란 말이야!"

그녀는 시스티아를 방해하기 위해 빛의 화살을 마구 연사했다.

"그렇다면 너부터다!"

시스티아의 시선이 라피니아에게로 향했다.

바로 그때.

"세, 세이린 니임!"

"세이린 님, 괜찮아?!"

"다친 거야……? 아프진 않아……?"

리노, 미유미, 치코. 세이린이 성으로 거두어들여 귀여워해 주고 있던 아이들이 나타났다.

아직도 도망치지 않고 남아있었던 모양이다.

아이들은 이 마석수가 세이린이라는 사실을 바로 알아차리고는 걱정스러운 표정으로 세이린에게 다가가려 했다.

그러나 세이린의 손바닥이 그 아이들을 겨냥했다. 손바닥 한가운데 빛이 모였다.

"린, 미유미, 치코! 얼른 도망가!"

라피니아가 비명을 내질렀다.

"이런……! 막아라, 시스티아!"

"예!"

시스티아가 전속력으로 달려갔지만, 제때 맞추기는 어려워 보였다.

그 순간, 아이들을 향하고 있던 세이린의 손바닥이 부들부들 떨리기 시작했다.

마치 온 힘을 다해서 필사적으로 저항하는 것처럼 보였다.

그리고 열선이 발사되기 직전, 세이린은 손바닥의 방향을 자기 자신에게로 돌렸다.

"아……!"

잉그리스는 확신했다.

비록 희미하기는 하지만 세이린에게는 아직 자아가 남아있었다.

아이들을 목전에 두고, 적어도 아이들만큼은 상처 입히지 않기 위해 열선으로 자결하려 하는 것이다.

만약 그녀가 거짓말을 하고 있었다면 이러한 선택을 할 수 있었을까. 지상 사람들을 돕고 싶다던 세이린의 소망은 역시 전부 사실이었다.

너무나도 이상적인 이야기를 늘어놓는 바람에 무언가 다른 의도가 있을지도 모른다고 잉그리스는 내심 그녀를 의심했었다.

세이린이 어떤 인물인지를 알게 된 이상, 더더욱 이곳에서 죽게 만들 수는 없었다.

"에테르 피어스!"

잉그리스의 손끝에서 발사된 에테르 광선이 세이린의 손바닥에 명중했다. 그러자 열선의 궤도가 목표를 벗어나 하늘로 치솟았다.

"후우……! 성공했다!"

"잘했어, 크리스!"

"무슨 짓이냐! 지금 녀석은 자결하려 했단 말이다! 저대로 순순히 죽게 내버려 두었으면 좋았을 것을!"

시스티아가 잉그리스를 매도했다.

그녀가 뭐라고 떠들든 잉그리스는 신경도 쓰지 않았지만, 당장 세이린을 구할 방법이 떠오르지 않았다. 이대로 세이린을 구해내지 못한다면 분명 후회가 남을 것이다.

라피니아가 재기할 수 있을지도 걱정이었다.

여비도 보충했겠다, 원래 계획대로라면 군것질을 실컷 하며 즐거운 여행을 계속해 나갈 생각이었다.

아르멘 마을에 들러 얼음 속에 보존되어 있다는 프리즈마의 사체도 구경하고 싶었다.

이대로는 무엇을 하더라도 암울한 여행길이 되고 말 것이다.

그러한 생각을 이어나가던 와중, 잉그리스의 머릿속에서 뭔가가 번뜩였다.

'맞아……. 적어도 급한 불을 끄는 정도라면 가능할지도 몰라!'

"제안이 있습니다! 잠시 세이린 님을 상처 입히지 말고 주의를 끌어 주세요! 시험해 보고 싶은 것이 있습니다! 그래도 안 된다면 더는 당신들을 방해하지 않겠습니다! 어떠신가요?"

잉그리스가 흑가면과 시스티아에게 교섭을 요청했다.

"우리가 왜 그런 제안을……!"

"기다려, 시스티아. 흠…… 그럼 거래를 하지. 뭘 하려는지는 모르겠지만, 용건이 끝나면 성공 여부를 불문하고 곧바로 이 마을을 떠날 것. 그렇게 하겠다면 제안을 받아들이겠다. 우리는 '부유마법진'을 파괴할 예정이거든. 너희들에게 방해를 받으면 성가셔질 테지."

흑가면이 시스티아를 제지하며 대답했다.

"……알겠습니다. 이번 기회에 당신과 겨뤄볼 수 없다는 사실은 아쉽지만요."

"그건 사양하지. 너와는 맞붙기보다는 같은 편에 서서 싸우고 싶으니. 그럼, 거래는 성립이다. 시스티아! 약속대로 놈에게 손대지 않고 주의를 끌어라!"

"예! 알겠습니다!"

시스티아는 흑가면이 하는 말이라면 절대복종인 듯, 순순히 승낙하며 움직임을 개시했다.

이것으로 잉그리스가 행동에 나서기 전까지 세이린은 안전했다.

"크리스! 어떻게 하려고……?! 내가 도와줄 일은 없어?"

"괜찮아. 라니의 도움이라면 벌써 잔뜩 받았으니까."

"무슨 뜻이야?"

"보고 있으면 알아. 내 나름대로 세이린 님을 멈춰 보려고."

"응……! 부탁해, 크리스!"

"시작할게."

잉그리스는 눈을 감은 뒤 호흡을 가다듬었다.

그리고 종종 힘을 보이기 위해 사용했던 기술을 발동시켰다. 에테르를 마나로 바꾸기 시작한 것이다.

단, 평소와는 달리 일부가 아닌 전부였다.

잉그리스는 현재 그러모을 수 있는 모든 에테르를 마나로 변환시켜 나갔다.

"하아아아앗!"

이대로 내버려 두면 마나는 무산되어 사라져 버릴 뿐이다.

물론, 그렇게 둘 생각은 없었다. 괜히 힘을 방출한 것이 아니다.

상당한 피로감이 몰려왔지만, 잉그리스는 개의치 않고 다음 단계로 나아갔다.

바로 마나의 제어였다.

마인은 마나 감지 능력을 지니지 못한 현대인을 대신해 마나의 흐름을 안정화하는 장치.

마인무구는 이를 받아 과거 시대의 마법과 흡사한 온갖 기술들을 발생시키는 장치.

즉, 마나의 흐름을 자력으로 재현할 수 있다면 같은 현상을 일으킬 수 있다.

잉그리스는 열두 살 무렵에 이미 에테르를 마나로 변환시킬 수 있었다. 그리고 지난 3년간, 잉그리스는 에테르로 변환시킨 마나를 유용하게 쓸 수 없을까 하는 마음에 수련을 거듭해 왔다.

에테르의 제어는 난도가 높으므로 여러 파장을 한꺼번에 다루기는 어려웠다.

예를 들어, 에테르 셸을 발동시킨 채로 에테르 스트라이크를 날리는 것은 현재로선 불가능했다.

하지만 마나는 에테르보다 위력이 약한 대신 제어가 쉬웠다.

일찌감치 변환시켜 둔 마나를 사용한다면 에테르를 사용한 전법과 양립을 할 수 있을지도 모른다.

그렇다면 일시적으로 발휘할 수 있는 전투력의 최대치가 늘어나겠지, 라는 발상에서 시작한 수련이었다.

먼저 라피니아가 마인무구를 사용하는 모습을 지그시 관찰하며 마나의 배치와 흐름 패턴을 기억했다.

자력으로 재현해 낼 수 있을 때까지 몇 번이고, 몇 번이고 그것을 반복했다.

처음으로 성공하기까지 2년이라는 시간이 걸렸다.

마나의 흐름은 하급 마인무구 쪽이 단순했기 때문에, 라피니아한테는 일부러 하급 마인무구를 사용해 달라고 부탁했다.

현재는 중급 마인무구의 능력까지 재현해 낼 수 있게 되었다.

중급 마인무구의 경우, 기프트라 불릴 정도로 강력한 능력은 없지만, 화염을 쏘거나 얼음을 만들어 내는 등, 초급 마법 수준 정도는 구현해낼 수 있었다.

잉그리스가 번쩍 눈을 떴다. 마나의 제어가 모두 끝났다.

이제 남은 것은 마나 전부를 이 기술에 쏟아붓는 것뿐!

"얼어붙어라!"

쩌적, 쩌저저적!

세이린의 발밑에 냉기를 발산하는 얼음이 출현했다.

얼음은 거대해진 세이린의 몸을 순식간에 뒤덮어 완전히 가둬 버렸다.

그 모습은 마치 느닷없이 솟아난 빙산을 연상시켰다.

"후우…… 성공한 건가."

잉그리스가 벅찬 숨을 내쉬며 말했다.

마나는 에테르와 비교했을 때 힘의 낭비가 심하고, 출력이 약했다.

이만한 얼음덩어리를 만들어 내기 위해 대부분의 체력을 소진하고 말았다.

"괴, 굉장해……! 이렇게 커다란 얼음덩어리를 크리스가……!"

"……무시무시한 크기로군."

라피니아와 시스티아는 경악을 금치 못했다.

"효율이 나쁜 마나로 용케 이렇게까지 해냈군."

흑가면도 애매하게 돌려서 말하기는 했지만 어쨌든 감탄한 눈치였다.

"이, 있잖아, 크리스. 확실히 얌전해지기는 했는데……. 세이린 님이 죽거나 하지는 않았겠지?"

"마석수의 생명력이라면 걱정 없겠지. 얼음이 녹으면 다시 움직일 수 있을 거야. 우선은 이대로 세이린 님을 먼 곳까지 옮기자. 어쨌든 이곳에 놔둘 수는 없는 노릇이니까. 뒷일은 격리하고 나서 생각하자."

"오, 옮길 수 있으려나……. 이렇게 커다란걸."

"그래도 하는 수밖에. 잠깐 쉰 다음에 내가 들어서 옮길게."

"그런 몸으로는 제대로 옮길 수도 없을 텐데? 우리로서는 너희들이 약속대로 빨리 떠나 줬으면 좋겠다만."

"어쩔 수 없습니다. 참아 주세요."

"이거 실례. 화나게 할 생각은 없었어. 옮기기 쉽게 도와주겠다는 말이었다."

"? 무슨 뜻인가요?"

"뭐, 보고 있어라."

흑가면은 세이린이 갇혀 있는 얼음덩어리로 다가가 손을 얹었다.

그러자 흑가면의 손이 닿은 부분에서 푸르스름한 연기처럼 보이는 빛이 피어올랐다.

공중으로 피어오른 빛은 그대로 흩어져 사라져 버렸다.

그 빛의 정체는…….

"에테르……?!"

잉그리스는 자신 이외에 에테르를 다루는 인간을 처음 보았다.

그렇다면 이 남자도 디바인 나이트란 말인가?

디바인 나이트가 되기 위해서는 신의 축복이 필요하다.

혹시 아직도 이 세상 어딘가에 신이 존재하고 있는 것일까?

전부터 줄곧 의아하게 여겼지만, 전생한 이 세상에서는 신의 기척이 느껴지지 않았다.

잉그리스를 디바인 나이트로 만들어 제2의 인생을 살게 해 준 여신 아리스티아는 물론, 그 외의 다른 신들도 마찬가지였다.

디바인 나이트는 반인반신. 의식을 집중시키면 따뜻한 눈으로 세상을 지켜보고 있는 신들의 기척을 느낄 수가 있다. 하지만 이번 생에서는 그것이 없었다.

세상과 인간이 신들로부터 자립한 것일까? 아니면 신들에게 버려지고 만 것일까?

그것까지는 알 수 없었다. 하지만 또 다른 디바인 나이트가 눈앞에 나타난 이상, 잉그리스가 모르는 곳에서 무슨 일이 벌어지고 있다는 것만큼은 확실했다.

게다가 흑가면은 굉장히 복잡한 방식으로 에테르를 제어하고 있었다. 잉그리스조차 그 흐름과 원리를 제대로 이해할 수 없을 정도였다.

"에테르의 구성 비율이 바뀌지 않도록 분해해 나가는 거다. 그러면 본래의 모습을 유지한 채로……."

흑가면의 중얼거림과 함께 연기처럼 피어오르던 에테르의 양이 폭발적으로 증가했다.

그리고 얼어붙은 세이린에게도 변화가 일어났다.

흑가면의 말대로 본래의 모습을 유지한 채, 얼음덩어리째로 작아지기 시작한 것이다.

"와! 와! 작아지고 있어!"

"……! 대단해!"

잉그리스로서는 엄두조차 나지 않는 에테르 제어법이었다. 자신의 에테르 제어와는 차원이 달랐다. 마석수의 신체와 이를 뒤덮는 얼음, 즉, 이미 존재하는 물체를 에테르로 환원한 것이다.

심지어 일괄적으로 변환시킨 것이 아니라, 본래의 모습을 고스란히 유지하는 섬세한 조작이었다. 생명체의 복잡한 에테르 구성을 완벽하게 이해하지 못하면 불가능한 짓이었다.

이윽고 거대한 얼음은 한 손으로 움켜쥘 수 있을 만한 크기의 얼음덩어리가 되었다. 그 안에는 마석수로 변한 세이린의 모습이 비치고 있었다.

흑가면은 작아진 얼음덩어리를 집어 들더니, 잉그리스에게 다가와 그것을 건네주었다.

"이제는 좀 옮기기 쉬울 테지. 육체를 구성하고 있던 에테르를 무산시켰기 때문에 원래의 크기로 돌아가기는 어려울 거다. 즉, 이대로 얼음에서 나오더라도 원래 크기로 돌아가 날뛸 일은 없어."

"……고맙다고 말할 생각은 없습니다만, 솔직히 놀랐습니다. 에테르를 그런 식으로 사용할 수 있다니."

"에테르의 움직임이 완전히 멈춘 상태가 아니면 어렵다. 네가 얼음덩어리로 만들어 준 덕분이야."

"……분하네요. 지금의 저로서는 흉내 낼 수 없을 것 같아요."

"각자 분야가 다르다고 봐야지. 너는 힘이 뛰어난 편이고, 나는 기술이 뛰어난 편이다. 나한테는 너만 한 출력이 없어."

"저는 힘과 기술 모두 극한으로 끌어올리고 싶습니다……!"

"후후. 패기가 넘치는군……. 그럼 이만 떠나 주실까. 설마 게릴라와 한 약속은 지킬 필요도 없다고 말하지는 않겠지?"

"그러면 이 성의 관계자와 마을 사람들은……."

"주민은 건들지 않을 테니 안심해라. 반드시 지키겠다. 우리의 적은 하이랜드뿐이야."

"알겠습니다."

"그럼 또 만나지."

"적으로 나타나 주신다면, 얼마든지요."

잉그리스는 그렇게 말하며 흑가면을 날카롭게 노려보았다.

"천사처럼 생겨서는 참 무시무시한 아가씨로군……."

천하의 흑가면도 약간은 당황하는 눈치였다.

"라니. 가자. 얼른 세이린 님의 얼음을 녹여 드려야지."

"알았어! 그, 그럼 이만……!"

라피니아는 흑가면과 시스티아에게 고개를 살짝 숙여 보이고는 잉그리스의 뒤를 따랐다.

사실, 그들에게 고개를 숙일 필요는 없었다. 세이린에게 프리즘 파우더를 먹이라고 뒤에서 지시를 내린 장본인이니까.

마석수로 변한 세이린을 죽이지 않아도 된다는 사실에 라피니아가 얼마나 안도했는지를 보여주는 대목이었다.

얼마 후.

노바 마을을 떠난 잉그리스 일행은 그대로 왕도 방면으로 이어지는 여행길에 올랐다.

그리고 프리즈마의 얼어붙은 사체가 있다는 아르멘 마을에 거의 다 도착했을 무렵.

뚝, 뚝.

마부석에 앉아 있는 잉그리스의 콧등에 빗방울이 떨어졌다.

"아. 비다."

프리즘 플로가 아닌 평범한 비였다.

하지만 언제 프리즘 플로로 바뀔지 알 수 없는 노릇.

따라서 비가 내리면 일단 피하고 보는 것이 상책이었다.

"정말이네! 어디서 그칠 때까지 기다리자, 크리스!"

"응. 저 나무 밑에다 마차를 댈게."

잉그리스는 커다란 나무 밑으로 마차를 이끌었다.

"발이 묶이고 말았네……. 빨리 아르멘 마을에 가 보고 싶은데."

"어쩔 수 없잖아. 느긋하게 가자. 기사 학교 입학식까지는 아직 여유가 있으니까."

라피니아가 마부석에 벌렁 드러누우며 말했다.

"안에서 모포라도 가져와서 덮는 게 어때? 감기 걸려."

그때 불현듯 잉그리스의 가슴께가 꼼지락꼼지락 움직였다.

그리고 가슴골에서 불쑥 얼굴을 내민 것은, 마석수화한 세이린……이 작아진 모습이었다.

흑가면에 의해 작아진 세이린은 그 이후 잉그리스가 얼음을 녹여 주자 금세 부활했다.

이토록 작고 귀엽지만 마석수는 마석수.

대화를 나눌 수도 없거니와, 성미도 거칠고 공격적이었지만, 그래도 잉그리스와 라피니아를 기억하고는 있는지 조금씩 따르고 있었다.

한동안 여행을 함께한 현재는 두 사람의 애완동물 비슷한 존재가 되어 있었다.

두 사람 사이에서는 린이라는 이름으로 불리고 있다. 세이린에서 린을 따온 것이다.

그리고 난감하게도 린이 가장 좋아하는 장소가 바로 이곳, 잉그리스의 가슴이었다.

라피니아는 사이즈가 좀 부족했는지 가슴에 들어가고 싶을 때는 무조건 이쪽으로 찾아왔다.

"리, 린. 너무 그렇게 꼼지락거리지 마. 간지러워……."

린은 고개를 갸웃해 보이더니, 다시금 얼굴을 쏙 집어넣었다.

그리고…….

꼼지락꼼지락, 꼼지락꼼지락!

조금 전보다도 훨씬 맹렬하게 꼼지락대기 시작했다!

"히익?! 앗, 그만해, 린……! 라니, 린 좀 어떻게 해 줘!"

"응? 안타깝지만 나는 그렇게 하고 싶어도 불가능해서. 힘내, 크리스."

"매정해!"

흐뭇한 표정으로 그 모습을 지켜보는 라피니아. 하지만 잠시 후 린이 얌전해지자 그녀는 불현듯 한숨을 푹 내쉬었다.

"라니. 왜 그래?"

"있잖아, 크리스. 세이린 님은 무척 좋은 사람이었잖아?"

"그렇지."

"하지만 하이랜드의 고위층들은 노바 마을을 통째로 뺏어가려 했고."

"응. 세이린 님은 그걸 막으려고 애썼지."

"그리고 혈철쇄 여단 녀석들도 마을을 지키기 위해서라고 말했지?"

"맞아. '부유마법진'을 파괴하겠다는 말도 했고……."

"결국, 뭐가 올바르고 뭐가 잘못된 건지 모르겠어. 머릿속이 정리가 안 돼……."

"……라니, 청춘이구나?"

"엥? 이게 청춘? 내가 아는 청춘이랑은 뭔가 다른데……. 크리스는 이런 고민 없어?"

"응. 깊게 생각하지 않으니까. 강해지는 것만 생각하면 딱히 고민할 일도 없어. 라니도 그렇게 할래?"

"아하하하, 크리스답네. 나는 사양할게."

"그래. 납득이 될 때까지 실컷 고민하도록 해. 나는 앞으로도 라니 편이야."

잉그리스는 누워 있는 라피니아의 검은 머리카락을 살포시 쓰다듬었다.

"응. 고마워."

그렇게 비가 그치고, 잉그리스 일행은 아르멘 마을에 도착했다.

아르멘 마을 중심부에는 웬만한 성에 뒤지지 않는 커다란 대성당이 있는데, 얼음 속에 보존된 프리즈마의 사체는 그 대성당 안에 안치되어 있었다.

사실, 안치되어 있다는 표현은 조금 부정확하다. 당시 사람들은 마석수의 최강종인 프리즈마를 쓰러트리기는 성공했지만 이를 옮길 수도, 처리할 수도 없었다고 한다. 그래서 사체 주변을 구조물로 뒤덮고, 만약에 대비해 경비 전력을 배치했다. 그리고 그들을 먹이기 위해 자연스럽게 마을이 들어서게 된 것이다.

그런 이유로 대성당은 항상 엄중한 경계를 받고 있지만…… 특별한 허가를 받으면 안에 들어갈 수 있었다.

라피니아는 빌포드 후작가의 따님이었으며, 무엇보다 왕도에서 활약 중인 성기사 라파엘의 여동생. 즉, 그 특별한 허가를 받을 만한 인물이었다. 잉그리스는 동행자 신분으로 라피니아와 함께했다.

"우와아…… 저게 프리즈마구나. 강해 보여……."

마석수화한 라알과 세이린도 컸지만, 그 몇 배, 아니, 열 배는 달할 것 같은 웅장한 모습이었다.

아름답게 반짝이는 무지갯빛 날개를 가진, 거대한 새 형태의 마석수였다.

처음 대성당을 봤을 때도 상당히 크다고 생각했는데, 안으로 들어가니 더 깊숙이 구멍이 파여 있고, 프리즈마의 몸 대부분은 그 구멍에 들어가 있었다. 지상으로 튀어나온 부분은 일부분일 뿐이었다.

프리즈마를 살펴보니 날개와 다리 등 신체 곳곳이 망가져 있었지만, 그런데도 얼음 속에서는 불길한 힘의 파동이 전해져 왔다.

잉그리스는 어쩌면 프리즈마가 완전히 죽음을 맞이한 것이 아닐지도 모른다는 생각이 들었다. 프리즈마의 온전한 모습을 본 적이 없기에 단언할 수는 없지만.

"어휴, 크리스. 그렇게 눈을 반짝반짝 빛내면서 쳐다보면 어떡해. 다들 이상한 애라고 생각할걸?"

대성당 안에 들어올 수 있는 것은 상급 기사, 높은 신분의 귀족, 행정관 등 남들을 부리는 자리에 앉은 사람들이다. 그들이 프리즈마라는 위협을 피부로 직접 느끼게 만들어 경각심을 부여하는 것이 대성당 견학의 목적이다.

따라서 이 광경을 목격하는 자들은 긴장감을 느끼며 표정을 딱딱하게 굳히는 것이 보통이었다. 어떤 의미로는 그래야만 했다.

그런데 잉그리스는 예쁜 드레스와 액세서리에 푹 빠진 소녀처럼 황홀한 눈동자로 프리즈마를 올려다보고 있었다.

절대로 평범하지 않은 반응이었다. 경비를 서는 기사들로부터 의심을 사더라도 할 말이 없었다.

"훌륭해……. 싸워보고 싶어……. 린처럼 얼음을 녹이면 움직이지 않을까?"

당사자인 린은 본능적으로 프리즈마를 무서워하는 눈치였다. 잉그리스의 가슴골 사이로 두 눈만 빼꼼히 꺼내 바깥을 쳐다보고 있었다.

"큰일 날 소리 마, 크리스……! 여기서는 수상한 말을 했다는 이유만으로도 붙잡혀 갈 수 있단 말이야……!"

"그렇지만 들어봐. 저거, 얼어 있기는 해도 안쪽에서 무슨 힘이 두근두근 맥동하는 게 느껴져. 아직 죽지 않았을지도 몰라. 그러니 밖으로 꺼내서 완전히 처리하는 편이 좋을 것 같아. 나한테 맡겨 주지 않으려나."

"그러니까 그런 말을 하면 위험하대도……!"

"거기 너희들!"

바로 그때, 대성당 안의 경비를 맡고 있던 기사가 두 사람을 불렀다.

"히익! 아하하하…… 아무것도 아니에요. 이 애가 가끔 헛소리 하거든요. 보세요, 엄청 귀엽게 생겼죠? 그 대신 성격에 쪼끔 하자가 있어서……. 하지만 걱정하지 마세요! 제가 옆에서 지켜보고 있으니까요!"

웃음과 말재주로 어떻게든 얼버무리려는 라피니아를 보며 기사는 고개를 가로저었다.

"당최 무슨 말을 하는지는 모르겠다만, 그게 문제가 아냐! 지금 마을에 마석수가 출현한 모양이다! 위험하니 소란이 진정될 때까지는 성당에 있도록. 이곳은 경비가 엄중해서 안전……."

"마석수가? 좋았어! 의욕이 솟는걸!"

잉그리스는 씨익 웃으며 대성당 입구를 향해 달려갔다.

마침 프리즈마를 보고 좀이 쑤시던 차였다.

그것을 마석수와의 싸움으로 해소할 작정이었다. 물론, 프리즈
마에 비할 바는 아니겠지만.

"이, 이봐!"

경고하러 온 기사가 불러 세웠지만 들어줄 잉그리스가 아니
었다.

"크리스도 참! 오늘따라 가만히 있지를 못하네……. 그래도 싸
우러 가는 건 나도 찬성!"

자신들의 도움을 기다리는 사람도 있을지 모른다.

이 안전한 장소에서 가만히 죽치고 있는 것은 라피니아의 정의
감에 반하는 일이다.

"죄송해요! 가 보겠습니다! 충고해 주셔서 감사해요!"

라피니아는 인사를 건넨 뒤 잉그리스의 뒤를 쫓았다.

잉그리스는 밖으로 나와 상황을 살폈다. 온 마을이 마석수에
뒤덮여 있었다.

특히 새 종류가 많았는데, 하늘과 지붕 위에 자리를 틀고 있
었다.

하지만 영격에 나선 기사들의 수도 만만치 않았다.

원래 이곳은 프리즈마의 사체를 감시하기 위해 세워진 마을이
니 다른 마을보다도 마석수에 대항할 전력이 많은 게 당연했다.

자, 그럼 어디부터 손을 써볼까. 잉그리스는 마을을 달리면서 주변을 물색했다.

오른쪽 통로 끝의 막다른 광장!

날지 못하는 새처럼 생긴 마석수가 열 마리쯤 우글거리고 있었다. 기사들이 일부러 몰아넣은 것이다. 반대편에서 기사들이 일렬로 통로를 틀어막고 마석수를 향해 한 걸음, 한 걸음 접근하는 것이 보였다.

"……당하게 내버려 둘 수는 없지!"

땅을 박차며 내달린 잉그리스는 순식간에 기사들을 따라잡아 그들의 머리 위를 가뿐히 뛰어넘어 혼자서 마석수 무리 안으로 돌진했다.

"우왓?! 뭐, 뭐지……?!"

"이, 이봐! 어딜 가려고! 위험해, 어이!"

"무모한 짓 하지 마! 멈춰! 돌아와……!"

등 뒤에서 잉그리스를 걱정하는 기사들의 비명에 가까운 목소리가 들렸다.

"고맙습니다. 괜찮아요."

마음만이라도 받아 두자.

그런 취지에서 잉그리스는 뒤를 돌아보며 미소 지었다.

하지만 바로 그 순간, 통로 한쪽에서 사람 그림자가 튀어나왔다.

"멍청아! 대체 무슨 생각이야?!"

"우왓……?!"

갑자기 뛰어나온 그림자는 몸을 날려 잉그리스를 바닥에 제압해 보였다.

에테르를 사용하지 않았다고는 하지만, 자신의 움직임을 따라 잡아 멈춰 세우다니.

대체 정체가 뭐지? 상당한 실력자로군.

잉그리스는 그렇게 생각하며 문제의 인물을 주목했다.

잉그리스와 비슷한 연령대의 소녀로, 머리카락 색은 남색에 가까웠다.

"마인도 마인무구도 없으면서 마석수가 우글대는 곳으로 뛰어들다니, 자살행위야! 모처럼 예쁘게 태어났는데 아깝지도 않아? 목숨을 함부로 하지 마!"

필사적으로 설득하는 것치고는 그녀 본인도 상당히 아름다운 외모의 소유자였다.

이목구비는 가지런하고 날카로운 편이었지만, 머리 양쪽을 리본으로 묶어 귀여운 느낌을 내고 있었다.

몸매 또한 육감적이었다. 가슴도 잉그리스와 비슷하거나 더 커다래 보였다.

린이 기뻐하며 뛰어들 만한 사이즈였다.

그리고 잉그리스를 멈춰 세운 것이 요행이 아님을 증명하듯, 오른손등에는 검은색 대검 문양의 마인이 빛나고 있었다. 등에 짊어진 거대한 대검이 이와 한 쌍을 이루고 있었다.

상급 마인과 마인무구였다. 급으로만 따지면 라피니아와 호각.

좀처럼 만나보기 힘든 상급 기사였다.

"고, 고맙습니다. 하지만 괜찮아요."

"온다! 뒤로 물러서!"

대검을 짊어진 소녀가 잉그리스를 지키고자 앞쪽에 섰다.

광장의 침입자를 향해 마석수들이 닭 떼처럼 우르르 달려들기 시작한 것이다.

각력과 몸집을 살려 두 사람을 짓밟고, 들이받을 작정인 듯했다.

하지만 대검을 짊어진 소녀는 주눅이 들기는커녕 오히려 잘 됐다는 듯이 히죽 웃었다.

"나로서도 이쪽이 편하거든!"

아직 적들과의 간격이 상당히 떨어져 있었지만, 그녀는 개의치 않고 곧바로 마인무구인 대검을 뽑아 들고 공격 자세를 잡았다.

"……?"

어떻게 하려는 건지 흥미가 동한 잉그리스는 일단 얌전히 그 모습을 지켜보기로 했다.

"한꺼번에에에……."

불현듯 대검에서 빛이 나더니 검이 쭉쭉 늘어나기 시작했다.

"벤다!"

길고 길게 늘어난 검이 마석수들을 휩쓸고 지나갔다.

부웅, 하는 파공음과 함께 적들의 머리가 떨어져 내리고, 몸통은 두 동강이 났다.

"호오, 재밌는 기술이네."

잉그리스가 감탄하며 말했다.

형태 변형이 저 마인무구의 기프트인 듯했다.

여러 가지 방식으로 운용해 보면 재밌을 것 같았다.

잉그리스도 최근 자신에게 맞는 무기를 갖고 싶어진 참인지라, 이런 기능을 지닌 마인무구를 보면 살짝 부럽다는 생각이 들었다.

마석수를 전멸시킨 소녀가 잉그리스를 돌아보았다.

"상처는 없어? 어서 어딘가로 피난을⋯⋯."

바로 그때, 소녀의 어깨 너머로 또 다른 마석수들이 모습을 드러냈다. 날아다니는 마석수 여러 마리가 광장과 인접한 건물 지붕에 내려앉은 것이다.

마석수들은 일제히 크게 숨을 들이쉬더니, 부리에서 날카로운 얼음 파편이 섞인 눈보라를 뿜어냈다. 마석수 중에는 이처럼 눈보라나 화염을 뿜어내는 녀석도 있었다.

린도 마석수가 되자 손에서 새하얀 열선을 방출하는 능력이 생겼었고.

"뒤에! 눈보라가!"

"앗!"

잉그리스의 경고를 듣고 재빨리 몸을 돌린 소녀는, 대검을 거꾸로 박아넣다시피 하며 지면에 세웠다.

"헛수고야!"

검의 길이가 두 배 정도로. 그리고 폭이 십수 배로 늘어났다.

벽처럼 변한 검이 소녀와 그 뒤에 있던 잉그리스의 몸을 완전히 가려 주었다.

눈보라가 대검을 두드리며 시끄러운 소리를 냈다. 그렇게 잠시 후. 두 사람은 상처 한 점 없이 눈보라를 받아넘길 수 있었다.

마인무구 하나로 공방일체를 이뤄내고 있었다.

눈보라를 받아넘긴 소녀는 반격에 나섰다.

지붕 위에 앉은 마석수를 향해 검 끝을 내지른 것이다.

"내 답례다!"

불쑥 늘어난 검 끝이 마석수가 있는 곳으로 쇄도했다.

하지만 거리가 너무 멀었는지, 상대가 민첩한 건지 마석수는 두둥실 떠올라 회피했다.

"쳇. 잘도 피하네……!"

"도와드릴게요. 잠깐 그대로 있어 주세요."

잉그리스는 소녀에게 나지막이 부탁하더니, 지붕으로 길게 뻗은 그녀의 대검 위에 펄쩍 올라타 지붕까지 단숨에 달려 올라갔다.

"에엑?! 뭐, 뭐가 저렇게 빨라……?!"

소녀가 경악을 금치 못하는 가운데, 벌써 마석수의 코앞으로 육박한 잉그리스는 지붕을 박차고 높이 도약했다.

처음에 대검을 피해 날아올랐던 마석수의 머리 위까지 올라간 잉그리스는 공중에서 빙글 앞구르기를 하면서 발뒤꿈치로 마석수의 정수리를 내리찍었다.

갸아아악?!

마석수가 곤두박질치듯 광장으로 추락해 갔다.

잉그리스는 밑에 있는 소녀에게 외쳤다.

"지금입니다! 끝장내요!"

"아, 알았어!"

소녀는 추락하는 마석수를 정확히 노려 두 동강을 냈다.

"계속 갈게요!"

두 마리, 세 마리, 연속해서 광장으로 떨어트려 나갔지만, 소녀는 한 마리도 놓치지 않고 전부 베어 넘겼다.

"제법이군요!"

잉그리스가 아래쪽 광장에 있는 소녀에게 말을 걸었다.

상대방도 잉그리스에게 웃음을 지어 보였다.

"너야말로……! 마인도 마인무구도 없길래 걱정했는데, 괜한 참견이었나 보네. 미안해."

"아뇨. 걱정해 주셔서 고맙습니다."

"이름이 어떻게 돼?"

"잉그리스 유크스라고 합니다."

"나는 레오네. 레오네 오르파야! 협력해서 싸우지 않을래?"

잉그리스는 오르파라는 성에 고개를 잠깐 갸웃했지만, 다시 싸움에 집중하기로 했다.

"그러죠. 잘 부탁드립니다, 레오네 씨."

"그냥 레오네라고 불러. 나이 차이도 얼마 안 나잖아?"

"응, 알았어. 잘 부탁해, 레오네."

"나야말로!"

서로를 마주 보며 미소 짓는 두 사람. 그렇게 잉그리스와 레오네는 힘을 합쳐 마을에 나타난 마석수들을 격퇴해 나갔다.

레오네는 주로 지상을 맡아 날지 못하는 마석수들을 거대화한 대검으로 도륙했다.

잉그리스는 건물 위에 자리를 잡아 날아다니는 마석수를 지상으로 추락시켰다.

레오네가 있는 곳으로 적을 떨어트리면, 그녀가 다른 적들과 함께 마석수를 베었다.

라피니아의 확산하는 빛의 화살은 주위의 기사들을 휘말리게 만들거나 건물을 파괴할 우려가 있었다.

이런 시가전에서는 레오네의 마인무구 쪽이 자잘한 대응 면에서 좀 더 유용했다.

레오네의 활약을 곁눈질로 지켜보면서, 잉그리스는 비행형 마석수가 세 마리 모여 있는 상점 지붕으로 뛰어올랐다.

"한 마리!"

착지하기 직전, 공중에서 몸을 비틀어 근처 한 마리의 목덜미에 돌려차기를 꽂아 넣었다.

이후 등 뒤에서 다가온 마석수의 날카로운 부리를 피한 뒤, 아래턱을 주먹으로 쳐올렸다.

위로 꺾인 목을 붙잡아 옆구리에 낀 다음, 몸통째로 휘둘러 옆에 있던 마석수를 후려쳤다.

"두 마리!"

동료와 맹렬한 기세로 격돌한 마석수는 어찌해 볼 겨를도 없이 레오네가 있는 지상으로 추락했다.

"세 마리!"

그리고 마지막으로 옆구리에 끼고 있던 마석수를 내던졌다.

하지만…… 타이밍이 살짝 빨랐던 모양이다.

두 마리째를 베어 넘긴 레오네가 자세를 가다듬기도 전에 배달해 버린 것이다.

"앗! 미안……!"

"우와왓?! 잉그리스, 너무 빨라!"

허둥대는 레오네의 뒤쪽에서 빛의 화살이 날아왔다.

화살은 레오네를 향해 돌진해 오던 세 마리째를 꿰뚫어 도중에 추락시켰다.

궤도가 바뀐 덕분에 레오네와 마석수가 충돌하는 일은 일어나지 않았다.

"좋아, 명중! 크리스도 참, 혼자서 먼저 달려가 버리면 어떡해. 나만 늦었잖아."

"라니! 용케도 날 찾았구나? 여기저기 꽤 돌아다녔는데."

"크리스네가 제일 화려하게 날뛰고 다녔으니 당연히 눈에 띄지."

라피니아는 그렇게 말하며 레오네를 바라보았다.

"이쪽은 레오네야. 우연히 마주쳐서 협력하고 있었어."

"잘 부탁해. 조금 전에는 고마웠어."

"뭘 그 정도로! 라피니아 빌포드야. 잘 부탁해."

라피니아가 빙그레 웃으며 이름을 대자, 레오네가 놀란 표정을 지었다.

"빌포드……? 라피니아는 혹시 라파엘 님의 여동생?!"

"와! 라파 오라버니하고 아는 사이야?!"

"으, 으응. 라파엘 님한테는 신세를 졌거든."

"괜찮다면 나중에 이야기를 들려줄래? 자, 힘내서 마저 해치우자!"

라피니아의 합류를 계기로 잉그리스 일행은 한층 더 기세가 올라 마석수들을 격퇴해 나갔다.

한 시간 동안 마을을 뛰어다니며 마석수 퇴치를 계속한 결과, 상황이 어느 정도 정리되기 시작했다.

"후우. 이쯤이면 충분하려나? 크리스도 레오네도 수고했어."

"뭘. 두 사람 덕분에 훨씬 수월하게 끝났어. 고마워."

"그나저나 마석수가 마을 한복판에 들어와서 날뛰다니 이상한 걸. 이곳은 경비가 철저한 마을인데……. 마을에 직접 프리즘 플로가 내렸다면 납득이 가겠지만."

"듣고 보니 그렇네. 어떻게 된 걸까?"

"최근에는 자주 이래. 프리즘 플로도 내리지 않았는데 느닷없이 마을 한복판에 마석수가 나타나고 있어."

"지루하지 않아서 좋겠다……."

"으응?"

잉그리스의 감상에 레오네가 황당하다는 얼굴을 했다.

"너, 너무 심각하게 받아들이진 마! 천사의 몸에 장군님의 영혼이 깃들어 있거든, 이 애는."

"아하핫. 무슨 말인지 알 것 같아. 싸움이 끝나자마자 분위기가 딴사람같이 얌전해졌는걸."

"그런가?"

"그렇대도. 싸울 때는 맹수 같다니까, 크리스는."

"맞아. 처음에 봤을 때도 혼자서 마석수 무리를 향해서 돌진하고 있더라. 깜짝 놀랐어."

"아아, 그랬구나. 하긴 처음 보는 사람은 깜짝 놀랄 만도 하지. 마인도 없는 애가 맨손으로 혈혈단신 쳐들어가는걸. 평범한 사람이라면 죽으러 가는 거나 마찬가지잖아?"

"나도 모르게 태클을 해 버렸다니까! 결국, 괜한 짓이었지만."

대화에 열을 올리는 라피니아와 레오네를 보며 잉그리스는 흐뭇하게 미소 지었다.

레오네와의 만남은 다소 거칠었지만, 이렇게 웃으며 이야깃거리로 삼을 수 있으면 그것도 나쁘지만은 않다는 생각이 들었다.

"거기 너희들! 흑발 아가씨와 은발 아가씨!"

그때 중년 기사가 말을 걸었다.

"마을 방어에 협력해 주었더군! 고맙다! 소소하지만 보수를 지급해 주고 싶은데, 따라와 줄 수 있겠나?"

"네? 레오네는요? 저희 두 사람만 싸운 게 아니라 레오네도 열심히 했는데요?"

라피니아가 어리둥절한 얼굴로 물었다. 잉그리스도 같은 의문을 느꼈다.

"말 같지도 않은 소리 마라. 배신자 일족에게 줄 건 아무것도 없어!"

지극히 당연하다는 듯한 말투였다.

"잠깐 기다려 주세요! 그래도 레오네가 가장 분발해서 싸웠단 말이에요!"

"괘, 괜찮아. 라피니아. 나는 됐으니까 어서 따라가 봐."

"안 돼! 이건 이상하잖아!"

"우리는 저 여자를 신용하지 않거든. 너희들은 모르는 모양이니 가르쳐 주지. 저 여자의 이름은 레오네 오르파. 이 마을 출신의 전 성기사이자, 나라를 배신하고 탈주한 역적 레온 오르파의 여동생이다! 마을의 위신을 실추시킨 인간의 핏줄을 우리가 뭘 믿고 인정하겠어?"

"에에에엑?!"

"그랬구나……. 오르파는 레온 씨의……."

중년 기사의 말에 잉그리스의 기억이 되살아났다.

오르파라는 성을 어디선가 들은 적이 있는 것 같더니만, 혈철쇄 여단에 가입하겠다며 사라진 성기사 레온의 성이었다.

"알았거든 앞으로 저 여자와 함께 행동하는 건 삼가도록 해라.

너희까지 안 좋은 시선을 받게 될 테니까. 자, 이쪽으로."

"됐네요! 보수 따위 필요 없어요!"

라피니아는 혀를 쏙 내밀며 화를 냈다.

귀족 가문의 따님이라 하기에는 살짝 경망스러운 태도였다.

"그만 갈까?"

잉그리스는 레오네의 손을 붙잡고 통로 안쪽으로 이끌었다.

"맞아, 얼른 가자!"

그리고 라피니아도 레오네의 반대쪽 손을 붙잡았다.

"……고마워."

두 사람의 손에 이끌려 걸어가는 레오네의 눈가에 물기가 서려 있었다.

"대체 뭔데, 그 사람! 정말 너무하네!"

"그러게……. 일단 어디 조용한 곳에서 이야기라도 나눌까?"

"……그럼 우리 저택으로 올래? 볼품없는 저택이기는 하지만, 바깥에 있으면 이런 일이 심심찮게 일어나거든……."

레오네가 고개를 숙이며 조심스럽게 말했다.

"고마워. 그럼 실례 좀 할게."

"뭘. 일단 마차를 잡으러 가자."

그리하여 마차를 구한 세 사람은 레오네를 태우고 그녀의 저택으로 향했다.

마부석에 앉은 잉그리스가 레오네에게 물었다.

"……이 마을은 항상 저런 식이야?"

"응. 3년 전에 레온 오라버니가 성기사를 관두고 혈철쇄 여단으로 들어간 뒤로는……."

"그런데도 마을 사람들을 위해 싸운 거구나?"

라피니아가 물었다.

"마석수를 앞에 두고 내 불평이나 하고 있을 수는 없잖아."

"훌륭해! 맞아, 그럼 된 거지! 존경스러워!"

라피니아는 눈을 반짝이며 레오네의 손을 덥석 움켜쥐었다.

"아하하. 그렇게 칭찬할 거 없어. 열심히 퇴치하다 보면 조금이라도 용서를 받을 수 있지 않을까 하는 마음도 없잖아 있었고……."

"그래도 고생해서 마을을 지킨 사람한테 그런 식으로 말할 필요는 없지 않아? 하여간 속들이 좁다니까."

"너무 마을 사람들을 나쁘게 생각하지는 말아줘. 실망이 커서 그래. 이 마을은 프리즈마의 사체를 감시하기 위해 만들어진 곳이라 기사들의 수도 많고, 왕가에 대한 충성심도 높아. 그래서 이 마을이 처음으로 배출한 성기사인 레온 오라버니는 모든 이들의 자랑이었어. 그런데 3년 전 갑자기 왕도에서 보낸 감찰관과 하이랜더 사절을 죽이고 탈주했다는 소식이 들려왔지……. 낙담할 만도 해. 기대가 큰 만큼 배신감도 컸을 테니까."

"어? 잠깐만. 감찰관 시오니 경은……."

라피니아가 잉그리스에게 귓속말로 물었다.

"세간에는 전부 레온 씨가 저지른 짓이라고 공표한 걸 거야. 하이랜더인 라알 님이 시오니 경을 살해했다는 사실이 드러나면 반하이랜더 여론도 커질 테고, 하이랜더한테 맥을 못 추는 왕가에 대한 반발도 거세질 테니까……. 레온 씨한테 죄를 뒤집어씌워서 그런 문제들을 잠재운 거지."

잉그리스도 목소리를 낮추며 답했다.

"하지만 그러면 레온 씨가 극악무도한 인간이 되어 버리잖아. 레온 씨는 라알의 횡포를 보고 도저히 화를 참지 못해서 행동에 나섰던 건데……."

"너희도 레온 오라버니를 만나 봤어?"

"으, 응……. 싹싹하고 유쾌한 사람이었어. 나쁜 사람은 아니었다고 생각해."

"맞아. 나도 라니와 동감이야."

"……고마워, 그렇게 말해줘서. 하지만 괜찮아. 그 부분에 대해서는 웨인 전하와 라파엘 님이 직접 찾아와서 자세하게 설명하고 사과까지 해 주셨거든."

웨인이라면 이 나라 왕자의 이름이었을 터.

라파엘의 상사쯤 되지 않을까.

"역시 오라버니야. 맞아. 그대로 두면 안 되지. 적어도 레오네한테는 사과해야지……!"

"걱정이셨는지 그 이후로도 가끔 상태를 보러 와주셔. 그래서 원망은 딱히 없어. 게다가 경위야 어찌 됐든 레온 오라버니가 성기사라는 지위와 나라를 버린 것은 사실인걸. 이미 그것만으로도 다른 사람들의 기대를 배신했다고 보기에는 충분해. 그러니 오르파 가문의 오명은 내가 씻겠어. 내가 정식 기사가 되어서 혈철쇄 밑으로 들어간 레온 오라버니를 붙잡으면 되는 거야."

레오네가 결의에 찬 눈으로 말했다.

"강하구나, 레오네는. 나도 본받아야겠어."

라피니아는 감탄한 듯했다. 잉그리스는 응, 하고 맞장구를 친 다음 레오네에게 물었다.

"레오네는 아직 정식 기사가 아닌 거야?"

"응. 조만간 마을을 나가서 왕도의 기사 학교에 들어갈 예정이야. 작년에 아버지가 돌아가셨거든……. 이제 이곳에 얽매일 이유도 없어."

"뭐?! 그게 진짜야?! 우리랑 똑같네! 우리도 기사 학교에 다니기 위해서 왕도로 향하던 중이었어!"

"어?! 그랬던 거야?! 너희와 함께할 수 있다니 든든한걸!"

"엄청난 우연이네. 앞으로도 잘 부탁할게."

"잘 부탁해!"

"응, 나야말로!"

세 사람은 서로의 손을 꽉 맞잡았다.

"아앗, 린!"

라피니아의 등 뒤에서 모습을 드러낸 린이 레오네의 콧잔등으로 뛰어올랐다.

"와아. 귀여운 애구나. 이런 동물은 본 적도 없어."

"린이라고 해. 일단은 우리 애완동물이라고 해야 하려나."

린은 잘 부탁한다는 듯이 레오네의 눈앞에서 빙글빙글 돌아 보였다.

그러고는 레오네의 가슴골 사이로 쏙 미끄러져 들어갔다.

"꺄악?! 가, 갑자기 이상한 곳으로…… 앗! 그, 그만해……! 어떻게 좀 해 줘……!"

"린……! 미안해, 가슴이 커다란 사람을 좋아하는 모양이라."

"살았다. 드디어 나를 대신할 사람이 생겼구나."

레오네와 함께하게 되어 진심으로 다행이라고 생각하는 잉그리스였다.

그리하여 린도 슬슬 얌전해졌을 무렵, 라피니아가 웃으며 말했다.

"어쨌든, 기사 학교생활이 점점 더 기대되기 시작했어."

"나는 마석수들이 마을 한복판에 갑자기 출현하기 시작한 게 아직 마음에 걸려. 마을을 떠나기 전에 어떻게든 했으면 좋겠는데."

레오네의 표정은 살짝 굳어져 있었다.

"뭔가 알아낸 점은 없고?"

"소문으로는 저 얼어붙은 프리즈마의 사체가 악영향을 끼치고 있다는 둥, 혈철쇄 여단의 소행이라는 둥 여러 말이 나오고 있어. 나는 혈철쇄 여단의 소행이 아닐까 하고 생각하는 쪽이지만……. 프리즈마의 사체가 그런 현상을 일으키는 것이라면 훨씬 전부터 마석수가 나타났어야 하지 않나 싶거든."

"……흐음. 크리스는 어떻게 생각해?"

"나는 혈철쇄 여단의 소행은 아니라고 봐. 그 사람들은 하이랜더를 쓰러트리는 것밖에 머릿속에 안 들어 있는 눈치였으니까. 이 마을이 하이랜더에게 지배당하고 있는 것도 아니잖아? 그러니 굳이 노릴 이유가 없다고 생각해."

"나도 크리스 말이 맞는 것 같아……. 그럼 프리즈마의 사체가 영향을 끼쳤다……고 봐야 하는 걸까."

"하지만 최근까지 이 마을에는 아무 일도 일어나지 않았는걸?"

"현재로서는 확신할 수 없지만, 저 프리즈마는 완전히 죽지 않은 것 같아. 그러니 마석수를 소환해도 딱히 이상할 게 없다고 생각해."

"뭐?! 잉그리스는 프리즈마가 죽었는지 알 수 있어……?!"

"어디까지나 짐작이지만."

"하지만 사실이라 쳐도 어떻게 할 방법이 없잖아."

"프리즈마를 얼음 속에서 꺼낸 다음에 완전히 처치해 버리면 돼. 나한테 맡겨 준다면 좋으련만……. 하아."

마치 상사병이라도 걸린 사람처럼 잉그리스는 한숨을 푹 내쉬었다.

"……어떡하지, 라피니아. 이 애의 발상이 너무 대담해서 나 무서워."

"그렇지? 하지만 늘 있는 일인걸. 적어도 갑자기 눈이 뒤집혀서 저러는 건 아니니까 걱정하지 마. 원래 이런 애야."

라피니아와 레오네가 속닥속닥 귓속말을 나누었다.

◆◇◆

레오네의 안내를 받으며 나아간 일행은 이윽고 훌륭한 대문이
세워진 저택 앞에 도착했다.

하지만 솔직히 말해 살풍경한 저택이었다. 정원 안에는 나무
한 그루조차 없었다.

"이런 말을 하려니 미안한데, 분위기가 적막하네."

"응. 라니의 말대로야."

"예전에 한 번 화가 난 마을 사람들이 들이닥쳐서 소동을 피웠
거든. 건물은 무사했지만, 정원이 싹 불타고 말았어. 또 똑같은
일이 벌어질까 봐 관리는 일부러 안 했어. 미안해, 이런 곳이라.
그래도 저택 안은 깔끔하게 치워 뒀으니 안심해. 일하던 사람들
을 전부 내보내서 나 말고는 아무도 없지만."

"괜찮아, 괜찮아. 딱히 눈치 볼 필요도 없고 좋잖아?"

"그렇게 생각해 줘서 고마워."

레오네와 대화를 주고받으며 대문을 열고 있을 때였다.

부우우우웅…….

무언가가 진동음과 비슷한 소리를 내며 잉그리스 일행의 머리
위를 지나갔다.

고개를 들어 올려다보니, 날개 달린 조각배같이 생긴 것이 하

늘을 날고 있었다.

복잡한 기계가 달린 것만 봐도 지상에서 만든 물건은 아니라는 걸 알 수 있었다. 정확히는 하이랜드가 지상에 내려주는 하사품, 플라이 기어였다.

플라이 기어는 기본적으로 서서 타는 이동 수단으로, 좌우로는 새를 본뜬 날개가 달렸으며, 선체는 사각형의 철제 몸통과 조종간, 승무원이 디딜 발판, 그리고 난간으로 구성되어 있으며, 조종자를 포함해 2명이 탈 수 있게 되어 있다.

플라이 기어는 최근 들어서야 지상에 들어오기 시작한 최신 장비로, 아직 몇 대 존재하지 않는 귀중품이었다.

비교적 시골인 유미르에서는 볼 기회가 손에 꼽을 정도였다.

이 플라이 기어가 획기적인 점은, 충전은 마인을 가진 사람만 가능하지만, 조종은 마인이 없어도 가능하다는 점이다. 즉 마인이 없는 종기사도 조종할 수가 있다.

아울러 기사의 말 역할을 플라이 기어가 대신할 수도 있다. 비행형 마수를 상대하기 쉬워지고, 지휘관도 예전보다 훨씬 기동적으로 병력을 운용할 수 있게 되었다.

더 멀리, 더 빠르게 움직일 수 있다면 그만큼 더 많은 사람을 지킬 수 있다.

전술의 최첨단을 달리는 왕도의 사관학교에서 종기사 전용 과정을 새로 개설한 이유도 여기에 있었다. 이 플라이 기어를 능숙하게 조종하고 운용할 수 있는 인물을 육성해 내기 위함이었다.

마인을 지닌 기사는 마인무구를 휘둘러 싸우고, 플라이 기어 조종은 마인이 없는 견습 기사에게 맡긴다면 보다 많은 인재를 효율적으로 활용할 수가 있는 것이다.

잉그리스도 종기사 과정을 밟아 나갈 예정이므로 이 플라이 기어와 접할 기회도 많아질 터였다. 언젠가는 라피니아를 태우고 하늘을 날게 되리라.

"플라이 기어가 내려오고 있어."

일행이 있는 방향으로 날아온 플라이 기어는 레오네 저택의 정원에 천천히 착륙했다. 이윽고 기어에 타고 있던 두 사람이 땅에 내려섰다.

한 명은 작지만 잘 단련된 신체를 지닌 갈색 머리의 소녀였다. 라피니아를 닮은 호기심 왕성한 눈동자가 인상적이었다.

게다가 소녀의 몸에는 짐승 귀와 꼬리가 달려 있었는데, 수인종이라 불리는 소수민족의 특징이었다. 그녀의 경우 귀와 꼬리의 모양이 강아지를 닮았다.

다른 한 명은 키가 큰 흑발의 청년으로, 이십 대 전반의 외모였다.

상냥함과 곧은 심지가 느껴지는 단정한 이목구비.

멋진 젊은이로 성장했구나, 하고 잉그리스는 생각했다.

라피니아의 오빠이자 잉그리스 유크스의 사촌인 라파엘이었다.

"저, 저건……! 라파 오라버니! 라파 오라버니이이이이!"

라파엘의 모습을 확인하자마자 달려간 라피니아는 플라이 기어에서 내린 오라버니의 품에 냅다 뛰어들었다.

"우왓……?! 응……?! 라니! 라니구나! 설마 이런 곳에서 만나게 될 줄이야! 건강하게 잘 지냈어?!"

"응, 보다시피 잘 지냈어, 오라버니! 왕도로 가기 전에 프리즈마의 사체를 견학하려고 이 마을에 들렀어! 크리스가 보고 싶어 했거든!"

"그렇구나……. 그럼 크리스도 함께 온 거야?"

"네, 오랜만이네요."

라피니아의 뒤를 따라온 잉그리스는 라파엘에게 꾸벅 고개를 숙여 보였다.

"……! 예, 예쁘게 자랐구나……. 정말 몰라볼 정도야."

잉그리스는 열다섯 살이었지만 겉모습이 어른스러워 열일곱이나 열여덟 정도로 보였다.

그 정도면 이미 어엿한 여성이었다.

라파엘도 잉그리스를 여성으로 의식하고 말았는지 약간 긴장한 눈치였다.

그의 순진무구한 성격은 예나 지금이나 달라지지 않은 듯했다.

"우와, 웬일이래! 저 라파엘이 여자아이의 외모를 칭찬하다니……! 인기 만점인 세기의 벽창호가……!"

라파엘과 동행한 소녀가 눈을 휘둥그레 뜨며 외쳤다.

"그, 그만 하세요. 리플 님……!"

"고맙습니다. 라파 오라버니."

잉그리스가 절세의 미녀로 자라난 것은 사실이지만 칭찬을 받아도 별 감흥이 없었다.

차라리 "오랜만이구나. 얼마나 강해졌는지 실력을 볼까"라고 말하면서 검을 빼 들고 덤벼들었다면 훨씬 기뻤을 것이다.

잉그리스는 속마음을 감추며 미소를 지어 보였다. 그러자 라파엘도 웃음으로 화답했다.

"그래. 오랜만에 만나서 기쁘다, 크리스."

"이쪽 분은 리플 씨라고 들었는데, 하이랄 메나스인 그⋯⋯?"

"응, 맞아! 리플이라고 해. 잘 부탁해!"

리플은 애교 섞인 웃음을 지어 보였다.

"라파 오라버니, 오늘은 레오네를 만나러 온 거야?"

"맞아. 마침 이 마을에 임무가 있어서 겸사겸사 들러 봤어."

"무슨 임무인데?"

"그건⋯⋯ 참, 배는 안 고프니? 식사라도 하면서 이야기할까?"

"배고파! 그렇지, 크리스?"

"응. 나도."

"그러면 안으로 들어오세요. 제가 서둘러 뭐라도 준비를⋯⋯."

레오네의 제안에 라파엘은 고개를 가로저으며 말했다.

"그건 사양할게⋯⋯."

"분명⋯⋯ 아니, 틀림없이⋯⋯."

"부족할 거야."

라피니아와 잉그리스가 그 뒤에 한마디씩 덧붙였다.

"레오네도 걱정하지 말고 따라오도록 해. 식당을 전세 내면 사람들 눈에도 띄지 않을 테니까."

그렇게 잉그리스 일행은 라파엘의 뒤를 따라 식당으로 향했다.

◆ ◇ ◆

"그렇구나. 노바 마을에서 그런 일이……. 집정관이 행방불명되었다는 말을 듣기는 했지만……. 두 사람 모두 큰일을 겪었네. 혈철쇄의 수령과 만나고도 용케 무사했어……."

라피니아가 노바 마을에서 경험한 일을 간추려 설명하자, 라파엘은 우선 라피니아와 잉그리스가 무사하다는 사실에 안도를 내비쳤다.

"신경이 쓰이는 건 '부유마법진'이에요. 마법진이 설치될 것이라는 사실을 알고도 하이랜드 측에 그 마을을 양도한 건가요?"

만약 그것이 사실이라면 마을과 사람들을 팔아넘겼다는 이야기가 된다. 백성들을 내다 버렸다고 표현해도 좋았다.

"나는 처음 듣는 이야기야. 국왕 폐하 주변의 사람들은 알고 있었을지도 모르지만."

"알고도 양도했다면 그건 문제가 있는 거라고 봐, 오라버니."

"그래. 라니의 말이 맞아. 귀중한 정보를 제공해 줘서 고마워. 라니, 크리스."

"아니야. 오라버니의 도움이 되어서 다행이다."

"별말씀을요."

"그건 그렇고, 이 작은 아이가 마석수가 되었다는 집정관님인가…… . 마석수가 인간을 따르다니 놀라운걸."

"동물이나 곤충이 아니라 하이랜더였고, 그중에서도 특히 이성적인 분이셨거든요. 마석수의 본능에 어느 정도 저항할 수 있는게 아닌가 싶어요."

"몸이 작아진 것과 관계가 있을지도 모른대."

"과연…… ."

그렇게 대화를 나누는 세 사람을, 레오네와 하이랄 메나스인 리플은 눈을 동그랗게 뜨며 쳐다보고 있었다.

"" "……." ""

이미 세 사람은 어른 남성 2, 3일 치 양의 음식을 먹어 치운 상태였다. 식탁에는 빈 그릇이 산처럼 쌓여 있었다. 게다가 지금, 이 순간에도 요리를 한입 가득 우물거리며 대화를 나누는 중이었다.

"우와. 라파엘만 그런 게 아니라 여동생들도 식성이 대단하구나."

"화, 확실히 집에 있는 식자재로는 감당이 안 되겠네요…… ."

라피니아는 찜닭을 한 조각, 두 조각, 세 조각 입에 넣으며 라파엘에게 물었다.

"그래서? 오라버니는 무슨 일로 이 마을에 온 거야?"

"이 마을에 갑작스럽게 출현하기 시작한 마석수 문제를 해결하기 위해서야. 너희들도 이번에 거들어 줬다고 했지?"

"아, 그 문제는 저도 신경이 쓰이던 참이었어요. 마을을 나가기 전에 어떻게든 해결했으면 좋겠는데……."

"응. 그렇다면 이제 걱정할 필요 없어, 레오네. 며칠 내로 해결될 테니까."

"어떻게 하실 생각인가요? 라파 오라버니."

"크리스도 궁금한가 보구나. 우리는 이번 현상을 저 얼음 속의 프리즈마가 영향을 끼친 것으로 보고 있거든. 그래서……."

라파엘도 한입 가득 고기를 욱여넣으며 진지한 얼굴로 계획을 설명했다.

그리고 며칠 뒤.

잉그리스 일행은 라파엘, 리플과 함께 하늘을 나는 '플라이 기어 포트'에 올라타 있었다.

이는 플라이 기어의 모함이라고 할 수 있는 이동 수단으로, 날개가 돋아난 둥그런 선체에는 플라이 기어가 들어가는 구멍이 잔뜩 뚫려 있었다.

플라이 기어 격납고는 동력 충전기능이 있어, 플라이 기어 포트와 플라이 기어는 보통 한 번에 움직여 소대로 운용하는 것이 일반적이었다.

"얼음 속의 프리즈마가 마석수를 탄생시키는 원흉이라면……

통째로 밖에다 옮겨 버리겠다는 발상이군요. 확실히 그렇게 하면 마을 안에 마석수가 나타날 일은 없겠네요."

일행의 눈앞에서는 지금 잉그리스가 언급한 내용이 그대로 진행되고 있었다.

얼음 속의 프리즈마를 뒤덮고 있던 대성당 지붕을 걷어내고, 대량의 플라이 기어와 플라이 기어 포트를 동원해 무수한 와이어에 휘감긴 얼음덩어리를 하늘로 끌어 올리는 중이었다.

즉, 얼음 속의 프리즈마를 공수해 가려는 것이다.

주위에는 수백에 달하는 플라이 기어가 장관을 이루고 있었다.

이 공수 작전을 지휘하는 인물이 바로 성기사인 라파엘이었다.

"엄청난 광경이네……! 플라이 기어로 이런 것도 가능하구나."

"맞아. 플라이 기어는 하이랜드에서는 보편적으로 사용되고 있는 편리한 물건이야. 이걸 얻게 되면서 우리가 할 수 있는 일도 늘어났지."

감탄하는 라피니아에게 라파엘이 고개를 끄덕이며 말했다.

"만약 이번 일이 혈철쇄 여단의 소행이라 하더라도 결국에는 얼음 속의 프리즈마와 관련된 내용일 테고, 따라서 이것만 밖으로 내보내면 마을은 안전해진다 이건가……."

레오네는 혈철쇄 여단을 의심하는 눈치였지만 사전에 설명을 듣고 납득했다.

다만 프리즈마를 옮긴다 쳐도, 문제는 이것을 어디로 옮기는가였다.

다른 마을로 옮기면 이 마을에 일어난 일이 그곳에서도 똑같이 일어나는 것이다.

하지만 행선지는 이미 정해져 있었다.

"그렇게 공수한 프리즈마를 적국과의 국경 부근에 안치한 뒤, 프리즈마가 탄생시킨 마석수를 적국의 침입을 막는 방파제로 활용한다. 말하자면 '이이제이'이네. 아까운 짓을……."

잉그리스 입장에서는 폭거나 다름없었다. 한 명이라도 더 많은 적과 싸워 성장해도 모자랄 판에 적들끼리 공멸을 시키겠다니.

효율적인 전략이라는 점은 인정하지만.

"또 크리스의 병이 도졌네. 난 괜찮은 아이디어라고 봐. 이쪽의 전력을 줄이지 않고 적의 침입을 막아낼 수 있잖아."

"그건 그렇지만."

"마석수는 국경을 불문하고 쳐들어오는데, 마석수와 싸우는 와중에도 다른 나라를 침략하지 못해 안달 난 사람들이 꼭 있다니까……."

"맞아. 프리즘 플로가 내리는 지상에서 인간끼리 다퉈 봤자 어리석은 짓이지. 이번 작전은 그런 비극을 피하기 위한 것이기도 해. 마석수의 힘을 빌리는 꼴이니 기분이 썩 좋지는 않지만."

인접국 베네픽은 과거부터 지금까지 여러 차례 침략을 시도하고 있었다. 이 나라에서는 마석수를 제외하면 가장 큰 위협이었다.

이번 공수 계획도 이러한 상황을 고려하여 나온 방안이었다.

프리즈마를 국경의 산속으로 옮겨 마석수를 뿌리고, 그 마석수로 베네픽 군을 억제해보겠다는 뜻이었다. 그리고 이 계획을 고안해 낸 인물은 라파엘의 상사인 웨인 왕자였다.

아직 직접 만난 적은 없었지만, 상당한 책략가가 분명했다.

"자, 라니, 크리스, 레오네. 이 플라이 기어 포트는 이제 곧 왕도로 귀환할 거야. 그러니 세 사람은 왕도까지 이걸 타고 가도록 해. 나와 리플 님은 이곳에 남아서 작전 지휘를 계속할 테니까."

"응. 고마워, 라파 오라버니!"

"신세를 졌네요."

"라파엘 님, 지금까지 여러 가지로 감사했습니다······!"

"그래. 기사 학교에서 다들 열심히 하고. 언젠가 함께 싸우게 될 날을 기대하고 있을게."

라파엘은 세 사람을 향해 상냥하게 웃어 보였다.

"얘, 잉그리스. 잠깐 괜찮을까?"

리플이 그렇게 말하며 잉그리스를 플라이 기어 포트 구석으로 데려가더니, 작은 목소리로 물었다.

"······바로 너지? 에리스가 말한 터무니없는 여자아이가."

"에리스 씨한테 전부 들으신 건가요?"

"응. 일단은 하이랄 메나스만의 비밀로 하고 있지만."

"······고맙습니다."

"그래서 말인데. 실제로는 저 프리즈마를 보고 어떤 생각이 들었어?"

"멀리 가버려서 아쉬워요."

"하핫♪ 하나도 무섭지도 않은가 보구나? 어때, 이길 자신은 있어?"

"지기 위해서 싸우는 사람은 없어요."

"……있지, 이건 비밀인데. 머지않아 녀석하고 싸우게 될 날이 올지도 몰라."

"네에?! 정말인가요……? 확실히 사체라고 하기에는 부자연스러운 점이 있었지만……. 강한 힘이 느껴진다던가."

"사실, 프리즈마는 죽지 않았어. 오히려 녀석은 죽음을 면하기 위해 스스로 얼음 속에 틀어박힌 거야……. 나도 당시 현장에 있었거든. 벌써 수십 년도 더 된 이야기지만."

"현장에……! 하이랄 메나스는 장수한다고 듣긴 했습니다만 그 정도일 줄은…….."

"맞아. 이래 봬도 꽤 할머니야, 나는. 에리스도 그렇지만."

그렇게 따지자면 잉그리스는 할머니는커녕 할아버지였다.

말한다고 뭐가 달라지는 것도 아니므로 다물고 있기로 했다.

"……사체라고 얼버무리고 있는 건 사람들을 안심시키기 위해서지. 문제는 지금까지 꼼짝도 하지 않던 녀석이 움직임을 보였다는 거야. 이건 부활하려는 징후가 틀림없어. 사람들이 사는 마을 한복판에서 깨어나면 큰일이잖아? 그래서 멀리 떨어트려 놓는 거야."

"그렇네요. 마음 놓고 싸우기에 딱 좋은 장소예요."

"두근거리는가 봐?"

"네, 굉장히."

"후훗♪ 근심이 없어서 좋겠다, 잉그리스는. 프리즈마가 깨어 나면 반드시 부를 테니까, 그때는 잘 부탁할게. 그동안 열심히 수 련해서 힘을 길러 줘!"

"알겠습니다. 반드시 불러 주셔야 해요."

"물론이지. 손가락을 걸고 약속하는 건 어때?"

"네. 부탁드릴게요."

그렇게 새끼손가락을 꼭꼭 걸어 약속을 나눈 뒤……

"잘 있어, 모두! 이번 임무가 끝나면 왕도에서 만나자!"

"바이바이~ 힘내라, 소녀들! 또 봐♪"

라파엘과 리플은 플라이 기어로 갈아타 본대에 합류했다.

"자, 그럼 출발! 언제 새로운 마석수가 태어날지 모릅니다! 언제 라도 대응할 수 있도록 세심한 주의를 기울이며 전진해 주세요!"

그리고 라파엘의 호령하에 얼음 속의 프리즈마는 지평선 너머 로 멀어져 갔다.

잉그리스 일행은 한동안 플라이 기어 포트 위에 서서 그 모습 을 지켜보았다.

얼른 부활해서 내 앞으로 와라. 그리고 전력을 다해 싸우자!

잉그리스는 마음속으로 프리즈마에게 외쳤다.

"본함은 지금부터 왕도로 귀환하겠다!"

플라이 기어 포트를 이끄는 대장 기사가 큰 소리로 선언했다.

플라이 기어 포트가 움직이기 시작하고, 아르멘 마을의 모습이 점차 작아져 갔다.

레오네는 그 광경을 바라보며 결의에 찬 표정을 지었다.

"······언젠가 가슴을 펴고 이 마을에 돌아올 수 있도록 분발할 거야."

"바로 그거야. 마을 사람들 입이 딱 벌어지게 만들어 줘."

"우리도 협력할게."

"고마워, 둘 다."

그리하여 잉그리스 일행의 왕도를 향한 여행은 막을 내렸다.

기사 학교에 입학할 날이 눈앞으로 다가온 것이다.

영웅왕,

극한의무를 위해 전생하다

그리고 세계 최강의 견습 기사가 되다♀

"왕도는 역시 왕도구나. 유미르와는 전혀 달라."

"그러게."

잉그리스가 라피니아의 말에 동의를 표했다.

왕도에 도착한 잉그리스 일행은 거리로 나와 관광을 즐기는 중이었다. 기사 학교에 입학하기 전까지 아직 며칠간의 여유가 있었다.

"하긴, 거리의 규모부터가 다른걸. 사람도 많고, 가게도 잔뜩 있고."

"라니. 너무 그렇게 두리번거리고 다니면 나까지 좀 창피한데."

"……새삼스럽네. 두 사람이 산더미처럼 끌어안고 있는 음식들만으로도 벌써 충분히 창피하다고……."

레오네가 하아, 하고 한숨을 내쉬었다.

잉그리스와 라피니아의 품에는 이미 허리가 휘고도 남을 정도의 음식물이 쌓여 있었다.

먹음직스러운 음식이 보이면 보이는 족족 사다 보니 어느새 이 지경에 이른 것이다.

이쪽이 두리번거리는 것보다 몇 배는 더 눈에 띄고 창피했다.

"레오네야말로 걱정할 필요 없어. 그렇지, 크리스?"

"응."

""이건 금방 없어질 거거든.""

"뭐?! 그렇지만 이렇게나 많이 있…….."

우걱우걱우걱!

잉그리스와 라피니아가 들고 있던 음식들이 게 눈 감추듯 사라져 갔다.

"그거 봐. 금방이지?"

"맛있었다."

"……대, 대단하구나, 너희들."

상식을 부정당한 레오네는 달리 표현할 말이 떠오르지 않았다.

"크리스, 다음은 저 가게로 가자! 맛있어 보여!"

"가자. 아직 돈도 남아있어."

"좋았어! 언젠가 왕도의 음식점을 전부 제패해 주겠어!"

라피니아가 가게로 곧장 내달리며 외쳤다.

"라피니아는 뭐랄까…… 남자애 같은 구석이 있네."

"아직 한참 꼬맹이야."

하지만 그건 그것대로 귀여웠으므로 싫지 않았다.

잉그리스에게 라피니아는 귀여운 손녀딸 같은 존재니까.

"……응?"

라피니아의 뒷모습을 바라보고 있을 때였다. 문득 시야 한구석에 있는 작은 여자아이가 눈에 띄었다.

여자아이는 쇼윈도가 설치된 가게 앞에서 꼼짝도 하지 않고 처연하게 서 있었다.

그 눈동자에는 눈물이 가득 고여 있었다.

"잠깐만 기다려 줘, 레오네. 라니도 잠⋯⋯."

"왜 그러니? 무슨 일인지 언니한테 말해 볼래? 언니가 도와줄게. 이름은 뭐야?"

라피니아에게 선수를 빼앗기고 말았다.

"빠, 빠르네."

"저것도 라니다운 모습이야."

잉그리스는 살짝 자랑스러운 기분을 느끼면서 라피니아와 합류했다.

"훌쩍⋯⋯ 내 이름은 에테. 이 가게에서 마석으로 만든 부적을 팔고 있는데, 용돈을 모아서 사러 왔더니 벌써 다 팔렸대⋯⋯. 아빠가 멀리 간다고 해서 다치지 말라고 선물해 주고 싶었는데⋯⋯."

마석이란 그 이름대로 마석수의 표피에 달린 보석같이 생긴 광물을 말한다.

하지만 마석수의 신체 일부인 탓인지 마석수의 생명이 다하면 마석도 함께 부서져 소멸해 버렸다.

다만, 극히 드물게 사라지지 않고 남는 경우가 있는데, 그것이 시중에서 말하는 마석이었다.

이를 세공한 뒤 펜던트 같은 장식품에 박아 넣어 만든 부적은 마석수의 습격으로부터 몸을 지켜준다는 속설이 있다.

하지만 마석수란 마인을 가진 기사가 아니면 쓰러트릴 수도 없는 데다, 매번 찾을 수 있는 것도 아니다. 즉 희소한 만큼 비싸다. 도저히 어린애 용돈으로 살 수 있을 만한 가격이 아니었다.

"하나만 물어볼게, 에테. 그 부적은 얼마에 팔고 있었어?"

"어, 그러니까……."

레오네의 물음에 에테가 답한 가격은 상당히 저렴했다.

즉, 가짜일 가능성이 컸다.

하지만 그것은 중요한 문제가 아니었다.

원래 마석이라는 소재는 빈껍데기 같은 것으로, 별다른 힘이 담겨 있지 않았다.

반면, 이 여자아이의 순수한 소망에는 전혀 다른 차원의 커다란 힘이 담겨 있었다.

적어도 잉그리스는 그렇게 믿고 싶었다.

"와, 에테는 참 대견한 아이구나. 아버지도 분명 기뻐하실 거야."

라피니아가 에테의 머리를 슥슥 쓰다듬었다.

"그, 그래도 부적을 사지 못하면 아무 소용없는걸……."

"어디 보자. 라니, 혹시 마석 가진 거 없어?"

수중에 마석이 있으면 건네주고 문제 해결이다.

잉그리스는 딱히 가지고 있지 않았지만, 유미르를 떠나 왕도에 이르는 여행길에서 두 사람은 마석수와 꽤 많은 전투를 치렀다.

라피니아가 잉그리스도 모르는 사이 마석을 주웠어도 딱히 이상할 것은 없었다.

"어? 나?"

"응. 나한테는 없거든. 마석 정도는 양보해 줄 수 있잖아?"

"아하하…… 그, 글쎄. 그런가……?"

"수상한데……. 있으면 꺼내 봐. 라니답지 않아."

잉그리스가 손을 뻗자, 라피니아는 저항하듯 그 손을 붙잡았다.

수상했다. 분명히 뭔가 숨기고 있었다.

그때 마침 린이 라피니아의 안주머니 속으로 쏙 뛰어들었다.

"꺄악?! 자자, 잠깐만 린! 그러지 마!"

린이 날뛰어 준 결과 안주머니 속에서 작은 상자처럼 생긴 무언가가 데굴 튀어나왔다.

상자가 지면에 떨어지자, 그 충격으로 뚜껑이 열리며 세공되지 않은 노란색의 마석이 모습을 드러냈다.

"역시 있었네! 왜 숨기는 거야?"

"하지만 이건…… 그거인걸. 옛날의 그…… 여덟 살 때 있잖아."

"여덟 살 때?"

"기억 안 나? 그때 말이야!"

라피니아는 그렇게 운을 떼며 자세히 설명하기 시작했다.

때는 벌써 7년 전. 잉그리스와 라피니아가 여덟 살이었을 무렵.

잉그리스가 언제나처럼 성에 있는 라피니아의 방을 방문하자, 라피니아는 안색을 창백하게 물들인 채 당장이라도 울음을 터트리려 하고 있었다.

"라니? 왜 그래?"

"으아아아앙! 크리스으으!"

라피니아는 느닷없이 잉그리스를 끌어안았다.

"우왓! 대, 대체 무슨 일인데……?"

"그, 그게 있잖아……. 이건 다른 사람한테는 절대로 비밀이다? 크리스한테만 말하는 거야."

"응."

"수호석 펜던트를 잃어버리고 말았어……."

"뭐어?!"

그것은 마석을 다듬어 만든 펜던트로, 라피니아가 태어났을 때 만든 물건이다.

유미르에는 오래된 풍습이 있었는데, 아이가 태어난 해에 채취한 마석으로 펜던트를 만들어 주면 그 아이를 재난으로부터 지켜 준다는 이야기기에 따라 새로 태어난 아이에게 펜던트를 주는 것이다.

그렇게 받은 수호석은 아이가 열다섯 살이 됐을 때 역할을 마치고 땅으로 돌아간다고 한다.

소중한 물건이므로 평소에는 고이 보관해 두지만, 생일 파티나 각종 의식에 참석하는 경우에는 몸에 걸고 다니는 것이 의무였다.

앞으로 얼마 후면 라피니아의 생일이었다. 적어도 그때는 목에 걸고 있어야 했다.

"그러면 빨리 다른 사람들한테 알려서 찾아야지."

"아, 안 돼……! 내가 잃어버렸다는 걸 들키고 말아……! 아버지한테도, 어머니한테도 엄청나게 혼날 거야!"

"하긴 그렇네……."

"그러니까 나랑 같이 몰래 찾아주라! 응? 부탁해, 크리스!"

"알았어. 도울게."

그 이후 잉그리스는 라피니아와 함께 방 안을 구석구석 뒤져 보았다.

하지만 펜던트는 발견되지 않았고, 유크스 저택으로 이동해 잉그리스의 방까지 수색해 봤지만 헛수고였다.

"……결국, 못 찾았네."

"어, 어어어, 어떡하지……! 마, 맞아! 크리스의 수호석을 빌리는 건 어떨까……?"

"내 건 색이 달라서 금방 들킬걸?"

잉그리스의 수호석은 붉은색, 라피니아의 수호석은 노란색이었다.

"그, 그럼 우리 용돈으로……."

"마석은 비싸서 우리 용돈으로는 어림도 없어."

"으으으……."

"역시 다른 사람들한테 말하는 편이……."

"싫어!"

라피니아는 고개를 홱홱 가로저었다.

대체 뭐가 문제인 걸까. 확실히 큰일이기는 했지만, 오늘은 유난히 더 고집스러웠다.

"왜 그러는 거야? 라니답지 않아."

잉그리스가 라니의 머리를 부드럽게 쓰다듬으며 말했다.

"그, 그렇지만……. 아버지도, 어머니도 맨날 라파 오라버니와 크리스를 본받으라는 말만 하는걸……! 나는 쓸모없는 애라는 소리 듣고 싶지 않아……!"

"……."

라피니아는 아직 어린아이였지만 아이는 아이대로 생각하는 바가 있는 듯했다.

그저 귀엽기만 한 시절은 지난 것이다.

보호자로서 결코 칭찬받을 태도는 아니겠지만, 잉그리스는 라피니아를 위해서 뭐라도 해 주고 싶어졌다.

자신이 라피니아에게 무르다는 자각은 있었다. 하지만 불가항력이었다.

"그래. 알겠어, 라니. 내가 어떻게든 해 볼게."

"저, 정말?! 뭔가 좋은 생각이 있는 거야?"

"응. 나만 믿고 안심해. 오늘은 늦었으니까 성으로 돌아가자."

"응! 고마워, 크리스!"

잉그리스는 라피니아를 성까지 데려다주었다.

"라니는 아무것도 걱정할 필요 없어. 그럼 잘 자."

"잘 자, 크리스!"

라피니아는 잉그리스의 한마디에 안심하고는 푹 잠들었다.

그리고 다음 날 아침. 이리나가 당황한 모습으로 라피니아를 흔들어 깨웠다.

"라피니아…… 라피니아……! 미안해, 잠깐 일어나 볼래?"

"흐아암…… 왜요, 어머니?"

"크리스 못 봤니? 어제 너를 성까지 데려다줬지?"

"응."

"무슨 말 없었어? 어젯밤 사이에 어딘가로 가 버렸다나 봐……!"

"네에에에?! 크리스가……?"

"뭐라도 좋으니 짚이는 점이 있다면 가르쳐 주렴! 그 얌전한 아이가 없어지다니, 이게 무슨 일이람……!"

"그, 글쎄……. 모, 모르겠어……."

라피니아는 무심코 고개를 가로저었다.

사실대로 말하면 불호령이 떨어질 것이라는 생각에 무서워서 입을 열 수가 없었다.

그러는 사이 일은 점점 더 커졌다.

기사단의 기사들까지 나서서 잉그리스를 찾기 시작했고, 조사 과정에서 어제 마을을 드나들었던 몇몇 상인과 기사들이 잉그리스를 보았다고 증언했다. 최근에 프리즘 플로와 맞닥트린 것이 언제인지 물어보고 다녔다고 한다.

아무래도 잉그리스는 유미르 밖으로 나간 듯했다.

마을 밖에서도 수색이 이루어졌지만 발견하지 못한 채로 날이 저물었다.

라피니아도 마음을 졸이며 잠들지 못하는 밤을 지새우고 있었다.

똑똑. 똑똑.

불현듯 창문 바깥에서 노크 소리가 들려왔다.

라피니아가 창밖으로 고개를 돌렸다. 어둠 속에 나부끼는 찬란한 은발…… 잉그리스였다.

방은 3층이었는데도 잉그리스는 대수롭지 않다는 듯이 창가에 매달려 있었다.

"아……! 크, 크리스으으으! 무사했구나?!"

라피니아는 달려가서 창문을 열었다.

"쉿……! 큰 소리를 내면 안 돼. 들키고 말아."

"아, 으, 응……. 다행이다아……. 크리스가 돌아와 줘서."

라피니아가 코를 훌쩍이며 말했다.

잉그리스는 그런 라피니아에게 미소 지어 보였다.

"늦어서 미안, 라니. ……자, 수호석을 구해 왔어."

그것은 라피니아의 수호석과 똑같은 노란색의 마석이었다.

잉그리스는 프리즘 플로가 내린 곳을 찾아가 마석수를 사냥하고, 마석을 채취해 돌아온 것이다.

마석수를 쓰러트려도 마석이 남는 경우는 극히 드문 데다 하물며 특정한 색의 마석을 구하는 건 잉그리스에게도 쉬운 일이 아니었다.

원래는 하룻밤 새 몰래 돌아올 예정이었지만 꼬박 하루를 더 지체하고 말았다.

"생각보다 오래 걸리고 말았어. 혼나는 건 어쩔 수 없지만, 마석을 보이면 위험하니까 먼저 건네주러 왔어."

"고, 고마워. 크리스……."

"이제 들킬 일은 없을 거야. 그럼 나는 이만 집으로 돌아갈게."

"자, 잠깐만……! 기다려, 크리스!"

라피니아가 잉그리스의 소매를 붙잡고 놔주지 않았다.

"왜 그래?"

"내, 내 잘못인걸! 내 잘못 때문에 크리스가 혼나는 건 싫어……! 힘들게 구해다 줬는데 미안하지만, 나…… 어른들한테 사실대로 전부 말할래!"

"그럴래? 응. 지금이라도 그렇게 하는 편이 좋겠다. 하지만 나도 혼날 짓을 한 건 사실이니까, 같이 잘못했다고 빌자."

"으, 응……!"

그리하여 두 사람은 어른들 앞에서 모든 사실을 솔직하게 털어놓고 용서를 구했다.

""죄송합니다!""

""이…… 이 멍청한 녀석!""

""지, 진정해요, 여보……!""

두 딸, 두 아버지, 두 어머니가 차례대로 한목소리를 냈다.

결국 잉그리스와 라피니아는 반성하라는 뜻으로 창고에서 하룻밤을 보내게 되었다. 그런데 그때…….

콰당!

창고를 뒤적거리던 라피니아가 선반을 넘어트리고 말았다.

"아앗! 이런 곳에 있었구나!"

라피니아의 수호석 펜던트였다.

"어째서 이런 곳에……?"

"타, 탐험하러 왔다가 거추장스러워서 여기다 놔뒀나……?"

"어휴. 라니가 덜렁이만 아니었어도."

"미안해, 크리스……."

"난 괜찮아. 그런데 마석이 쓸모없어지고 말았네."

"그렇지 않아! 크리스가 날 위해서 구해다 준 마석인걸. 평생 소중히 간직할 거야!"

라피니아는 잉그리스가 구해온 마석을 꼭 움켜쥐며 웃어 보였다.

기억을 떠올린 잉그리스는 짝, 하고 손뼉을 쳤다.

"아아. 그때 그거구나? 수호석 펜던트를 땅에 묻을 때 같이 묻은 거 아니었어?"

"안 묻었어! 이건 내 보물인걸. 평생 소중히 간직할 거라고 말했잖아?"

"그럼 어떡하지? 마석은 그것밖에……."

울고 있는 에테를 도와주기 위해서는 마석이 필요했다.

"잠깐만."

그때 레오네가 끼어들었다.

"대화는 대충 들었어. 그 마석은 라피니아한테도, 잉그리스한테도 뜻깊은 물건인 거지? 남들에게 친절을 베푸는 것도 중요하지만 자신의 추억도 소중히 할 줄 알아야지."

레오네는 그렇게 말하며 보라색의 마석을 내밀었다.

"에테, 이거 받아."

"고, 고마워. 언니!"

"아니야. 아버지를 소중히 하렴."

"정말로 고마워, 언니! 그럼 가 볼게!"

에테는 거듭 감사를 표하고는 손을 흔들며 집으로 돌아갔다.

"고마워, 레오네! 덕분에 잘 풀렸어!"

"도와줘서 고마워. 정말 괜찮은 거야?"

"응. 대단한 건 아니고, 얼마 전에 마석수를 퇴치했을 때 주운 거야. 가지고 있길 잘했네."

레오네는 빙긋 웃었다.

"으음, 착한 일을 했더니 기분이 좋은걸! 밥도 분명 평소보다 맛있을 거야! 얼른 가자, 크리스!"

라피니아가 잉그리스의 손을 덥석 잡아끌었다.

기분 탓일까. 라피니아의 손힘이 여느 때보다 강하게 느껴졌다. 그리고 그만큼 거리감도 줄어든 것만 같았다.

후기

먼저, 이 책을 읽어 주셔서 진심으로 감사드립니다.

영웅왕, 극한의 무를 위해 전생하다 ~그리고 세계 최강의 견습 기사가 되다~ 1권이 이렇게 마무리가 되었습니다. 어떠셨는지요?

개인적인 이야기를 조금 하자면, 이번 작품으로 총 스무 권의 책을 발매하게 되었습니다.

스무 권이라니, 제가 생각하기에도 엄청난 것 같습니다. 용케 계속해 왔구나 싶네요.

평생 먹고살 만큼만 벌어서 후다닥 은퇴할 작정으로 시작했던 일이 지금까지 이렇게 이어지고 있다니.

네. 현실은 만만치 않습니다. 원래 계획은 이렇지 않았는데!

올해는 줄곧 몸 상태가 나빠서 이번 책을 출판하기까지 고생을 좀 했던 것 같습니다.

라이트 노벨 작가로서 일하는 것 자체는 무척 즐거워요. 어서 건강을 회복해 팍팍 써나가고 싶을 따름입니다.

앞으로도 다양한 작품을 쓰고, 도전해 볼 생각입니다. 다만 이번 작품도 제 기준에서는 실험적이라고 할까, 상당히 모험을 무릅쓴 작품입니다.

일단 여자 주인공(정신은 남자입니다만)이 등장하는 소설을 써

본 것이 처음입니다.

저는 원래 남자 주인공을 대전제로 삼는 부류의 작가였기 때문에, 이 작품을 쓴다는 (혹은 써냈다는) 것은 제게 있어 꽤 커다란 변화입니다. 스스로 재미를 느끼지 못하면 제대로 써지질 않거든요.

아이와 어울려 프리○어를 보고, 게임을 하는 사이 자연스럽게 그 재미를 이해하게 되었습니다.

마석수와 하이랜드, 하이랄 메니스 같은 세계관적 요소는 데뷔 무렵부터 생각해 왔던 것들입니다. 이런 내용을 써보고 싶다, 하고 말이죠.

그러다 보니 시리어스한 맛이 가미되었고, 실제로 작품 내에서도 그러한 장면이 많이 등장합니다.

하지만 주인공인 근육뇌 TS 미소녀 잉그리스가 칙칙함과 밋밋함을 산산이 부숴버리고 작품 전반에 화사한 분위기를 가져다주었습니다.

지금까지 별로 겪어보지 못했던 느낌이라 꽤 신선합니다.

앞으로도 예전의 제가 열심히 생각해 낸 시리어스 풍의 세계관을, 지금의 제가 생각해 낸 잉그리스가 깨부숴 나가는 형태로 이야기가 전개되지 않을까 싶습니다.

웹에서 연재를 시작했을 무렵부터 쓰고 싶었던 장면이 있습니다. 그때까지 책이 계속 나와 준다면 좋겠네요. 놀랍게도 이 작품의 코미컬라이즈가 진행된다고 하니, 그쪽의 힘도 빌려서…… 제발……!

제 작품이 만화로 만들어지는 것은 처음인지라 여느 때보다 의욕이 높습니다.

이 책의 발매 직후 코믹 파이어에서 연재가 시작된다고 합니다. 부디 많은 애독 바랍니다!

그러면 마지막으로 담당 편집자이신 N 님, 일러스트를 담당해 주신 Nagu 님, 그 외에 각 관계자분. 많은 도움을 주셔서 감사드립니다.

커버 일러스트는 배경 화면으로 해놓았습니다. 가끔 보면서 의욕을 불태워 작업하고 있습니다. 고맙습니다! 다음에는 어떤 그림이 나올까 기대하는 중입니다.

그럼 저는 이쯤에서 물러나도록 하겠습니다.

전생 미소녀 잉그리스,
마침내 왕립 기사 아카데미에 입학하다!

라니, 레오네와 함께 즐거운 훈련을!
지옥 같은 단련도 바라던 바다!
물론 기숙사에서는 알몸의 교류도?!

입학하자마자 화제가 된 잉그리스가
아카데미에 새로운 바람을 불러일으킨다!

질풍노도의
왕립 기사 아카데미 편
여기서 막을 열다!!!!

영웅왕,
극한의 무를 위해 전생하다
그리고 세계 최강의 견습 기사가 되다♀

Eiyu-oh,
Bu wo Kiwameru tame
Tensei su.
Soshite, Sekai Saikyou no
Minarai Kisi "우".

2

다음 편 예고

Eiyu-oh, Bu wo Kiwameru tame Tensei su. Soshite, Sekai Saikyou no Minarai Kisi "우". 1
©Hayaken
Originally published in Japan in 2019 by HOBBY JAPAN CO., Ltd.
Korean translation rights ©2020 by Somy Media, Inc.

영웅왕, 극한의 무를 위해 전생하다 ~그리고 세계 최강의 견습 기사가 되다~ 1

2020년 8월 15일 1판 1쇄 발행
2021년 8월 15일 1판 3쇄 발행

저　　　자 하야켄
일 러 스 트 Nagu
옮 긴 이 마일도
발 행 인 유재옥
본 부 장 조병권
편집 1팀 박소연 이준환
편집 2팀 박치우 정영길 조찬희 조현진
편집 3팀 곽혜민 오준영 이해빈
라 이 츠 한주원
디 지 털 박상섭 이성호 최서윤
미　　　술 김보라 서정원
발 행 처 ㈜소미미디어
등　　　록 제2015-000008호
주　　　소 서울시 마포구 토정로 222, 403호 (신수동, 한국출판콘텐츠센터)
제 작 처 코리아피앤피
판　　　매 ㈜소미미디어
마 케 팅 최정연 한민지
전　　　화 (02)567-3388, Fax (02)322-7665

ISBN 979-11-6507-981-9
ISBN 979-11-6507-980-2 (세트)